公元787年，唐封疆大吏马总集诸子精华，编著成《意林》一书6卷，流传至今
意林：始于公元787年，距今1200余年

 意林幻青春
开启你的传奇

我的画风不太对 ①

淡樱 ◎ 著

吉林摄影出版社
·长春·

图书在版编目（CIP）数据

我的画风不太对.1 / 淡樱著. -- 长春：吉林摄影出版社，2017.7
（意林幻青春）
ISBN 978-7-5498-3192-0

Ⅰ.①我… Ⅱ.①淡… Ⅲ.①长篇小说-中国-当代Ⅳ.① I247.5

中国版本图书馆CIP数据核字(2017)第148107号

我的画风不太对①
WO DE HUAFENG BUTAIDUI ①

著　者	淡　樱
项目出品	意林幻青春
出版人	孙洪军
主　编	顾　平　杜普洲
责任编辑	李　彬
总策划	蔡　燕　李　岚
统筹策划	李　岚
设计总监	资　源
执行编辑	王　雪
封面设计	资　源
美术编辑	张　迪　徐　丹
开　本	700mm × 1000mm 1/16
字　数	290千字
印　张	15.5
版　次	2017年7月第1版
印　次	2017年7月第1次印刷

出　版	吉林摄影出版社
发　行	吉林摄影出版社
地　址	长春市泰来街1825号
	邮　编：130062
电　话	总编办　0431-86012616
	发行科　0431-86012602
网　址	www.jlsycbs.net
经　销	全国各地新华书店
印　刷	北京嘉业印刷厂

书　号	ISBN 978-7-5498-3192-0	定　价：29.80 元	

版权所有　翻印必究
（如发现印装质量问题，请与承印厂联系退换）

目录

- 第一章 游戏任务 … 001
- 第二章 秦教授 … 009
- 第三章 线索 … 017
- 第四章 真凶 … 031
- 第五章 外星人 … 041
- 第六章 雅兰酒店 … 051
- 第七章 新的任务 … 059
- 第八章 原来是你 … 071
- 第九章 离开 … 085
- 第十章 新的线索 … 097
- 第十一章 十年前 … 109
- 第十二章 连木失踪 … 121

目录

- 第十三章 小猫的出现 … 131
- 第十四章 桃花源记 … 141
- 第十五章 夏村长的妻子 … 149
- 第十六章 时间旅行 … 155
- 第十七章 新的命案 … 163
- 第十八章 祭师 … 175
- 第十九章 拯救 … 187
- 第二十章 外星玩家 … 195
- 第二十一章 新的天空 … 201
- 第二十二章 怦然心动 … 209
- 番外 方小猫 … 217
- 番外 秦烨 … 237

WO DE HUA FENG BU TAI DUI

"擅长三门外语？"女面试官扶了扶眼镜，略微灼热的目光落在了曼曼身上，沉声问，"哪三门？"

"英语、日语，还有法语。"会议室里响起一道柔软的声音，与之相配的是一张包子脸，大眼睛，浑身上下都可以用"萌"来形容的年轻女孩。

女面试官让艾曼曼分别用三门外语进行自我介绍。

曼曼应对自如。

面试结束后，女面试官伸出手说道："这几天我们公司会给你消息。"

曼曼弯了弯腰，回握了面试官女士的手。

"好的，我期待贵公司的消息，辛苦王小姐了。"握手的时间有点儿长。

面试官女士轻咳一声，曼曼才松了手，不好意思地说："王小姐的手又白又软，一没留神握得有点儿久，实在是抱歉。"

年轻的小姑娘夸人时眼睛一眨一眨的，真诚得毋庸置疑。

王小姐被夸得很开心，给曼曼透露了一个消息，明晚公司就会集体通知今天面试实习生的结果，精通三门外语的她被选上的概率起码有百分之九十。

曼曼离开大楼，出去的时候不小心撞到了一个人，她连忙说："对不起。"

被撞到的是一名穿西装的男士，对她露出一个和善的笑容。

"哦，没关系，没受伤吧？"

"没有。"男士盯着她一动不动。

曼曼对他点了点头，然后转身离开。

男士忽然又问："有什么话想和我说吗？"

"刚刚真是抱歉。"曼曼说道。男士露出了失望的表情。

曼曼默默地看了一眼他头顶的白色框框——该死的！我明明已经选择初级了，怎么游戏还这么难？新手村的引路NPC（非玩家控制角色）到底在哪里？

她目不斜视地离开，穿过大街，走到地铁口，换乘地铁。

一路上，她看到了若干人头顶上五颜六色的框框。

呵呵，地球人好脆弱哦。

两条腿好丑。

你还差多少升级？

哦，我觉得莱维特的思维跟正常人不一样，居然要达成坐一百三十五次地铁的成就才能升到二十级。

地球真的好落后哦，连空中轨道都没有。

曼曼走出地铁站。其实她不只精通英日法三门语言，还有一门外星语——淡尔特星球语。

七八岁的时候，有一年夏天她被父母送回农村陪爷爷奶奶，某天半夜天空骤亮，数不清的飞船盘旋在空中。

曼曼以为是自己出现了幻觉，因为其他人都一副看不见的样子。

第二天一问，所有大人都认为她在做梦。

后来每天晚上，她都能见到飞船在夜空中盘旋，像是在跳舞，长大后曼曼想起来，那应该是在向其他星球发射信号。

忽然有一天，曼曼身边就逐渐开始出现头顶有框框的人。

起初她是不认得他们的文字的，老实说跟鬼画符差不多，但在长达十多年的接触下，她已经能认全淡尔特星球的文字，以及文字的标准读音。

——总有几个玩家不佩戴翻译器，张口就是淡尔特星球语。

出了地铁站后，再走八百米就能到学校门口。

艾曼曼是一名大学生，新闻专业，主攻编辑出版，目前大三，正准备进入实习阶段。时近寒假，大三宿舍楼里的人已经不多了，曼曼和宿管阿姨打了一声招呼就回宿舍了。

隔壁宿舍506的方小猫和她打招呼，问她面试得怎么样。

曼曼疏离地表示还可以。方小猫肤白唇红、相貌上乘，只可惜是个外星人。曼曼同学尽管是个颜控，但因种族不同，终究是无法愉快地沟通。

曼曼长大后，懂得外星人的概念了，一度以为外星人要攻打地球，被妈妈强迫减肥的她有恃无恐地吃了五袋薯片。

——反正都要死的，一定要当个饱死鬼！

万万没想到！

外星人并不攻打地球，在风和日丽的某一天飞来一群体形奇特的外星人，叽里呱啦地说着外星语，当时曼曼同学年纪尚小还听不懂，现在能听懂了，终于知道人家没她想的那么暴力，只是玩心有点儿重，要把地球建设成一个大型的远古生活游戏星球。

淡尔特星人是玩家，地球人都是NPC。而且目前为止只有她一个人能看到玩家头顶的ID（身份）和框框……

方小猫问："吃过晚饭了吗？曼曼，我请你吃晚饭。"

曼曼再度疏离地拒绝。

——呵呵，你以为我不知道你接了个攻略我的任务吗？就不让你升级！

方小猫头顶的青色框框显示——

系统提示：艾曼曼内心骄傲属性值+1。

曼曼嘴抖了一下，又见一条青色的框框出现在方小猫的头顶。

宇宙：玩家方小猫出五十星币求助攻略艾曼曼的方法。

玩家远古星人好有趣：她喜欢跟漂亮的人交朋友！

玩家方小猫：骗人！我不漂亮吗？我特地调整了外形！

玩家远古星人好有趣：据说至今没人攻略过她，建议放弃任务。

曼曼同学表示：种族不同真的是个大问题！

"不好意思，我先回宿舍了，改天再聊。"说着，曼曼打开了宿舍门。她的宿舍是四人一间的，很庆幸都是纯正的地球人，而且颜值都不错。

"曼曼，曼曼，你回来啦。"

曼曼送上带回来的章鱼小丸子，说："校门口买的，你最爱吃的那家。"

五月同学感动得差点儿涕泗横流，冲上去抱住曼曼："曼曼你最好啦！"

她打开纸盒子，用竹扦戳了一颗送到曼曼嘴里："第一颗就献给曼曼女王！你今天的面试怎么样？"

曼曼同学一边吃着好吃的一边自信地说："问题不大。"

随后看了一眼对面的两张空空的床铺，问："小八呢？"

五月说："不知道去哪儿了，不过晚上一定会回来，晚上她还有一场选修课的考试。"

她们宿舍虽然是四个人，但经常只有三个人在，还有另外一个高冷美人雅雅，在外面租了房子，很少回宿舍。至于小八是个娱乐小能手，经常能挖掘出A市各种好玩的地方，不到门禁的点儿决不回来。所以曼曼听了，并没有在意。

直到当天晚上，辅导员打了她的电话，问小八人在哪里，曼曼才知道小八晚上没有参加考试，而且连电话也打不通。

五月说："会不会是去参加派对了？我上周看到她的微信，说是报名参加了今晚的派对，考完试就立马打车过去，第二天早上再回来。"

曼曼上同城网找派对活动，问了五月，确定是这个派对后，给负责人打了电话。通过电话能辨别出是一名年轻的男性。

"你好，请问巴筱筱在吗？我是她的朋友，能让她接下电话吗？"

电话里嘈杂不已，还伴随着劲爆的舞曲。

"在在在，她忙着呢，没空接你电话。"

"咔嚓"一声，直接挂断。

五月关心地问："小八在吗？"

曼曼说："在。"

五月松了口气，说："小八真是的，明天等她回来一定要好好说说她，怎么能连考试都不去参加？"

第二天晚上，曼曼接到公司的录取电话，她高兴地请五月去学校门口的东北馆子吃晚饭。五月说："让小八贪玩！错过你的好消息了！"

曼曼一整天都在参加考试，没回宿舍，问："小八还没回来？"

"没呀，电话也打不通，我还打电话给派对的负责人，他说人早上就走了。"

曼曼蹙了蹙眉，这时有个男孩走过来，彬彬有礼地问五月："你是巴筱筱的舍友吗？你知道她现在在哪里吗？昨晚回宿舍了吗？咳咳，忘记自我介绍了，我是土木系的张远，是筱筱的朋友。"

五月苦恼地说："我也不知道小八在哪里，昨晚连考试都没去……"

男孩眼睛骤亮，直接拉了凳子坐下，说："你详细和我说说。"

此时此刻的曼曼眉头紧皱，自称张远的男孩头顶上面有个蓝色框框。

系统：玩家"远古星人好有趣"已接受寻找失踪大学生巴筱筱的任务。

小八失踪已经超过二十四小时，学校向当地派出所报了案。很快就来了几名警察，是一对姓洪的兄弟。两位警官对失踪案早已司空见惯，按照惯例向小八的舍友做了笔录，然后前往郊区办派对的别墅。曼曼提出一起过去，但被警察拒绝了。

"交给我们，我们警方一定尽快把人找回来，你们留在学校等消息。"

曼曼没有坚持一同前去。警察离开后，辅导员通知了小八的父母。

小八不是本地人，是离本地有两个半小时飞机航程的外省人，到学校最早也要明天。五月很担心小八，嗫嚅着问："曼曼，小八不会有事吧？"

曼曼摇摇头，说："你先睡吧，我要出去一趟。"

五月拉着曼曼的胳膊："你……你要去哪里？"

曼曼看了看时间，说："离门禁的时间还有两个小时，我应该回不来了。我妈让我回家一趟。"五月只好松开曼曼的胳膊。

曼曼温柔地安慰她："别担心，要是害怕的话就给我打电话，我陪你聊会天儿。"

走出宿舍门后，圆滚滚的包子脸上露出凝重的表情。地球人可能不知道，但她是知道的，这个大型远古生活游戏系统，有些任务是很残酷的。对于外星人而言，只是一场游戏。但于地球人而言，却是真正的生活。

13栋宿舍楼下。

曼曼搓着手,往掌心呵了口热气。

A市在南方,南方冬天的冷是侵入骨子里的,从心肝脾肺蔓延开,冻得曼曼全身发抖。13栋宿舍楼是男生宿舍,这个时候难得能见到可爱的女生,进宿舍楼的男生都不由得多看了曼曼几眼。

"艾曼曼?"有鼓起勇气搭讪的。

曼曼愣了一下,没想到这里居然有人认识她,点点头说:"我找张远,土木系的张远。"

"他现在估计在图书馆,"他抬腕看了看手表,"还有十分钟才能回来,我是张远的舍友李铭,之前听他提起过你,他最近天天泡图书馆,可勤快了。"

——李同学,实不相瞒,你外星人舍友这么勤快肯定是在做日常任务。

"请问张远平时从哪条路回来?"

李铭给曼曼指了路。

曼曼道了谢后,转身离开。

李铭在背后招手:"曼曼同学,有机会过来找张远玩儿呀!"

曼曼表示谁要找外星人玩儿呀!远离外星人才能避免触发任务呀!

她从小到大的人生信条只有一个,就是远离外星人!

这一次要不是为了小八,她才不要和张远搭话!

曼曼大老远就见到了张远。哦不,应该说是他头顶的ID"远古星人好有趣"在大晚上格外显眼。

张远见到曼曼,表情十分诧异。随后,又露出期待的神色。

他问:"你有筱筱的消息吗?"

台词被抢的曼曼不动声色地看了一眼他头顶的蓝色框框,没有任何波动,也没任何系统提示。

据她所知,新手是白色框框,每升十级框框就会变颜色,蓝色是十级以上。曼曼判断出张远是第一次做这个任务。

虽然不知道淡尔特星球在地球创建游戏系统的时候是怎么设置的,但曼曼知道一旦游戏人物死亡,可以重新建号再来,以新的形象出现在地球人面前。

每次一有什么"半路出家的某某极具天赋"的新闻,曼曼不用去辨认,都能猜到是哪个外星玩家死亡换号重来。然而,此刻的曼曼有点儿苦恼。要是张远是游戏高手还好说,寻找小八不在话下,可现在张远怎么看都像是一个游戏新手。

遇到一个游戏新手,根本没有任何有用的消息呀!而且这个新手还十分亢奋地在和方小猫聊天。

玩家远古星人好有趣：方小猫快点儿过来！你要攻略的NPC主动和我搭话了！

玩家方小猫：哪里哪里？

玩家远古星人好有趣：荷光湖！我拖住她，你快点儿过来！不收你钱！

曼曼如果脑袋也能顶框框的话，此刻一定是无数个省略号。

方小猫来的速度相当快，几乎是在曼曼萌生离意的时候，人就到了。

"哈哈，曼曼，好巧呀，你来这里散步吗？"

玩家远古星人好有趣：你这个星币玩家！刚刚是用了飞行道具？

玩家方小猫：我玩游戏就图开心！

玩家远古星人好有趣：远古网络用语掌握得不错呀。

玩家方小猫：呵呵，你也不赖。

方小猫是青色框框，也就是三十级以上，还是个星币玩家。

两个点综合在一块，曼曼萌生了一个念头。

她着急地说："我不是来散步，我舍友小八你知道吗？她不见了，张远也是她的朋友，我来问问他有没有小八的消息。"

张远点点头。

玩家远古星人好有趣：我接了个寻找失踪女大学生的任务，就是艾曼曼的舍友巴筱筱。如果你能帮她找到巴筱筱，肯定能增加人物好感度。

玩家方小猫：没有系统提示吗？

玩家远古星人好有趣：要七十星币。

玩家方小猫：不就是钱的事吗，我给你转。

方小猫对曼曼说："曼曼你别担心，我有个朋友找人特别有一套，我打电话让他帮忙，你放心，我一定帮你找回小八。我们都是好朋友，你的事情就是我的事情！"

系统提示：巴筱筱最后上的车车牌号是AB00689

办派对的别墅在极其偏远的郊区，只有一个模糊的监控。

通过监控，能辨认出早上八点十五分，失踪者巴筱筱离开了别墅，但是由于后面的监控录像缺失，目前还查不出巴筱筱上了什么车。

参加派对的人半夜玩得太嗨，喝得醉醺醺的，没有一个人知道巴筱筱的去向。

洪京的视线离开监控，问："手机号码定位查出来了吗？"

"最后的位置在鼎湖路，我们派人去查探过，找到了丢弃的手机卡。"

洪京皱起眉："这不是一起单纯的失踪案，手机卡丢弃在鼎湖路，嫌疑人一定从鼎湖路上经过，调出八点十五分后鼎湖路上的所有监控。"

"哥，这恐怕需要一点儿时间。"洪京的弟弟洪湖说道。

"先调出来再说。"

洪湖应声，心想要是有目击者就省事多了。

刚这么想，刚来派出所实习的小张就匆匆忙忙地进来，说：“洪警官，刚刚有人打电话过来，说是刚好见到巴筱筱上的车辆的车牌号，是AB00689。"

洪湖一拍脑袋，真是想什么来什么！

求再来一个看见嫌疑人的模样的目击者！然而并没有再来一次。

洪京沉声说：“洪湖，马上查车牌号。小张，把目击者的电话给我。"

小张说：“呃……他们好像已经到门口了。"

洪京见到来者的时候，微微怔了一下，和小张确认后才头痛地问：“不是让你们回去等消息吗？有线索怎么不早说？”三个学生戳在门口。

曼曼不想暴露太多自己的信息，想等方小猫开口。毕竟线索是她提供的，具体是在哪里看到，又见到了什么，她不好解释，总不能说系统提示吧？

张远想张口，却被方小猫瞪了一眼。

青色框框出现一行字。

玩家方小猫：给钱的才是大爷！让我家曼曼说！这个功劳是我家曼曼的！

小猫向曼曼挤眼。

曼曼自然没错过她头顶的青色框框，时间紧迫，只好说：“是刚刚才知道的，先别问这么多，找到车辆在哪里了吗？我们知道的线索只有车牌号。"

话音未落，办公桌前的洪湖高声道：“哥，找到了，在闽太路共江五园！"

系统提示：离寻找失踪大学生巴筱筱任务结束的时间还有30分钟。

张远"啊"了一声。

曼曼立刻问：“这里到共江五园要多久？"

小张说：“不堵车的话要二十分钟。"

曼曼一言不发地冲了出去，拦了一辆出租车。方小猫后脚跟上。

张远问洪警官：“我可以跟着你们出警吗？”游戏论坛攻略里提到过，跟着警察比较容易找到失踪人口。

这一次洪京没有拒绝，两个小姑娘这么冲动，就没考虑过那里会有坏人吗？他立马带了两名警察出发，十八分钟就到达了共江五园，然而还是迟了。

还在怒放期的年轻鲜活的女孩已经没了气息。

第一章

WO DE HUA FENG BU TAI DUI

秦教授

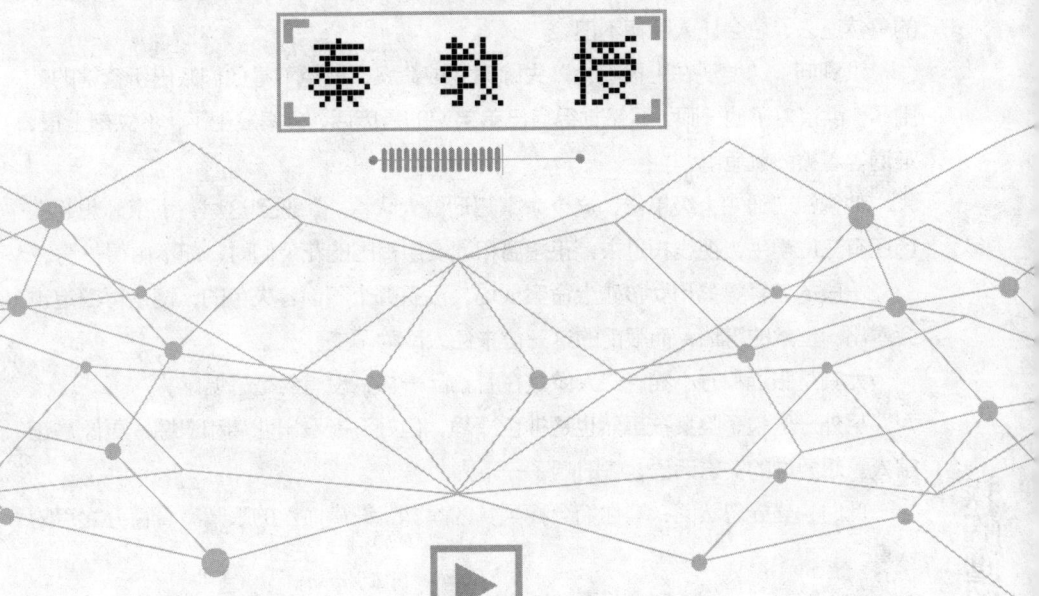

系统：寻找失踪大学生巴筱筱任务已经完成。

系统：玩家"远古星人好有趣"是否接受寻找真凶任务。

系统：玩家"远古星人好有趣"已接受寻找真凶任务。

白色的布艺沙发一片鲜红，一路漫延到餐桌。年轻的女孩倒在地上，脖子上有明显的勒痕。

这样的场面对于洪京而言，算不上骇人，他见过更残忍的。只是看着年轻生命的蓦然逝去，总会让人唏嘘不已。

洪湖问："要现在上报吗？"失踪案变成命案，已经不是他们派出所管辖的范围了。洪京瞥了他一眼，显然觉得自己弟弟说的是废话。命案发生了，不立刻上报，难道等着被炒鱿鱼吗？

他说："通知上级单位，这个命案归刑警大队管。"说到这里，洪京才想起在场还有三位学生，视线扫过去，正想温和地安慰祖国的花朵们时，却不由得一愣。

一般的年轻男孩和女孩碰上命案现场，没有哪个不面容失色的，饶是再镇定也会露出一丝丝的害怕，而眼前的这三位未免太冷静了些。

尤其是张远和方小猫，二人像是在看物品一样，没有丝毫恐惧感。

另外一位包子脸女孩虽然也是神色冷静，但好歹能看出悲痛和遗憾，更像是正常人。想要说的安慰话语，顿时咽了一下去。

此时，曼曼忽然问："你们会找到真凶吗？"充满血丝的眼睛有着百分之百的认真。

洪京说："我们一定会将真凶绳之以法。"

"多谢。"她深深地看了一眼再也不会睁开眼的小八，然后转身离去。

方小猫随之跟上，对曼曼说："你节哀顺变，警察叔叔一定会找到真凶的。"

曼曼说："我有点儿累了，现在我要回家。"方小猫还想跟上去。

叮！

系统提示：艾曼曼内心烦躁值+1，建议玩家不要靠近。

方小猫停下脚步，目送曼曼上了一辆出租车。

曼曼家在本地，离学校只有一个小时的车程。

她回到家时，已经将近凌晨，这个点曼曼妈早已睡着。她轻手轻脚地回房，开了灯后，坐在书桌前看着一个相框发呆。相框里是一家三口的照片，是曼曼中学毕业那一年拍的。

过后不到两个月，曼曼爸就病逝了，肺癌晚期。

曼曼比任何人都要早知道，有外星玩家做任务，其中一项任务就是得到十个癌症病人的夸赞，名单里有曼曼爸。那时曼曼爸还能走能跳，一点儿也不像是癌症病人。

可曼曼知道是真的，她曾在地铁上看过一个新手玩家游戏指南。

淡尔特星球虽然早已掌握时间旅行技术，然而根据《宇宙和平管理条例》第一百三十一条：禁止使用时间旅行技术扰乱时空。于是淡尔特星人只好将此技术广泛运用到游戏当中，而尚未纳入宇宙管辖范围的地球成为第一个因时间旅行技术应运而生的大型游戏系统星球。

开发地球游戏系统的外星人莱维特。他坚信命运不可更改，一切涉及 NPC 的任务都是基于理论之上。

用直白的话来说，就是淡尔特星球能够通过时间旅行知道地球人的命运，见缝插针地安排游戏任务，最终目的是和谐共存。

曼曼爸病逝后，曼曼把自己关在屋子里，听到妈妈泣不成声时，曼曼才意识到自己要坚强。

不管命运能否扭转，她都想尝试着去改变，最起码她为此努力过，而不是眼睁睁地看着命运残酷地画上句点。

她不管这是不是游戏，于她而言就是真正的生活。换个角度想想，起码她有先知意识，比普通人知道得多。

如果这一次，她能快一点儿发现小八的失踪，说不定就能救小八了。

尽管最后没有成功，曼曼也会因此有一丝愧疚和遗憾，可是她知道自己尽力了。

几天后，曼曼调整好情绪回到学校，她还有一门考试。

小八的检验报告早已出来，确认是非意外死亡，而是受凶器袭击，失血过多而亡。小八父母当天就把小八的遗体领回了老家，505 宿舍从此便少了一个人。

五月看着空荡荡的床铺问："曼曼，警察说过什么时候能抓到真凶吗？"

"不知道，不过一定能抓得到的吧。"张远接了任务，肯定会完成的。曼曼叹了一声，说："早知道就先把小八的生日礼物送出去了。"

五月一听，哭得稀里哗啦的。

宿舍门忽然被打开，走进一个高挑的女孩，正是 505 宿舍的第四位舍友雅雅。

"小八她……"五月哭得一抽一抽的。

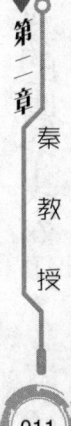

"我知道。"雅雅坐下来收拾东西,说,"人死不能复生,哭也于事无补,不如好好地活着,替小八更努力地活下去。我的考试结束了,下学期再见。"

雅雅不常回宿舍,东西本来就不多,不到十分钟就收拾完毕,拎着一个手提包离开了。

五月说:"她的考试前天就结束了,今天是为了秦烨回来的,晚上七点有秦烨的讲座,曼曼你去不去?"

"小八生前就很喜欢秦烨的讲座,我还是去吧,就当帮小八听了,我五点半考完试,你帮我占座。"

秦烨的人生简历可以用十个字来概括:一心投入科研的书呆子。

他的副业是 A 大的客座教授,很受 A 大学生的欢迎,每逢有讲座,不提前一个小时占位,连站位都没有。

曼曼考完试后,买了两块蛋糕。讲座七点开始,八点半结束,五月顾着占座,肯定来不及买晚饭。

曼曼到达阶梯教室的时候,里面已经人山人海,她找了好一会儿才发现了五月,居然占了第二排的位置。走了没几步,又发现五月的旁边坐了方小猫。

她坐下后,把蛋糕递给五月说:"食堂楼上的蛋糕店买的,你喜欢的草莓慕斯。"

方小猫探出头:"曼曼,好巧!"

五月点头:"我来的路上刚好碰见小猫了,所以就一起占座了。"

曼曼对她点点头,撕开蛋糕包装盒,慢条斯理地吃着。吃了一口后,眼角的余光瞥见方小猫头顶的青色框框——

啊!地球的美食好好吃啊!想吃糖醋排骨、鱼香茄子、松鼠鱼、红烧肉、醋熘土豆丝、板栗鸡、烤鸭、烧鹅、清蒸桂花鱼……

曼曼深吸一口气,开始后悔路过食堂只买了两块蛋糕。

系统提示:艾曼曼内心烦躁值 +1。

什么?我什么都没做!我就看了她一眼!

系统提示:艾曼曼内心烦躁值 +1。

行,我不看她了!板栗鸡板栗鸡板栗鸡……

系统提示:艾曼曼内心烦躁值 +2。

呜呜呜,曼曼已经这么讨厌我了吗?

七点整,秦烨准时到达阶梯教室。

能容纳两百人的阶梯教室此刻座无虚席,热切的目光纷纷落在秦烨身上。曼曼不是第一次来听秦烨的讲座，以前也陪小八来过。

秦烨是个偏瘦的男人，兴许是长年待在研究室的缘故，肤色过分地白。小八曾经评价过秦烨，这是一个缺乏锻炼的男人，身上有一股书呆子的气质。

可神奇的是，他和普通的书呆子不一样，他极具神秘的魅力。

今天难得坐在前排，曼曼清楚地看见秦烨穿了一件高领毛衣，显得他的脖颈更为修长，曼曼目不转睛地看着秦烨。

半个小时后，五月小声地和曼曼说："秦教授的讲座超级难懂，但是光听他讲课就是种享受。"曼曼愣了一下。

其实她从讲座一开始就没听秦烨在说什么，她前面坐了两个外星玩家，一直在斗外星表情包，竟然还是3D的。

"是啊。"曼曼随口附和。

这时她才注意到秦烨今晚讲座的主题是外星文明。

秦教授，您当着一群外星人的面讲外星文明真的不要紧吗？您面前就有个淡尔特星人在发机甲表情包啊！还结合了网络文化！配了"我想静静"的网络用语！

忽然，教室里安静下来。

所有人看着秦烨拿出一个黑色的方形仪器，他说："这是我最近半年的科研成果，还在测试当中，可以检测外星文明的存在。"

曼曼保证，她看到前面的外星人发了啪啪打脸的表情包！

秦烨打开开关，解释道："如果探测到外星文明，就会闪现红光。"他离开讲台，走到第一排的正中间，红光突突突地亮起。

曼曼愣了……这是要来真的？

她前面的两位外星玩家已经露出饶有兴致的模样了！

玩家牛气冲天：这是新任务？

玩家牛气冲冲天：系统怎么还没有提示？

秦烨露出欣喜的表情，红光在他转身的瞬间消失了。他蹙着眉头从第一排开始，一个一个地探索过去，红光不再亮起。

直到曼曼面前，红光才开始嚣张地闪现。如果曼曼也能在头顶发表情包，她此刻绝对能甩出一张黑人问号脸。

秦教授，你的仪器坏了吧？她是百分之百的纯种地球人好吗！

然而仪器的红光却一直闪个不停，阶梯教室里，将近两百双眼睛齐刷刷地落在曼曼身上。前面的两位外星玩家已经开始疯狂地发打脸表情包了。

方小猫头顶的青色框框——

这是什么神转折！

曼曼义正词严地表示："秦教授，晚上好，我是新闻系的艾曼曼，具体资料您可以进入学校系统查询，我可以保证自己百分之百不是外星人，身上绝对不存在任何外星文明。"

秦烨的仪器绝对是坏了！曼曼的前面、左边、后面起码有六个外星玩家！秦烨狐疑地眯起眼睛。

曼曼忽然笑眯眯地说："秦教授，请问您是怎么判断的？是我头顶长了触角？还是背后有两个翅膀？我很欣赏您这种天马行空的想象力。"

教室里响起了不少笑声，忽然方小猫为艾曼曼大喊："我家曼曼是地球人！"

宇宙广播：{玩家方小猫}：地点中服村Ａ市Ａ大Ａ楼阶梯教室！我出1星币跟我一起喊"曼曼是地球人！秦教授你是外星人！"次数没有上限！

玩家牛气冲天：有钱！

玩家牛气冲冲天：我我我我！

阶梯教室里突然爆发出堪比专业啦啦队的呼喊声。

"曼曼是地球人！秦教授你是外星人！"

"曼曼是地球人！秦教授你是外星人！"

"曼曼是地球人！秦教授你是外星人！"

阶梯教室外也陆续附和。

"曼曼是地球人！秦教授你是外星人！"

曼曼尴尬了，她只是想给自己解围而已！万万没想到方小猫想要完成任务的心情如此迫切！更没想到书呆子气质十足的秦教授过分苍白的脸居然红了。

Ａ市郊外的一处别墅内。已是黑夜，偌大的别墅里黑漆漆的，只有电脑屏幕上闪着幽幽微光。银河系的电脑背景桌面上，陆续蹦出一个接一个的汉字。

《寻找外星文明日志》

我研发的探寻三号成功捕获到伪装成地球人的外星人。

名字：艾曼曼

身高：163cm

血型：O型

艾曼曼成功混迹在地球二十年，考试成绩优秀，外表甜美，看似没有攻击力，实际……键盘上那修长的十指微微一顿。

秦烨想起艾曼曼笑眯眯地说："我很欣赏您这种天马行空的想象力！"

脸又情不自禁地红了，秦烨敲了敲键盘：实际非常有杀伤力。

忽然手指又是一顿。

秦烨听到一道冷冷的嗤笑声响起，而最令人恐惧的是这道声音竟然是从他嘴里发出的。

"判断过于主观，是只有你才感到有杀伤力。"

声线如此熟悉……是他自己的声线！唯一不同的是声线自然而然地压低，而且懒散的坐姿突然间挺直了背脊。

秦烨发现自己的身体使用权被剥夺，唯一能动的是嘴巴。

秦烨问："谁？是谁在用我的身体？"

"我来自外太空，一直寄居在你的体内，试图和你建立沟通渠道，但一直没有成功。"

"外星人？"刚刚还有几分惊慌的秦烨眼睛骤亮。

"我时间不多长话短说，尽可能靠近艾曼曼，我……"话音戛然而止。

"艾曼曼什么？喂！你怎么不说话了？喂喂喂！你叫什么名字？来自什么星球？为什么寄居在我体内？"秦烨问了一连串的话，然而嘴巴再也没有自动张开过。

秦烨的目光落在电脑屏幕"艾曼曼"三个字上。

伸手，轻敲：

我身体里住了一个外星人，疑似艾曼曼的同伴。

小八头七那天，学校举行了一个悼念活动，地点在荷光湖。小八生前交友广泛，前来悼念的人很多。荷光湖上放满了承载着白蜡烛的花灯，还有数不清的鲜花，氛围十分肃穆。

曼曼和五月一早就来了，五月是个感性的女孩，听到别人说小八生前如何如何，就不停地落泪。

曼曼只红了眼眶，一直默默地看着荷光湖出神。忽然有人压低声音喊了她一声："艾曼曼。"

曼曼侧头一看，是张远。漆黑的夜里，他头顶还是蓝色的框框，级别依旧是12级。他身边还有两个地球人舍友，都不是上次见到的李铭。

曼曼问："有事？"

张远问："你想知道警队那边的进度吗？"

曼曼最初的想法是张远才12级，能出现的任务绝对不会太难，估计两三天就能升级，凶手肯定很快就能找到。

然而现在已经七天了，曼曼开始怀疑张远的游戏水平。曼曼其实也挺心急的，想早点儿抓出真凶，以慰小八的在天之灵。

她叹了口气，和五月说："我先离开一会儿。"然后跟张远走到安静的角落。

艾曼曼焦急地问道:"有什么线索了吗?"

张远挠了挠头,无奈地答道:"毫无进展。"

蓝色框框——

我果然不应该选择警察这个职业!论坛上的攻略都是骗人的!一点儿用都没有!啊!好辛苦才出了新手村的啊!这个破游戏什么都需要钱!莱维特就是个敛财狂魔!还让不让穷人玩游戏了!

曼曼:……

张远:"凶手很谨慎,现场没有留下任何指纹。"

曼曼问:"不是知道他的车牌号吗?"

"那辆车是偷来的。"

曼曼又问:"其他呢?"

"没有,所以艾曼曼同学你要和我一起寻找真凶吗?我从小就只有一个目标,势必成为正义的化身!惩奸除恶!绝不让任何一个凶手逍遥法外!"

曼曼问:"洪警官那边也没有头绪?"

"案子已经交给市里的刑警大队了,我这几天和洪警官打好了关系,洪警官推荐我去警队打杂,我得到的都是第一手消息,真的毫无头绪。"

曼曼想了想,做了个决定,说:"明天早上八点在这里等我,我带个朋友过来。"

张远和方小猫选择的职业不同,造成了任务的不同,但他们的游戏频道却是相通的。张远需要系统提示,可是没钱。

方小猫有钱,可是曼曼知道自己是方小猫的任务对象,所以系统提示一直起不了作用,不过现在不一样!

曼曼需要线索,方小猫有,双方互惠互利,曼曼愿意帮助方小猫完成任务。她现在只想努力一把,尽快找出真凶。曼曼决定主动找方小猫。

等她回到宿舍楼,506的同学告诉曼曼,小猫出去还没有回来。

曼曼这才想起今天周六,这个游戏系统每逢周六都有一个周常任务。方小猫选择的职业是偶像,难度级别是最高的。她仔细回想了一下,之前有一天周六刚好见到她头顶的青色框框写着"酒吧驻唱"。

印象中是学校附近的酒吧。学校附近的酒吧只有两家,不是这家就是那家。

曼曼说走就走,她几乎不去酒吧,因为一张娃娃脸,经常被当作未成年人,被拒于酒吧门外,今天毫无意外地又被要求出示身份证。

曼曼从斜挎包里掏出钱包,悲催地发现自己忘带身份证了。她只好作罢,沿着原路回学校。

第三章

WO DE HUA FENG BU TAI DUI

线索

曼曼早上是被一道尖叫声吵醒的。

她几乎是下意识地翻身跃下六格楼梯，手拿防狼喷雾，喊道："别怕，都站我身后来！"

定定神，才发现宿舍里并没有出现什么状况。除了门外站了个外星玩家。

五月穿着运动服，拿围在脖子上的汗巾擦了擦脸，不好意思地说："我刚刚一开门就见到小猫，被吓了一跳，我……我准备去跑步的，是不是吵醒你了？"

五月有晨跑的习惯——每天五点半起床，六点跑步，雷打不动。

曼曼见到方小猫，也没了睡意，说："没有，你去跑步吧，我刚好也调了六点的闹钟。"

五月说："晚上还一起吃饭吗？"

曼曼说："当然，你今天不是要回家吗？吃过晚饭后我送你到学校门口。"

等五月离开后，方小猫一脸期待地看着曼曼。

"曼曼，你昨晚找我？"

啊！曼曼主动找我呀！完成任务指日可待啊！

系统提示：建议玩家告诉艾曼曼你在门外站了三个小时，有利于好感度增长。

不，你别吵，我花大价钱买了自动提示，在曼曼身上你的正确率却低得可怕。以后有关艾曼曼的你别张嘴，我自己来！

我最近研究了地球上的交际学，告诉曼曼我等了三个小时，她肯定会认为我不正常的。

叮！

系统提示：艾曼曼对您的好感度 +1。

小猫眼神略微狂热。

曼曼轻咳一声，当作什么都没看到。

"我想请你帮个忙。"

小猫狂点头："曼曼，你的事情就是我的事情！"

八点整，曼曼和方小猫到达荷光湖，张远也到了。

玩家方小猫：你这个笨蛋！别以为我不知道你在想什么！

玩家远古星人好有趣：有本事你别来！

玩家方小猫：喊金主！

玩家远古星人好有趣：金主！

玩家方小猫：少年，你的坚持呢？

玩家远古星人好有趣：被星网吃了！话说你这几天会经常掉线吗？

玩家方小猫：这几天系统被黑客入侵了，一直在维护，前天晚上十一点二十分服务器还集体掉线了。哼！要不然我昨晚就能开始刷曼曼的好感度了！

曼曼微微一怔。

十几年来，第一次听说外星人的游戏系统也跟地球的游戏服务器一样需要维护……难怪这几天见到的外星玩家那么少。

曼曼主动开口问："小猫，你朋友上次除了车牌号之外还见到什么了吗？"

小猫说："你等等，我问问我朋友，说不定会有新线索。"

与此同时，张远打开了自己的游戏界面。

系统提示1：100星币

系统提示2：200星币

系统提示3：300星币

玩家远古星人好有趣：金主，你要买哪一个？

玩家方小猫：最贵的。根据这个游戏的属性，一般有选择的，价格低廉的提示基本没用。星币转到你的账号上了，快买！别让我家曼曼等！

小猫装作在打电话，张远装作在望天。

叮！

系统提示：艾曼曼

装作看风景的曼曼同学脸色变了。

玩家远古星人好有趣：什么？知人知面不知心啊！凶手居然是巴筱筱的舍友！

玩家方小猫：你才是凶手！你全家都是凶手！你带不带脑子玩游戏？巴筱筱出事那天，我家曼曼一直和我们在一起！

玩家远古星人好有趣：那提示为什么会是艾曼曼？她身上有真凶的线索？

曼曼：救命！我真的什么都不知道！我要知道还在这里和你们浪费时间？

小猫说："我朋友目前没什么线索，如果有我一定马上告诉你！"

张远问："想不想去案发现场看看？"

曼曼说："行，去看看吧。"

三个人打车到共江五园，没想到张远竟然有钥匙。

在电梯里,他说:"户主三个月前出了国,将房子委托给了中介公司出租,但一直没有租出去,现在碰上这事,以后肯定更难出租,都成凶宅了。"

他又说:"户主现在把房子交给了警方,打算等找到真凶后再出售。"

曼曼问:"之前一直没有住人?"

张远说:"对,所以被真凶钻了空子。"

张远开了门,现场依然有难闻的味道,沙发旁圈了一个白色人形。房子是小户型,大约五十平方米,隔成两室一厅。

曼曼在客厅转了一圈,进了主卧。主卧里还有洗手间,洗手盆上还有一抹深红色。左瞧瞧右看看,曼曼感慨,生活果然不是电视剧,自己也不是柯南、金田一,更不是任何刑侦剧的主角,也没有破案的天赋,来这里大概只能当给张远一座丰富经验的桥梁。就在这时,张远爬了进来,手里拿着一个放大镜。

曼曼无语地问:"你在做什么?"

问完,又有点儿后悔,他头顶上的蓝色框框不停地重复同样的信息。

这里有隐藏线索吗?没有……

这里呢?没有……

那里也没有?没有……

曼曼:张远,有你这样玩游戏的吗?你到底哪来的自信选择警察这个职业?谁像你一样利用游戏系统来找线索啊?

小猫这会儿也进来了,张远已经贴在墙上了,一寸一寸地试探着游戏系统。

玩家方小猫:你不要吓到我家曼曼。

玩家远古星人好有趣:我还剩一面墙。

玩家方小猫:回来!

小猫拉回张远,说:"曼曼,他有时候脑子不太正常,你不要怕。已经下午一点了,五月是不是今天晚上六点的火车?"

曼曼点头。

对于要攻略自己的外星玩家摸清她以及她朋友所有行程这事,艾曼曼如今已经很淡定了。三个人离开共江五园。张远打算回警队一趟,于是在五园楼下和两个女孩就分开了。

方小猫想送曼曼和她舍友去火车站,曼曼说:"不用啦,五月家人知道小八的事情后,特地过来接五月。我和五月约了一起吃饭,吃过饭后她家人也差不多到了。"

与此同时,方小猫收到曼曼的好感度后特别开心。

"那……我送你回学校。"

五月不是本地人,今早跑步回来后开始收拾行李准备回家过寒假。

曼曼回宿舍后,和五月在学校的馆子里吃了一顿饭。

五月有点儿伤心,说:"本来都和小八约好一起考完试后吃日料的,可是现在却连真凶都没找到。"

曼曼说:"等你回学校了,真凶肯定就被绳之以法了!"

五月恨恨地说:"坏人都不会有好下场的!"

吃过饭后,曼曼帮五月提着行李送她到学校门口,目送着五月和家人离开后,才准备回去收拾行李。

五月也离开了,宿舍里只剩她一个人了,她还不如回家呢。正好明早要开始实习,家那边离实习公司也近,曼曼边想边往回走。

十分钟后,曼曼忽然停住脚步。

她努力回想了一下,她在学校人缘很好,不至于得罪人。

蓦然,身边经过的女生刻意压低嗓音,兴奋地说:"啊,那是不是秦教授?"

"天哪,是他!就是秦教授!我来学校三食堂吃饭的选择太正确了!"

"快!告诉其他人秦教授出现了!"曼曼听了,嘴角抖了抖。

刚刚还提心吊胆的心情,被秦教授的两个学生缓解了。她准备离开食堂,而就在这个时候,万众瞩目的秦烨信步踏上台阶。

微风拂过他的鬓发,带起他黑色风衣的衣角,深邃了他的五官。不得不承认,不开口讲话的秦教授英俊得宛如走在伦敦街道上的绅士。

他停在她的身前。

"艾曼曼。"一开口,整个人就立马从伦敦街拍模特变回白大褂书呆子。

曼曼无视身边羡慕嫉妒的眼光,说道:"如果秦教授想再次用外星人为借口来搭讪的话,那可就一点新意都没有了哦。"

"跟我谈谈。"

曼曼考虑了一下,答应了。

"行呀,秦教授请我喝杯咖啡?"

学校里的小吃街上有家咖啡厅,装修颇为小清新,很受学生欢迎。曼曼是这里的熟客,和貌美的老板娘关系非常好。

每次曼曼来老板娘都亲自招呼。

"两位?"老板娘视线一扫秦烨,微微眯了一眼,暧昧地朝曼曼一笑,问,"男朋友?"

曼曼游刃有余地笑:"有青姐这样的大美女在,哪里能轮得到我交男朋友?是我们学校里赫赫有名的秦教授。"

青姐说:"天天嘴巴跟抹了蜜糖似的,不是男朋友走这么近?"

听青姐这么一说，曼曼一扭头才发现秦烨离自己确实近得有点儿过分了，已经不在正常的距离范围之内了。

曼曼说："是我们秦教授看到青姐害羞了。"

"你就插科打诨吧。"青姐把曼曼带到老位置，是临窗的小包厢，刚好可以欣赏到学校的篮球场。

偶尔疲劳的时候来这里坐坐，看看外面年轻学弟挥洒汗水的场景，颇有解乏功效。

老板娘看着曼曼问道："还是照旧？"

曼曼点头。

秦烨说："给我一杯水。"

等老板娘一离开，曼曼就开门见山地说："秦教授请讲，你有二十分钟的时间，我等会儿还要收拾行李回家。"

秦烨本来是坐在曼曼对面，曼曼不过一晃神，人就坐在她身边，还在一寸一寸地挪过来。

"秦教授，我们的关系好像没亲近到这个地步吧？"

秦烨说："我体内住了一个你的同伴。"

曼曼："……"

秦烨用五分钟解释了来龙去脉。

曼曼消化后，觉得很可笑，说："秦教授，你不去当编剧真可惜了，想象力还挺丰富的。"

秦烨有点儿着急，说："我说真的。"

曼曼说："所以你要靠近我，你体内的外星人才能苏醒？嗯？"

"是。"

曼曼说："那让他出来和我打声招呼。"

又过了五分钟。

秦烨身子一侧紧挨着曼曼，头微微凑过去，深深地呼吸。

"我是不是打扰到你们了？"青姐放下曼曼的摩卡咖啡，识趣地迅速后退。

似是意识到什么，秦烨的脸倏然红了，猛地后退了几步。

曼曼忍不住笑了一下。

"秦教授，你是不是没谈过恋爱？"

秦烨说："先立业再成家。"

"好好好，先立业，或许你还可以创个副业，比如写剧本。麻烦让一让，多谢，时间不早了，我要回去了。"

秦烨拉住她的手。

曼曼一扭头看他，他又跟碰到烫手山芋似的飞速将手缩回，脸上的红晕越来越深，"我真没有骗你。"他说道。

"哦。"她扬扬手里的摩卡，"谢谢你的咖啡。"

说罢，她离开了咖啡厅。

几天后，曼曼确认了一件事。

跟踪她的人就是秦烨！

她周一开始到出版公司实习，然后发现了一件事，无论是在实习公司楼下的咖啡厅，回家路上的小餐馆，还是家附近的水果摊旁，她连着几天都能见到秦烨，而且他总能出其不意地冒出来，借故靠近她。

要不是秦烨是出了名的研究狂，曼曼真会以为秦烨对她有意思。

第三天，曼曼终于忍不住了，在回家的路上，曼曼拦住秦烨。

要不是秦烨看起来还蛮顺眼的，她早就压制不住自己的脾气了！

她问："秦教授，你到底想要干什么？你说，我能给你的都给你！只要你不再缠着我。"

秦烨伸出一根手指，指着曼曼。

曼曼说："不好意思，我不可以。"

秦烨手指往下挪。

"围巾？"

曼曼说："我在淘宝买的，五十块……"

她本来想说"包邮"两个字，但决定放弃。只要秦烨不再跟着她，身上几百块大洋的大衣她都能送给他。

她利落地摘下围巾，塞到秦烨手中。

"给你，都给你，求你别再跟着我，谢谢！"

秦烨说："不问原因？"

曼曼使劲儿摇头："不！我不想知道！求你别告诉我！"她无法理解科学家加偏执狂的思维！也不想理解。

她赶紧坐上地铁，远离秦烨。

站在地铁外的秦烨将围巾系到自己的脖子上，深深地嗅了一下。

旁边的地铁工作人员用一种看变态的目光看着秦烨。

曼曼的围巾是十分少女的粉色，不过秦烨并不在意。他此刻陷入了沉思。

那天离开咖啡厅后，他隐约能感觉到体内的外星人的存在，但很微弱。而接连

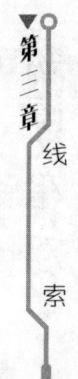

几天，越靠近艾曼曼，那一丝微弱的气息越是加强。

直到现在，他拥有了满是艾曼曼味道的围巾。那一丝气息宛如罩上灯罩的火焰，隔绝了风，瞬间变大。

轰隆而过的地铁窗户倒映出了一道挺拔的身姿，还有一双深邃冷厉的眉眼。工作人员不由得一愣。

咦？地铁工作人员转了一下头，怎么像突然变了个人一样？

曼曼出了地铁站后才停下脚步，回头一看。很好，没有秦烨的身影！

曼曼松了口气。

此时手机响了，曼曼看了一眼来电显示，是张远。

"艾曼曼？"

地铁站离她住的小区有十分钟左右的路程，她边听电话边往小区走，应了一声："有什么事吗？"

"你认识我舍友李铭吗？"

曼曼有点儿印象，说："不算认识，那天我去13栋找你的时候碰上他了，那是我们第一次见面，之后也没碰上过。"

"他好像对你有意思。"

外星玩家你这么八卦真的好吗？

"然后呢？"

"我昨晚见到他在打印你的行程表。"曼曼脚步顿停。

"什么行程表？"

张远说："就是你这几天的行程表，什么1月25日下午5点半送五月到校门口，晚上7点半打车回家，车牌号是AC02341，什么1月26日早上8点出门上班。我平常做任……"

差点儿说漏嘴！

见艾曼曼没出声，张远继续说道："我平时经常在图书馆，所以不是很了解李铭。不过他人应该挺好的，就是不怎么爱说话，有点儿内向，喂？艾曼曼？你有没有听我说话？喂喂喂？"

安静昏暗的小路上，响起了轻微的脚步声。

一声，两声，三声……艾曼曼咽了口唾沫。

正犹豫要不要转身的时候，肩膀"啪嗒"一声搭了一只瘦长的手掌。

曼曼浑身一颤。

"艾曼曼，是我。"声音格外沙哑。

曼曼好一会儿才听出秦烨的声音，那一瞬间竟松了口气。她转过身，说："不是说好了不再跟着……"话还未说完，曼曼愣了一下。

不是那个秦烨，尽管容貌一样，可曼曼知道眼前的秦烨和在咖啡厅里会脸红的秦烨是不一样的。

他身姿挺拔如松，像是一个军人，眉宇间一派从容沉稳，宛若面前千军万马也能处之泰然。

曼曼说不出话来，同一个人却给她带来截然不同的感受。她深吸一口气说："你是秦烨？"

他说："跟我来。"

他说话的语气平淡，可莫名的就是有一种震慑力，让人下意识地服从。

曼曼是抬脚走了五分钟的路后，才意识到这件事的！

为什么要听话地跟着走？

秦烨此时停下来。

曼曼险些撞上他的背脊，问："来这里做什么？"

她定睛一看，是小区外的一条小弄，里面安置了垃圾投放区，而此时那里居然有七八个混混，正在欺负一个孱弱的青年。

青年时不时发出痛苦的呻吟。

秦烨耷拉着脑袋，对曼曼说："三十秒。"几乎是话音一落，秦烨的人影就不见了，只听骨头"咯噔咯噔"地响。

曼曼再次定睛望去时，垃圾投放区前整整齐齐地叠了八个人，嗷嗷乱叫。

秦烨身上丝毫未乱，他抬腕，说："刚好三十秒。"

曼曼："什么意思？"

秦烨冷声说："你被人盯上了，以你的武力值活不过十分钟，而我的实力远比你所见的还要强，你需要我保护你。"

忽然间，秦烨的眼睛亮晶晶的。

"你看你看，我都说了我没骗你！我体内真的有一个外星人！答应他吧。他很强！话说回来，你们星球的人武力值都这么强吗？"

他眼神又变了，声线压低了几分说："我保护你，而你只需要给我提供你贴身的衣物。"

曼曼咽了口唾沫。

外星玩家见得多了，但像秦烨这种因为自己对外星文明的追求而分裂出双重人格的人，她还真是第一次见。

他又说："我们各取所需。"

曼曼被秦烨的那一句"各取所需"说服了。

她想找出杀死小八的真凶，如今又似乎被李铭跟踪。自己的武力值低得可怜，有秦烨这种可以一个打十个的留在自己身边，确实要安全得多。

天知道李铭打印自己的行程表想做什么！

而秦烨只是想研究外星文明而已！

曼曼才不愿承认还有个因素是一个这么受欢迎的教授跟在自己身边很拉风呢。

第二天一早，曼曼妈喊醒曼曼，说："我做了早餐，今天别出去吃了。"

曼曼高兴地爬起来，说："妈你最好了！我马上洗漱。"曼曼以最快的速度刷牙洗脸，坐在餐桌前。

曼曼妈在Ａ市一家颇有名气的时装公司当采购主管，烧得一手好菜，但因为平时工作忙，很少给曼曼烧菜。

所以每逢曼曼妈做饭，曼曼就跟捡了宝一样，外面再好吃的菜都比不上曼曼妈烧菜的味道！

曼曼妈看女儿一副馋样，不由得笑道："瞧你这个样子！跟几辈子没吃过早饭一样。"

曼曼妈边说边把煮好的小馄饨盛上桌。

两个巴掌大的白釉瓷碗里漂浮着一颗颗皮薄肉多的小馄饨，还有一大把绿意可人的葱花，以及十来片秘制牛肉。

曼曼迫不及待地吃了口，嘴里像是有一个美食天堂！

"妈，我中午饭都不用吃了！我妈的手艺呀，米其林都得让步！"

曼曼妈哭笑不得："一大早嘴巴那么甜，我准备去上班了，洗衣机刚洗好了衣服，你出门的时候记得晾上。今天降温，出去的时候记得多穿点儿衣服，围巾也戴上。"

似是想到什么，曼曼妈又说："我刚刚下楼倒垃圾，碰到一个男人，围了一条粉色围巾。"

曼曼妈又说："人倒是长得好看，可惜审美能力太差。"曼曼重重地咳了一声。

曼曼妈问："感冒了？"

曼曼又咳一声："不，吃太快呛到了。妈，你去上班吧，不用管我了，我会自己照顾自己的。"

等曼曼妈一离开，曼曼三步并作两步来到窗边。

她家住在高层，但尽管如此，艾曼曼此刻也能清晰地看到秦烨脖子上围了一条粉色的围巾。

曼曼差点儿要被自己呛死，没想到秦烨居然真的围着自己的围巾！

曼曼迅速解决早餐，翻箱倒柜找出一条深灰格子围巾，又穿上大衣才匆匆下楼。

秦烨就站在门口。

曼曼看了一眼他脖子上的围巾。

堂堂秦教授围着一条女孩子的围巾果然很奇怪呀！更别说围巾上还有波斯菊印花。她说："秦教授，换条围巾吧。"

她实在看不下去了……

秦烨瞥了一眼，随即狐疑地问道："你戴了多久？"

艾曼曼老老实实地说："七天！"

"成交。"秦烨接过，曼曼想拿回自己的少女粉围巾，秦烨却缠在手上。

"嘿嘿，他是想当备用围巾。"声线又变回书呆子秦教授。

秦烨护送曼曼上班，一路上，曼曼见识到了双重人格的……聒噪。

"你们外星文明到达哪种程度？"

"你是怎么来到地球的？"

"为什么选中了我？"

"我又有新疑问，你们星球的最高等生物是雌雄同体吗？"

曼曼可以确定声线是书呆子教授，他的第二人格很沉默。不过曼曼也觉得理所当然，他自己分裂出的自己怎么可能回答这些问题！

到公司楼下后，秦烨说："下班后给我打电话。"曼曼微微一愣，随后才反应过来秦烨的意思是要接她下班。

她说："我今天可能会晚一点儿离开公司，另外……"

她压低声音问："今早有人跟着我吗？"

"没有。"

曼曼若有所思地问："是不是我做什么，你都会跟着我？"

秦烨坚定地说："是。"

曼曼的实习公司今天开选题会，推迟了半个小时下班，她给秦烨打了个电话。

秦烨说："我在楼下。"

曼曼一下楼，果不其然，见到了秦烨，他脖子上仍然围着她今早给的围巾。秦教授果然很敬业，保镖当得很称职啊！

秦烨转身。

曼曼说："等等，今天先不回家，你陪我去一个地方。"

保镖就得物尽其用！

她喊来一辆出租车，等秦烨上去后，才打开手机，念了个地址。

地址是张远给她提供的。

是李铭的住址。

跟了她几天，不好好教训一下他，她就不叫艾曼曼。

曼曼向秦烨解释："我知道自己被谁盯上了，我等会儿准备……"

他打断她的话。

"不用向我解释，我只负责保护你。"

曼曼被呛了一下，意外地有点儿欣赏第二人格的秦烨了。本来她还担心两个人独处会不自在，既然他这么说了，她也乐得清静。

出租车上了高架桥，稍微有点儿堵，出租车司机透过后视镜看了一眼后座上的两位乘客，又收回了目光。

车内迷之安静。曼曼不着痕迹地打量着秦烨。

他沉默地看着车窗外，坐姿端正，背部依然挺直，一样的姿势起码维持了半个小时，艾曼曼心想：这两个人格的差距也太大了吧！

车窗倒映出他模糊的五官，在夜晚霓虹灯的映衬下，无端有一种与世隔绝的落寞，车内安静的氛围，更是给他增添了几分神秘感。

他忽然转过头看着她，被抓了个正着的曼曼轻咳一声，镇定地转头看风景。

下了出租车后，曼曼发现李铭住的小区离共江五园只有一条街。

这个小区略旧，管理不严，两个人毫无阻拦就进去了。

李铭住在四楼，曼曼和秦烨一路畅通无阻地到达。

曼曼知道今天李铭有最后一场考试，六点结束后才会回家，差不多是这个点儿就该到家了。

她看了一眼时间，把手机放回包里，眼角的余光一瞥，不由得一怔。

她压低声音问："秦教授，你知道撬人家的门是违法的吧？"

秦烨说："门没锁。"

老旧的小区，老式的门锁，轻轻一扭，门就直接开了。

曼曼傻了眼，仔细一看，才发现是门锁接触不好。她咽了口唾沫，左瞧瞧右看看，偷偷摸摸地进去了，对秦烨勾勾手。

秦烨倒是坦然，信步走进，还顺手关了门。

李铭的家很小，初步估计不到四十平方米，隔成了两个卧室，次卧只能摆得进一张一米三宽的单人床和一张写字桌。

主卧大一些，有一个大衣柜和一张一米五宽的床，地上有数不清的烟蒂和酒瓶。

曼曼拧眉，她很不喜欢这个夹杂着烟酒味的空间。秦烨依旧寸步不离地跟着她。

忽然，曼曼目光微凝，大步冲向电脑桌。

"这是小八的鼠标！"她颤抖地说。

那是去年小八过生日的时候,她特地送给小八的,还在上面刻了字。后来有一天上计算机课,小八不小心弄丢了,还失落了好一阵子。

很快,曼曼又在主卧里发现了小八曾经丢失的笔,丢失的身份证,丢失的口红,丢失的开衫……

曼曼的心"扑通扑通"地跳着。

为什么小八曾经不见的物品都会在李铭这里?

曼曼的目光倏地锁定了电脑桌上的台式电脑。

开机……竟然还需要密码?

曼曼对此完全没有头绪。

"让开。"冷不丁地,秦烨开口说道。

曼曼迟疑地让出位置,只见秦烨在键盘上敲了敲,页面上出现一行又一行的程序,修长洁白的手指在键盘上飞速移动,最后中指敲响 Enter 键。

直接跳过开机密码,进入桌面。

曼曼睁大眼,惊呼:"你……还兼职黑客!"

"落后的星球。"

曼曼没听清楚,问:"什么?"

秦烨的主人格跳出来说:"他说我的星球很落后。"

艾曼曼不服气地说道:"那也是我的星球啊!"

不要随便把她排除到地球人之外好吗!

曼曼开始专心地研究李铭的电脑。电脑桌面只有六个图标,其中有两个文件夹,一个取名为"巴筱筱",另外一个取名为"艾曼曼"。

曼曼光是看这两个文件夹,就有些心惊肉跳。

她先点开小八的,里面有一个 TXT 文档,还有小八在互联网上的信息搜索,包括微博、朋友圈,还有信息分析等密密麻麻的一大堆数据。

她再点开自己的。比起小八的,关于自己的信息没有那么多。曼曼背脊的冷汗都冒了出来,她赶紧将资料复制上传到自己的网盘。

就在此时,秦烨说:"有人来了。"

曼曼的心微微一颤,门外响起李铭和邻居打招呼的声音。

"小李啊,刚刚我看到有个小姑娘找你,在你家门口站了会儿,可一转眼人就不见了,你要不要去附近找找看……"

开锁声渐渐响起,"咔嚓"一声,门开了。

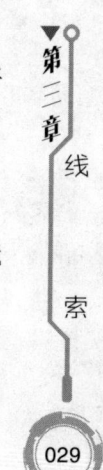

第三章 线索

第四章

WO DE HUA FENG BU TAI DUI

真 凶

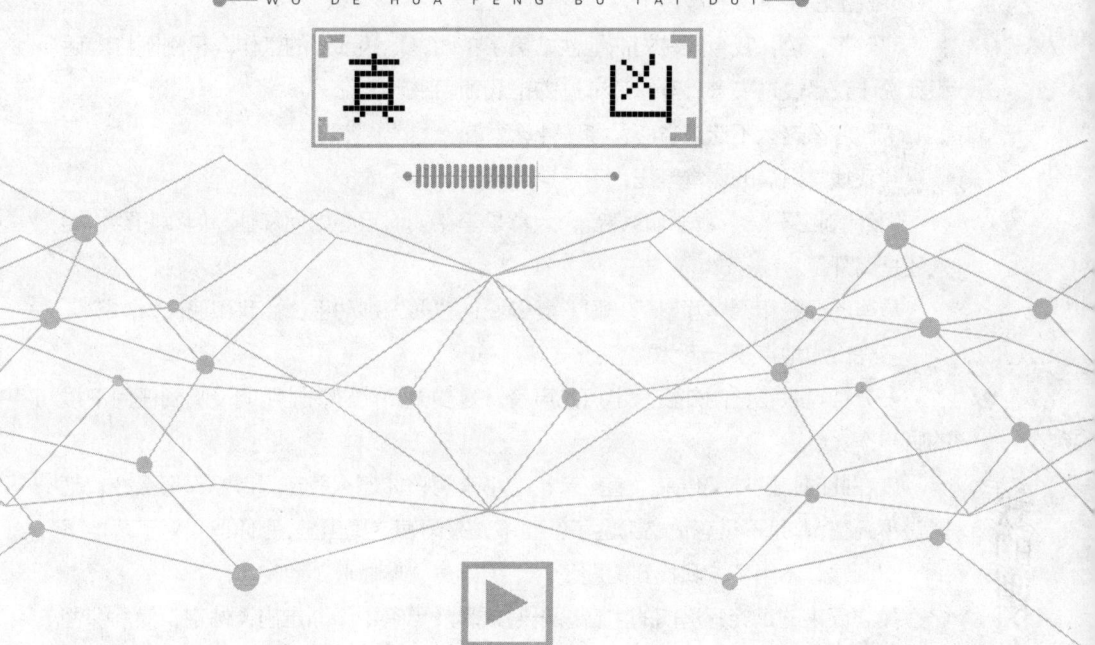

秦烨开始松动筋骨，准备大干一场。

曼曼低头编辑短信，告诉张远迅速带警察来李铭家。发完短信后，她心情有点儿复杂。虽然没有确凿的证据，但李铭现在显然是个犯罪嫌疑人。

剩下的证据，警方会查找。然而，此时此刻，刚刚旋开的门又被关上了。

外面响起李铭的声音，"爸，你今天怎么回来得这么早？"

"晚上没生意，不载客了。"

"对了，爸，我今天在刘浦地铁站落了东西，地铁那边的工作人员刚刚打电话和我说让我尽快过去拿。爸你开车过去帮我领回来呗。"

"你怎么这么不让人省心？掉了什么？"

"我找学姐借的课堂笔记，下学期要用的。"

门外响起男人骂骂咧咧的声音，大意是李铭如何粗心如何笨拙，但骂归骂，男人还是离开了。

屋里的曼曼和秦烨互望了一眼，曼曼说："你先别动手，让我和他谈谈。"

秦烨冷漠地点了一下头。

一分钟过去了，门外没有半点儿声音。曼曼微微诧异，她明明没听到任何下楼的脚步声。

就在此时，门外又传来一道声音："小李啊，你怎么戳在门口？天那么冷，赶紧进屋开空调。是不是忘记拿钥匙了？要不先来阿姨这里坐坐，等你爸回来了再走。"

"阿姨，不用了，我找到钥匙了。"钥匙声"哗啦啦"地响。

随之而来的是旋开房门的声音。一道人影从黑暗中渐渐走出，站定，然后惊愕地看着秦烨。

"秦……秦教授？"

曼曼问："你为什么要跟踪我？"

李铭惊慌地说："你为什么在我家？"

曼曼逼问："小八的死和你有没有关系？你家里为什么有这么多小八丢失的东西？还有为什么要搜集小八的行程？"

李铭的脸色煞白，半句话也说不出来。

曼曼说："我已经叫了警察过来，你现在不交代，等会儿也要和警察交代。"

话音刚落，楼下就已经响起警笛声，不过须臾，警察已经上来了，他们身后还跟着张远。大晚上的，他头顶的任务框格外显眼。

寻找杀死巴筱筱的真凶任务进度：四分之三。

张远兴冲冲地说："白队长！我接到情报，就是这里！他是我大学舍友，昨晚我还见他打印艾曼曼的行程。"

白队长负责巴筱筱这件命案。将近十天，毫无头绪，微博上传得沸沸扬扬。

最近警队的压力有点儿大。

没想到今天恰好有了线索，就在二十分钟前，警队里打杂的小年轻提供了一个网盘地址，里面有巴筱筱和艾曼曼的信息。

白队长打量着面如死灰的李铭，目光微沉。

他沉声说："李铭是吧？我们怀疑你涉嫌一宗命案，跟我们走一趟。"

李铭没有反抗，他临走前，回头往屋里看了一眼。曼曼顺着他的视线望去，是在看桌子。而桌上是她整理出来的小八曾经丢失的东西。

张远拍了拍曼曼的肩。

"等有了最新消息，我再告诉你。"

头顶蓝色框框。

哦，原来提示艾曼曼是这个意思！这样的提示还要300星币，莱维特怎么不去抢呢？呵呵，我偏偏不充钱，我要坚持当一个纯朴的游戏玩家！

张远跟着白队长一起回警队。

张远只是个打杂的，所以只能眼巴巴地看着白队长和李铭进了审讯室。他试图把耳朵贴在门上，然而半句话也听不到，他只好放弃。

不过很快，张远又燃起了斗志。听不到没关系，没资格进去也没事，任务完成就好了。

任务进度条已经到四分之三了！

张远心里高兴得很，打开游戏界面，然而并没有在探测到附近的玩家，他只好和方小猫聊天。

玩家远古星人好有趣：方小猫，我游戏任务快完成了！等我升级了，请你吃美食！

玩家方小猫：凶手找到了？啊！我家曼曼一定很高兴！

玩家远古星人好有趣：还没找到，但是应该快了。线索是艾曼曼提供的，之前的系统提示一点儿用都没有……莱维特设计游戏的时候脑子里到底在想什么？

玩家方小猫：我知道一个小道消息。

玩家远古星人好有趣：快说！金主大人！

玩家方小猫：乖！知道霍伊尔家族吧？

玩家远古星人好有趣：不知道……

玩家方小猫：你到底是不是淡尔特星球人？莱维特姓霍伊尔！赫赫有名的天才家族！霍伊尔家族出了一对天才兄弟，莱维特是兄长，克雷斯是弟弟，刚行成年礼就率兵歼灭虫族，我们年轻有为的上将！可惜英年早逝呀，那阵子莱维特谢绝见客半年，同时游戏设计工作也停下。喂？你人呢？

玩家远古星人好有趣：迟点儿聊，审讯结果好像出来了。

审讯室的门一开，张远就问："白队长，有新线索吗？案件有头绪了吗？"

白队长看他一眼，说："李铭认罪了。"

队里的其他人员刚刚也在审讯室的另一边听着，有人感慨："人不可貌相。"

张远惊愕地问："凶手是他？"

白队长颔首。另外一个人说："作案动机、工具都招了，和我们查的全部吻合。"

"不……"张远摇头。

"你不什么？"

张远说："李铭不是凶手！"

"证据是什么？"

"系统……咳咳咳！"张远重重地咳了咳，差点儿说漏嘴了。

他游戏系统里的查找凶手任务进度还是四分之三。如果李铭真的是凶手，他的进度条现在就该满了，他该升13级了。

"他是我舍友，我相信他的为人！"

"你年纪还小，以后学着点儿，有些人不能只看表面。"

张远屏住呼吸。

系统提示：是否接受拯救大学生艾曼曼的任务？

秦烨送曼曼回家。

到小区门口后，曼曼说："你不用送我了，就剩几分钟的路，李铭现在在警队，我不会有什么危险。"

"到楼下。"语气不容拒绝。

好吧……曼曼跟上秦烨的脚步，看着他的背影，忽然问道："秦教授，你真的相信有外星人吗？"

"你就是。"秦烨顿了一下回答道。

"宇宙有2000亿个星系，"他指着夜空，"那里有一颗红色的星球，是孕育高等文明的先驱。"他语气怀念而自豪，"还有数以万计的勇士，他们骁勇善战，不惧生死，誓死捍卫母星的疆土。"

曼曼头一回听第二人格的秦烨说这么多话。她想，大概秦烨的第二人格是太渴望外星文明的存在才会引发出来的吧。

思及此，曼曼有点儿心软，她说："也许有一天，我们真的能和外星文明碰触，然后友好共存。到了，谢谢你送我回来。"

曼曼和秦烨告别后，上了电梯。她在包里翻找钥匙，找了半天没找着，有点儿心慌。今天周四，曼曼妈肯定要加班，不到零点之后绝对回不来，而且很有可能直接在公司就睡了。

要是没带钥匙，她今晚只能去附近的酒店将就一晚了。曼曼已经在脑子里过了一遍可以投宿的朋友家，但考虑到现在已经将近十一点了，麻烦朋友不太方便。

幸好，出电梯时曼曼找到了钥匙。包里的手机一直在振动，曼曼嘀咕了一声："谁半夜还找我呀？"她边说边开了门。

"你好，张远。"

"艾曼曼！秦教授还在你身边吗？"

"不在，早就回家了。"

"真凶盯上你了，他……"

一只粗糙冰冷的手捂住艾曼曼的嘴巴，她心中一颤，对上了一双漆黑阴沉的眼。张远的声音渐渐变小，随后手机掉落，摔成了黑屏。

果然人倒霉起来，喝口水也能呛死，回个家也能碰上杀人犯。艾曼曼被杀人犯毫不留情地推向厨房。

她已经能感受到腰间有一把水果刀，尽管家里没开灯，可她知道是自己家的。她昨晚切完火龙果后懒得清洗，就直接扔进洗碗槽了。

曼曼假装镇定地说："我会配合你的，你要钱我给你。"

杀人犯不为所动，仍然推着曼曼往前走。

曼曼适应了黑暗，借着月光看清了屋内。她家的厨房是封闭式的，一出来就是客厅，然后是玄关，屋里的摆设丝毫未动，看来杀人犯并没有动过屋里的东西，连客厅的玻璃桌上的零钱包也没动。

进了厨房，杀人犯开了灯，紧接着说道："把小馄饨热了。"

这声音怎么这么熟悉？

曼曼听出来了，在两个小时前，她听过的——是李铭的父亲！

早上曼曼妈煮了一锅小馄饨，盛了一碗给曼曼，锅里还剩一些。

尽管她内心此刻是无数个问号，可还是听话地点开火，开始热小馄饨。水果刀逼近腰间，与此同时，她脑子迅速地思考。

李铭父亲为什么要让她煮小馄饨？肯定不是因为饿了。

曼曼假装镇定地问："你是不是没吃饭？饿了？这是我妈妈包的小馄饨，可好吃了，吃一口后保证其他小馄饨都入不了嘴！我厨艺也还不错，要不要给你再下碗面？"

"少废话。"曼曼继续热小馄饨。

过了会儿，她又说："我在A大念书，前阵子刚考完试，我们学校土木系三班出了件大事，有个姓李的同学被请退了……"微微一顿，曼曼发现身后的人并没有阻止她继续说。

"听说那位李同学现在还没告诉他的家长……啊！"

曼曼倒抽了一口冷气，捂住了手指："好烫。"

她可怜兮兮地问："煮好了要端出去吗？我家里的保险箱密码我知道的，你真的不要钱吗？"

"端出去。"背后的人冷喝。

"放餐桌上吗？"

"嗯。"曼曼听到了一声恶狠狠地回应。

曼曼端起小汤锅往外走，腰侧依然抵着那把水果刀，她边走边说："我听说那位李同学是因为考场作弊，哦，我想起来了，那位李同学单名一个……"

曼曼听到背后的人呼吸有些急促，就是这个时候！

说时迟那时快，曼曼一甩汤锅，滚热的小馄饨泼了李铭父亲一脸，李铭的父亲痛苦地呻吟。曼曼如同电影里的女特工，一个侧滑，滚到门口，利落地逃出。

没错，这是曼曼一闪而过的想象。

实际上，电影和现实是有区别的。

作为一个没有强大战斗力且没有凶器的弱女子，甩汤锅之际，汤水也顺便溅了自己一身……烫烫烫烫！

所幸此时，李铭的父亲松了刀，她连滚带爬且万分狼狈地摸到门把手。

一拉，门开了。

千钧一发之际，脚踝被一只大手狠狠地掐住，曼曼一个趔趄，身子倾斜重重地往一边摔去，脚一勾直接踢上了大门。

"砰！"绝望的声音在心头敲响，门又关上了。

李铭的父亲拍走头顶的小馄饨，浑身戾气！

曼曼被吓得根本动不了。

她自认胆子大，宿舍里有蟑螂，她打；集体看恐怖电影，女生尖叫，她哄；小贼拿刀抢手机，她抓。可这一次是杀人犯，残忍地害了小八的杀人犯！

他的意图只有一个，就是杀了她。

男人和女孩在生理上的差别如此大，在刚刚被抓住脚踝的那一瞬间，像是有一个铁环牢牢地拷住了她。黝黑粗糙的手掌像是毒蛇从暗夜里蹿出，直逼她的脸蛋。

忽然，一道轻微的"咔嚓"声响起。半指宽的门缝泻了一地橘红的光，光影渐渐扩大，现出了一道人影，秦烨探出半个头，说："艾曼曼，你家怎么不锁门？"

目光看向地上的两道人影，秦烨目光微微一凝，紧接着疑惑地问："你有客人？"

曼曼心中大喜："救我！"

五分钟后，两个人背对背被五花大绑。

李铭的父亲此时很焦躁，掂着水果刀坐在客厅的沙发上，玻璃台上是秦烨的手机。他痛苦地抓着头，恶狠狠地盯着秦烨。

"是你自寻死路！我没想杀你的，是你自己送上门来。我只想杀艾曼曼的！"

话音落后，他又站起来，在客厅里徘徊，像是在下什么决心。

曼曼低声问："秦教授，你的第二人格呢？"

秦烨说："我没有人格分裂。"

"好好好，你没有人格分裂，请问你体内的外星人什么时候出来？他再不出来，我们今天都要死在这里了。"

"哦，他今天出来太久了，现在又回去沉睡了。临睡前和我说，让我上来告诉你明天想要睡衣……"

这么紧要的关头居然和她讨论睡衣？曼曼无法理解人格分裂的人，她苦兮兮地配合说："有什么方法能让他出来下？"

秦烨说："他说你身上的气息有一股熟悉的味道。"

"呆子，转过来！"

"为什么？"

不就是要她身上的味道吗？抱一下够直接了吧！

此时，"啪嗒"一声，水果刀掉在了地上，又被重新捡起。曼曼对上了李铭父亲的眼睛。

李铭父亲瞪着曼曼说："别吵。"

曼曼说："你放了我们，我保证不报警。你想过你儿子吗？我和你儿子还是同学！"

他冷笑道："艾曼曼，你果然知道我是谁。巴筱筱把照片发给你了吧，我本来想让你死得好看一点儿，现在看起来是不可能了。"

听他提起小八，她咬牙道："你们身上已经背负一条人命了，这还不够吗？"

"是我，没有其他人。"他慢步走到曼曼跟前，用刀尖挑起她的下巴。

"你们这些女大学生，都看不起我们乡下来的。既然看不起，那干脆去死吧。"

刀尖轻轻刺入。血珠冒了出来，曼曼疼得皱眉。

手臂上的绳索勒得紧实，像是要嵌入手臂一般，忽然间彻底松开。曼曼一愣，只见眼前晃过一只拳头，刚刚还阴冷嚣张的李铭父亲顷刻间倒在地上。

水果刀又"啪嗒"一声掉落在地。曼曼不由得睁大眼。秦烨甩开绳索，从容地站起，伸出一只手掌。

"我出来了。"

曼曼狐疑地看着秦烨。

秦烨自动转换成书呆子秦教授。

"好厉害！太厉害了！艾曼曼！我都不知道我的身体能有这么强大的力量！"

她问："你的第二人格怎么出来得这么随意？你能告诉我一下吗？以后要怎么把你的第二人格叫出来？他今天要是不出来，我们俩都得死在这里。"

"我也不知道他怎么出来的，就在刚刚他拿刀对着你脖子的时候，我的身体忽然就不受控制了。"

曼曼说："让你家外星人回答。"

说到此处，曼曼看了一眼地上的男人。秦烨一拳就解决了李铭的父亲。他的鼻梁骨似乎断了。

曼曼咽了口唾沫，问："你不会一拳把人打死了吧？"

"这身体平时没有锻炼，死不了。"他看了她一眼，目光微凝，垂眼说，"我闻到了血的味道。"说着，硬邦邦地偏过头，扫视了客厅一眼，忽然笔直地走向电视墙。

曼曼跟着走过去，问："什么血的味道？"

他俯身打开一个正方形的盒子，在曼曼踮脚探头时，利落地撕开包装，等曼曼反应过来的时候，脖子上添了一道暖意。

她伸手抚上脖子，略微粗糙的触感，是创可贴。

他硬邦邦地说："你们地球人真脆弱。"

刚刚水果刀只是轻轻地一碰，擦破了皮肤，留下了一道很浅很浅的伤口，并不严重。所以在秦烨解决李铭父亲的时候，她已经忘记自己脖子被刀划伤了。

没想到秦烨的第二人格居然还记着。

"你还没回答我呢！你是怎么出来的？"

他直勾勾地看着她："现在还不清楚，你把水果刀给我。"曼曼捡起地上的水果刀，刀上还有一点儿她的血迹，她正想擦拭，秦烨却说："不用，让我带回去。"

没过多久，警察来了，见到地上的男人，蒙了一下，鼻梁彻底断了……

白队长问秦烨："你打的？"

曼曼怕外星人格秦烨又瞎扯，立马说："我们是正当防卫。"

"小伙子力气很大，有考虑过参加明年年初的警察考试吗？"

都来招揽人才了！曼曼看了一眼秦烨，他正以一种严肃的目光上下打量白队长。白队长不由自主地挺胸抬头，无端有了种长官下来巡视的即视感。

"不考虑。"秦烨回答道。

白队长感觉自己被嫌弃了。

曼曼轻咳一声，问："我需要跟你们到警队做笔录吗？杀害我舍友小八的真凶就是他吧？他是李铭的父亲对不对？"

"不用，在这里做就可以。二十分钟前，李铭全都招了。"

白队长示意身边的人开始，有个年轻人拿了一支笔，翻开一本手册。曼曼把晚上发生的事情说了一遍，不过她有一件事甚是不解。

"我不知道他为什么要让我热小馄饨……"

白队长说："他很谨慎，应该仔细研究了你们小区的监控，还有你这栋楼的居民。他是从十七楼的阳台翻上你家的阳台，没有碰你家的任何东西，说明他不图财，目的只有一个，就是你。阳台门口有一篓子衣服，你是准备晾的吧？"

曼曼有点儿不好意思。

"早上急着出门，没来得及晾，本来是打算晚上晾的。"

"你家平时晒被子得站在板凳上吧，如果你晾衣服的时候，被他要求站在板凳上，然后轻轻一推，你就会从十八楼摔下去，那么大的动静不用十分钟就会有人发现，等查到你的楼层，进来一看发现桌上小馄饨还热着，外面晾的衣服还剩一半，自然而然会认为你是不小心摔下去的。"白队长指着曼曼家阳台说道。

曼曼心有余悸地说："所以他是想制造出意外的现场？"

"对。"

曼曼问："他为什么要杀我？之前说了一句和小八有关的话，说是小八把照片发给我了，但是我并没有收到任何照片。"

白队长说："等审问后告诉你，以后不要跟着那浑小子乱跑。"曼曼顺着白队长的视线望去，发现匆匆而来的张远。

系统：玩家远古星人好有趣已完成拯救大学生艾曼曼的任务。

系统：玩家远古星人好有趣已完成寻找杀害巴筱筱真凶的任务。

经验条顺溜地涨了一大半，张远升到13级了。

第五章

WO DE HUA FENG BU TAI DUI

外星人

小八的案子结束了，李铭的父亲以故意杀人罪被判无期徒刑，而这一切全都是因为李铭父亲想帮自己自卑的儿子追求女孩引起的。

白队长告诉曼曼，李铭父亲之所以会盯上她是因为小八那天离开派对后，上了李铭父亲的车。

小八半路发现不对劲儿，扔了手机，并扬言把李铭父亲的照片发给朋友了，如果李铭父亲不放她走，迟早会被抓到。

李铭父亲本来想自首，可是不甘心，在外地躲了几日后发现并没有警察查到自己头上，于是侥幸地认为自己不会被警察抓到。

他壮了壮胆子，重新回到 A 市，因为一直惦记着小八说的照片的事情，所以开始悄悄地跟着艾曼曼。

周末，曼曼打算回学校缅怀小八。一出门就碰上了方小猫。那天之后，她似乎好久没见到方小猫了。

"曼曼早！"她咧开嘴露出八颗牙齿笑得很灿烂，然后意外地收获了曼曼的一点儿好感度。

在小八这件事上，她出了不少力，曼曼发自内心地冒出好感度，她主动问："你考完试了？"小猫受宠若惊地点点头。

"我这几天家里忙，小八的事情我听张远说了，那天本来也想过来帮忙的，刚好家里有事情走不开。"

呜呜这不怪我啊，这阵子服务器总是不稳定，我一直登不上星号。

系统提示：你的好友远古星人好有趣已上线。

玩家远古星人好有趣：啊，终于登上来了！莱维特捞了这么多钱，服务器就不能换一个吗？我系统托管了好几天，说不定又错过什么大案子了。

曼曼说："我准备回学校。"

小猫："我陪你去！"

曼曼说："不用啦，我就是挺想小八的，想一个人在学校里走走。"

小猫听明白了，说："好的，等你有空的时候一定要找我玩哦！我们可以一起吃饭、逛街、看电影。"

学校里已经没有几个人了，所以分外冷清。前天下了场小雪，伴随微风刮来，嗖嗖嗖的都是入骨的冷气。曼曼裹紧围巾，走着曾经和小八一起走过的路。

到荷光湖的时候，曼曼碰见了李铭。

小半月未见，李铭憔悴了许多，胡子拉碴的，他见到曼曼，低声说了句："对不起。"曼曼说："你不应该对我说。"

李铭小声地说："我没想过我父亲会这么做，更没想到小八她……"他哽咽了一声，眼睛里全是血丝，"后来我想过阻止他的，可是我不知道怎么做，我只好跟着你，怕他对你下杀手。我保护不了小八，但保护了她的舍友，所以才敢来这里祭奠她。"

"你并没有保护我，真正保护我的人是秦烨。"曼曼说道。李铭的嘴唇哆嗦了一下。

"害死小八的人是你父亲，我知道我不该迁怒于你，可我做不到。"说完，曼曼头也不回地离开。

李铭蹲在湖边，垂着头，背影萧瑟。

曼曼离开学校准备回家，走到地铁站入口的时候有辆车停在了她的面前。车窗缓缓放下，露出了一张熟悉的面孔——是秦烨。

只不过如今这张面孔上的表情让曼曼分不出，究竟是秦烨的主人格还是第二人格。

"艾曼曼，上车。"语气也是平平淡淡的。

曼曼仍然分不出秦教授的第一人格和第二人格。自从那天后，她也是小半月没见过秦烨。

曼曼上了车，坐在副驾驶座上，系上安全带后发现车内暖风开得有点儿高，索性把围巾摘了，露出一截白皙的脖颈。

她问："秦教授要送我回家？"

秦烨修长的手指握着方向盘，目不斜视地看着前方，"不是想知道我的第二人格怎么能出来吗？"

听到这话，曼曼微微了然，看来眼前的人是第二人格的秦烨。

不过，似乎又有哪里不对劲儿，比起之前第二人格的秦烨，他似乎又有点儿像主人格的书呆子。

车驶上高架桥，最后来到一处郊外的别墅区。曼曼跟着秦烨进了其中一栋，屋里相当整洁干净，与曼曼想象中的书呆子家完全不一样。

她问："你的第二人格是怎么出来的？"

一直走在前面的秦烨忽然停住脚步，缓慢转身，目光落在曼曼的脖子上。

她脖子上仍然贴着创可贴，之前的伤口很浅很浅，小半月的时间本该痊愈了，可曼曼前天上班的时候整理纸张时，又不小心被纸割伤了。同事还笑她，说头一回碰上这么倒霉的人。不过幸好伤口也很浅，只留下一道口子，但仍然需要贴个创可贴。

他一步一步地走来，冰凉的手指撕开了创可贴。

秦烨的气息充斥她的鼻尖，他声音沙哑地说道："艾曼曼，你身上有我母星的味道。"

秦烨的耳根在以肉眼可见的速度爬满红晕。

曼曼心想：不是吧，主人格又出来了？然而秦烨的眉目跟先前并没有区别，反而多了一丝嫌弃的意味。

"你脸红什么？"

"你……你靠她那么近！"

曼曼瞠目结舌。

两个人格在吵架？

她后退了一步，然而手被秦烨扣住。

曼曼说："你先放开我。"

"放开她！"

"等我把话说完。"

"你还想不想用我的身体了？"

"你还想不想知道外星文明？"

秦烨和秦烨吵了起来。

曼曼觉得再次受到冲击，趁他们吵架之际，她挣脱开秦烨的手，径自走到沙发前。正好沙发旁的圆桌上有一本杂志，曼曼坐下后，顺手翻开。

一大堆看不懂的科学术语，不过也胜过看人格分裂者吵架。

五分钟后，曼曼面前多了一道身影。

"艾曼曼。"

曼曼放下杂志，好整以暇地问："你们吵完了？吵完了可以给我解释下到底发生了什么事吗？"

说着，抬眼看了看秦烨，又问："现在的你是哪个人格？还是说你又分裂出第三人格了？"

"我来解释。"秦烨走进一间房间，很快又走出来，手里还多了一份资料。曼曼随意扫了一眼，就看到上面的精神分析报告。

秦烨说："十天前，我去医院做了一次全面的精神检查，出来的结果是我没有任何精神问题,并不存在你所说的人格分裂。"

曼曼一怔……不是人格分裂?那是什么?

曼曼心中"咯噔"了一下,用一种奇怪的眼光打量着眼前的秦烨,她迟疑地说:"你的意思是你并没有精神疾病,而是你身体里真的有一个外星人?"

"聪明。"

"我就说了曼曼很聪明,她很有可能不是地球上的物种。"秦烨又开始自言自语。

曼曼盯着他,半晌,终于发现了不同。

声线较为清亮的是之前她认为主人格的秦烨,而声线较为低沉的是她认为第二人格的秦烨。

曼曼简单地分辨出两个人格后,问:"什么叫我身上有你母星的味道?"

"我一直寄生在他的体内,直到在阶梯教室遇上你。与你近距离接触后在他体内苏醒。在这之前,我能感受到外界,却无法使用他的身体。"外星人秦烨说。

曼曼指着自己:"我?"

"对,你身上有我母星的气味,还有一股特别的味道。"

如果不是场合太正经,曼曼真的会以为秦烨在跟她开玩笑!

她问:"这话什么意思?"

"那是我第一次使用他的身体,只苏醒了十五分钟。第二次是经过几天的气息积累,我使用他身体的时间比第一次长了十五分钟。"

曼曼有点儿明白了,问:"所以你才问我要了围巾?"

"因为上面有你的气息,使用身体时间维持了两天。"

曼曼问:"在我家又是怎么回事?"

"你的血。"

他伸出手抚摸她脖颈上的伤口,眼睛像是蒙上了一层深邃的色彩:"很……特别,水果刀上的血我尝了,一直维持到现在。"

曼曼打了个寒战,接着发现秦烨本人也打了个寒战。

地球人秦烨:"别用我嘴巴说这样的话!"

寄生外星人:"我说的是事实。"

地球人秦烨说:"艾曼曼,他说你体内的血来自他居住的星球,而且里面还含有催化生长剂。你身上的每一个毛孔,甚至毛发都透露出一种高端营养食品的气息。"

曼曼突然很有画面感,敢情她在寄生外星人同志的眼里,脸上就写着"快来吃我才能长大的字样"吗?

"你胡说!我是纯种地球人!"话音未落,曼曼已经不相信自己了。

如果她真的是纯种地球人,怎么解释这个地球上只有她才能看到外星玩家?

是巧合，还是必然？二十年来的信仰开始悄悄崩塌，曼曼摇着头，说："不，我不信，你不许胡说。"

忽然秦烨碰了一下艾曼曼的脖子。

曼曼陡然哆嗦了一下。

"不，你别碰我。"她猛地甩开秦烨的手，逃离似的后退。

"我要回家。"艾曼曼惊慌失措地说。

"我送你。"

"不，我自己回。"她声音发颤，好一会儿又强迫自己镇定下来，说："我可以自己回，你不用送我。"

她往后退了几步，急急忙忙地推门离开。

地球人秦烨："她被吓走了，没我想象中那么镇定，喂，你去哪里？她都说了不用送。"

然而，身体使用权已经不在自己身上的秦烨被迫离开别墅，悄悄地跟上曼曼，跟着曼曼上地铁，又跟着她出地铁，一路走到她的小区。

地球人秦烨："还要继续跟吗？老兄，你跟踪技术明显比我高啊！你在你星球到底是干哪一行的？啊？还要上去吗？"

寄生外星人同志一言不发地跟上，和曼曼错过了一个电梯，听到曼曼和她母亲说话的声音后才无声地离去。

回到别墅后，地球人秦烨说："你好像很关心艾曼曼，你们星球日照时间和地球一样吗？"

寄生外星人沉默了一下，说："你让我静静。"

地球人秦烨很痛快地说："行，你静静过后告诉我答案。"

与此同时，他内心很是兴奋。他曾怀疑过自己是人格分裂，但检查结果出来后，秦烨便确认了。

他体内确实有一位寄生外星人！寄生的含义是什么，秦烨很清楚，可是这又有什么关系？他毕生追求就是寻找外星文明，而现在外星文明就在他的体内！

就算是此刻死亡，他也无憾！所以他非常爽快地接受了被外星人寄生的设定。

"我的判定果然没有错，艾曼曼果然和外星文明有关！虽然她看起来跟地球人并无差别，我就说仪器是不会出错的！"地球人秦烨忍不住说道。

寄生外星人陷入沉思，艾曼曼向他们隐藏了一个秘密。

一般地球人听到"外星人"三个字，第一反应是否定或是不敢置信，而艾曼曼轻而易举就接受了秦烨被外星人寄生的这个事实。

这能说明一个问题——艾曼曼曾和外星人有过接触，又或者是知道些什么。

Ａ市第一人民医院。

最近Ａ市来了一道寒流，气温骤降，许多人冻出病来，这几天来医院的人可谓络绎不绝。曼曼拢了拢身上的牛角扣大衣，走出医院。

恰好遇到出租车卸客，曼曼站在一旁等候了会儿，直接坐上出租车。

她报了公司地址。司机透过后视镜看了一眼曼曼，感慨地说："这几天天气真冷，我昨天起码载了二十个客人来医院。"

曼曼没有接话茬，微微侧首看着窗外，一副出神的模样。

司机的视线从曼曼手里的病例纸袋收回，心里感叹了一声。

他载客十年，从医院里出来脸上挂着这种表情的客人，一般是得了令人惋惜的病。小姑娘看起来像是个高中生，独自坐车，没有家人陪伴。

曼曼自然不知道司机已经脑补出了一场苦情大戏。

她前阵子去了一趟医院，做了一次全身检查。今天她是来拿检查报告的。

医生说她所有指数都达标，连年轻人常有的亚健康都没有，让她以后继续保持。曼曼决定相信现代医学技术。至于某教授说的话，她当没听过好了。

曼曼从包里掏出手机，给妈妈发了条微信，把医生说的话重复了一遍。

曼曼妈过了会儿才回复，说："路上注意安全，妈今晚可能要加班。"

曼曼早已习惯，回了一个可爱的表情。

退出微信界面的时候，曼曼的指尖微微一顿，最后把前面的两个联系人给删了，其中有三十二条信息的张远，还有二十条信息的方小猫。

还是少与外星人接触为妙，能当女主角的一般都是能找事的，她艾曼曼只想当个普普通通的上班族。

司机开了广播，字正腔圆的普通话在车内响起——

"经Ｂ市公安局核实，Ｂ市第一监狱今日有两名囚犯杀警越狱，已逮捕一人，还剩一人在逃。囚犯左脸有……"

司机关了广播，说："临近春节到处都是事儿！小姑娘，到了。"

曼曼是请了早上的假去拿检查报告的。今天下午公司开年会，公司里的人基本都无心上班。

曼曼刚坐下，隔壁的同事何志星就探头过来，说："你知道连木会来吗？"

连木是曼曼实习公司捧出来的畅销书作家，性别男，长得小帅，包装过后迷倒了万千少女，出道已有八年，至今还未过气。

"早就知道了，王姐告诉我了。我更关心年会有什么奖品，听说去年头等奖是苹果三件套。"

何志星叹息:"公司里就你一个人能讨王姐欢心。"

曼曼很骄傲地说:"没办法,我有长相优势。"

"得了吧,就你嘴甜,一进公司把女员工都夸了一遍。"

"我必须指出一个错误,夸这个词用得不对,你不懂我们女孩子的友谊。"刚进公司那天,天知道她一个外星玩家都没发现时心情是有多惊喜!

何志星冷笑一声,说:"有本事你去和肖姐建立你们女孩子之间的友谊。"

曼曼咳了一声。

"肖总编只可远观不可亵玩焉。"

曼曼觉得自己蛮幸运的,凑巧碰上公司招实习生,又刚好可以参加人生的第一次年会。年会上来了许多出版界的大人物,曼曼不太关心,她更关心抽奖。

头等奖和去年一样,依旧是苹果三件套,最新一代的手机、平板电脑和笔记本电脑。曼曼的手机用了两年,速度越来越慢,她想换个手机。

她抽了三十九的号码牌,兴致勃勃地等待抽奖,只可惜她没有什么中奖运,只抽到了一箱抽纸。

"曼曼,你抽到的是什么?"问话的人是王姐,当初面试曼曼的高挑女人。

曼曼说:"是一箱抽纸,王姐是抽到三等奖了吧?我就知道王姐运气一直不差,不是前三都对不起我们王姐的神来之手!"

王姐捂嘴笑:"瞧你说的,三等奖是温泉酒店两天一夜游,时间是下周末。我下周要回老家过年了,哪有时间去啊,还没你的抽纸实在。要不我跟你换吧,你是本地的,还能带一个家属过去。"

曼曼说:"居然还有时间规定。"

王姐说:"可不是吗?"

曼曼说:"好呀,那我先谢谢王姐了!我去那儿探探路,要是好玩的话下次和王姐一块去。"

曼曼回家后上网查了一下那家酒店,网评相当不错。酒店位于Ａ市出名的鞍山上,温泉种类有一百多种,以及各种配套设施和服务。

冬天赏雪泡温泉,简直太惬意了!

晚上曼曼妈回来后,曼曼说了这事,可惜曼曼妈表示没空。

曼曼只好问身边的朋友。然而临近过年,大家都忙得很,要么回老家,要么陪家人办年货。

睡前,曼曼收到一条短信。

"我有空。"曼曼看了一眼号码主人的名字。

呵呵!自己去也不要和你去!坚决不跟任何外星人扯上关系!

另一边，漆黑的屋里，只有电脑散发着光芒，屏幕里倒映出一张五官深邃的脸。

"你知道当黑客是违法的吗？你们星球最新的科技产品是什么？等等，你给谁发信息呢？"

秦烨的第二人格心不在焉地答道："艾曼曼。"

"哦，回你了吗？"

"还没有。"

地球人秦烨又好奇地问："你们星球有类似手机这样的通信产品吗？等等，你又在做什么？"

第二人格无比认真地说："侵入温泉酒店的管理系统。"

浑然不知的艾曼曼同学兴高采烈地收拾行李，还特地买了一件美美的泳衣。周末那天，她背着一个小背包欢呼雀跃地坐车去温泉酒店。

车程大概两个小时，曼曼心里哼着歌，看着窗外的风景。

时间嗖嗖地过去，快到的时候，曼曼发现天空纷纷扬扬地落下飞雪。

"真应景！"

曼曼下了车，拿出手机拍了张雪景，然后去酒店前台登记。圆圆的包子脸上笑容一直没有停过，直到碰上了坐在休息区的秦烨。

军人一般的坐姿，手里握着一份报纸。

出挑的气质吸引了不少过往的游客，不少人忍不住多打量了他几眼。然而被打量的人不为所动，良久才放下报纸，朝曼曼看来。

五指并拢停在离太阳穴一厘米的地方，他微微地点了一下头。

"曼曼？艾曼曼？"

曼曼此刻内心是崩溃的。

她僵硬地转身，张远三步并作两步地走来："哇，好巧！居然在这里碰到你！"

说着，张远身后又冒出了一道人影。何志星摘下帽子，说："艾曼曼，我怎么不知道你也抽了三等奖？你认识小远？"

张远说："认识认识，我和曼曼是一个学校的。"

何志星点点头，说："难怪认识，小远是我朋友的朋友的弟弟，我找不到家属就把他带来了，艾曼曼你带了谁来？"

"我自己一个人。"曼曼瞄向张远的头顶。

玩家远古星人好有趣已接受到雅兰温泉酒店泡温泉任务。

稍微松了口气，还好还好……没有人失踪，也没有人被杀害。

第六章

WO DE HUA FENG BU TAI DUI

雅兰酒店

曼曼脑子里多出一架天平。左边是张远加秦烨，右边是泡温泉。天平左右摇晃，最后缓缓地倾向左边——还是生命安全比较重要。

酒店前台的小姐礼貌地提醒："请出示您的身份证。"

曼曼说："不好意思，我身份证好像掉在外面了，我去找找，等会儿回来。"提了提肩上的背包，曼曼果断地往酒店外走去。

方才还是柳絮般的雪花已经渐渐变成鹅毛般的大雪，曼曼站在酒店门口阅读班车时间。由于地理位置偏僻，温泉酒店提供班车接送。曼曼就是坐酒店提供的班车上山的，下一趟发车的时间是半个小时之后。

曼曼不想等了，拿出手机打开打车软件，然而不知道是在山上的原因还是下大雪的缘故，信号相当不好，压根儿无法定位。

"想下山？我可以送你。"耳边响起了车钥匙的声音，曼曼头也不扭，直接说："不用了，我等班车就好。"想避开的人就是你好吗！

"看天气预报了吗？"

"看了。"

他淡淡地说："你们地球人的天气预报准确率达不到百分之百。"

曼曼终于扭过头，问："什么意思？"

"我的意思是，没有我你下不了山。"

他的目光太过专注，以至于有那么一瞬间，鸡皮疙瘩爬上了曼曼的背脊。她觉得自己在寄生外星人的眼中，大概是行走的高端营养品。

曼曼说："我相信天气预报，不劳烦你操心，谢谢。"

"我住在星空一号，有任何需求可以来找我。"说着，秦烨便离开了。

曼曼腹诽，谁要找他了？找张远都不找他！她往掌心哈着气，继续等班车。半个小时后，曼曼没有等到班车，反而等来了酒店的工作人员。

"小姐，不好意思，雪突然下大了，山路不便行走，现在班车开不了了。"

曼曼问："什么时候才能开？"

工作人员说："得等雪停了。"也就是看老天爷的意思了。

曼曼别无他法，只好重新进入酒店，向前台小姐提供身份证办理入住手续。办理的时候，曼曼眼尖地发现旁边站了个眼熟的男人——赫赫有名的畅销书作家连木。

他身边还有个漂亮火辣的女人，一头栗色的大波浪卷搭配精致得无可挑剔的妆容，显得风情万种。女人低声和连木说了几句，连木蹙眉，低声呵斥了她一声。

"Alisa（艾丽莎），你可以跟着来，但不许胡闹。"

曼曼心想，何志星不在真是可惜了，大八卦呢！连木带着女朋友来泡温泉了！那群被连木迷得七荤八素的少女见到此情此景估计要心碎了。

前台小姐认出连木，悄悄地问连木能不能给她签名。连木大方地表示可以，签过名后，才和漂亮女人离开。这会儿，前台小姐才把房卡递给曼曼。

"小姐，这是您的房卡，门卡和房卡通用，请往那边走。"

"好，谢谢。"

房卡上写着102，酒店一楼也住人？曼曼按捺住内心的疑惑，循着指示牌走，然而并没有找到房间，重新转出来的时候，才找了门童带路。

门童看了一眼她的房卡，说："这是别墅套房的卡，我带您过去。"

咦，公司居然这么大方？她坐车上山的时候，大老远就见到酒店建筑群里有七八栋欧式别墅，原以为公司最多也就弄个山景房什么的，没想到居然这么大方。

曼曼觉得自己赚到了，等回去后一定好好请王姐吃顿饭。

门童边走边向她介绍："我们雅兰酒店占据了观景最佳的地理位置，您住的一号别墅在没有雾霾的时候能见到满天星辉，是我们酒店里景观最好的别墅，里面还配有管家助理服务。"

眼见快到了，门童又笑着说："而且客人您放心，我们这里的门窗都采用了最新的安全智能技术，房卡与指纹对应上当天输入的入住资料才能开启，而且酒店里有二十四小时保安巡逻，您完全不需要担心安全问题。祝您入住愉快。"

门童在别墅门口停下。曼曼刷了一下房卡，又摁了一下指纹，才得以进入。别墅是三层半的欧式洋房，装潢极其奢华，随处可见繁复的欧式设计。

客厅中央站了一个穿着燕尾服的男人，朝曼曼微微一笑，说："艾小姐中午好，我是星空别墅的方管家，您入住期间有任何需求都可以找我。您的房间在二楼，是星空二号。我带您上楼。"

等等，怎么好像在哪里听过星空几号？曼曼开了星空二号的门后，隔壁房间"嘀"的一声，缓缓地开了。

方管家笑容可掬地问："秦先生中午好，请问需要用午餐吗？"

又是"嘀"一声，另一个房间探出一个头。

"艾曼曼好巧啊，你也住星空别墅？我和星哥准备去吃午饭，听说这里的东西

第六章 雅兰酒店

还不错哦，你要不要一起去？"

真是好巧，巧到想哭怎么办？

曼曼说："不，我有点儿累了，想先休息一会儿再……"话还未说完，何志星探出半个身体，说："艾曼曼，你跟我们一块吃饭吧，我有非常重要的事情和你说。你不听的话肯定会后悔。"

"什么事情？"

何志星神秘兮兮地说："跟公司有关的，吃饭的时候再告诉你。"

张远说："秦教授你也在呀，真巧！要不要也一起来呀？"

秦烨从嗓子里"嗯"了一声出来。

张远你多什么嘴！求你下线了吧！别在玩游戏刷任务了！

雅兰温泉酒店的自助餐在 A 市是远近闻名，不少人慕名而来就为吃这里的自助餐。曼曼扬扬下巴，尽量无视身边的秦烨，以及坐在左上方的张远，对何志星说："何大哥您请说。"

五分钟后，曼曼咬牙切齿地说："何大哥您不去八卦报社当娱记真是浪费您的才华了！"全都是公司上层的八卦。

何志星叹息说："不是不想当，是进不去，只能屈尊当个校对小编。我要不是你前辈也不提醒你，现在领导住在我们楼上，你可以好好表现。"

曼曼此刻肚子里满是苦水，来之前怎么不打听下公司里当初还有谁抽到了三等奖？现在可好，星空别墅里几乎都是熟人。

何志星点着桌面，说："秦教授住在一号房，你住在二号房，我和小远住在三号房，连木住在四号房，带来的家属 Alisa 住在五号房，肖总编住在六号房，七号房是肖总编的闺蜜和她未婚夫。嘿，刚说曹操曹操就到，两点钟方向，看到没有？那就是我们肖总编的好闺蜜袁媛。"

何志星羡慕地说："肖总编跟她的闺蜜关系特别好，听说从上学的时候就认识了。"

曼曼觉得何志星在公司里干了两年，至今还只是个校对不是没有原因的。

她无心再听，风卷残云地解决盘子里的食物后准备回房歇一会儿，下午再换泳衣去泡温泉。

计划得很美好，然而实施过程中阻碍不少，譬如天气。因为雪越下越大，室外的温泉全都停用了，只剩室内的可以用了。

不过幸好雅兰酒店温泉门票的价格高得离谱，室内温泉占地面积数百平方米，种类繁多，中央还有一个大温泉，里面还安置了假山竹桥，颇是雅致。

此时曼曼靠在假山上，身体浸泡在温泉里，只露出一颗脑袋，给了秦烨一记白眼。

"两位可以让我安安静静地泡个温泉吗？或者过半个小时再来？"

难得现在人少安静，曼曼不想离开。趴在假山上泡着温泉，看着烟雾缭绕下的竹桥，让她身心得到极大的舒缓和宁静。如果能忽略一旁自言自语的秦烨的话。

"让她静静，我们回去聊天。"

"待在这里。"

"你们星球也有温泉吗？"

秦烨的第二人格骄傲地说："有，但等级森严，只有贵族才可以享受。"

地球人秦烨说："真可怜，你多泡一会儿吧。"

"谁告诉你我不是贵族了？"

曼曼决定不搭理他们两个，准备起身去另外一个温泉时，假山后面忽然有一道熟悉的声音响起。

"媛媛，你真的要嫁给他吗？"虽然见面的次数不多，但曼曼还是听出了这道只有开会时才能听得到的声音——是领导肖总编。

"他挺好的。"声音很轻很柔，想必就是何志星口中的肖总编的闺蜜袁媛。

"那就好，他要是敢欺负你，我绝对不会放过他的！"

曼曼联想起何志星的话，不由得感叹起来，肖总编和她的闺蜜感情果然超好的！不过话说回来，她现在贸然出现，是不是有点儿不太礼貌？

冒出的小半截身体又重新缩了回去。

"不会的！不一样的！他……"

曼曼打了个喷嚏。

袁媛的声音戛然而止。

曼曼的心"咯噔"了一下。

此时肖总编蹙了一下眉头，转过假山，才发现假山后有一对情侣，只能见到男人宽广的背部和埋首在男人肩窝上的半个脑袋。

肖总编松了口气，对袁媛说："不认识的。"

袁媛点点头，两个人陆续离开温泉池。

曼曼听到离开的脚步声才推开了秦烨，说："不用你帮忙，我也能应付。"她本来都想好了，这里雾气腾腾的，她完全可以躲在温泉里。

她水性极佳，闭气时间又长，躲过肖总编完全不是难事。然而，没想到秦烨突然就靠过来，拍了拍她的脑袋。

"嗯，我知道你很聪明。"

曼曼略一仰头，上上下下地打量秦烨，眼神带着审视的意味。忽然间，她笑眯眯的，眉毛弯成了月牙儿："是哪个你在讨好我？"

第六章 雅兰酒店

"我。"

"不是我。"

曼曼问:"你叫什么名字?"

冷峻的脸庞此刻有一丝绷紧,他说:"我的名字不值一提。"

秦烨说:"你可以叫他秦薄,我起的。我问过他一百遍,他始终不肯告诉我他叫什么。别这么看我,他默认了。"

曼曼歪着头,问:"哦?你们星球的人在进食前会先讨好食物?"

秦烨:"真的吗?比如吃番茄炒蛋前会先告诉它一句'你今天炒得很美味'吗?"

他淡淡地说:"你不是食物。"

曼曼说:"可在我眼里,你看我的样子就像是在看一剂营养液。当然这是你的看法,我并不在意。"

她微微一笑,道:"想讨好我没那么简单,不过……"曼曼慢慢地拉长音调,笑吟吟地说,"我欢迎你来讨好我。"

他的细长又密集的睫毛微微扇动,喉结上下滚动着,他问:"要怎么讨好你?"

"外星人同志,这个必须得你自己领悟。"她倏地松开他,好整以暇地看着他。

"把我哄高兴了,我不介意分点儿血给你喝,但在此之前,不要老跟着我!"曼曼给了秦薄一个飞吻,"再见。"

他想追上去,然而此时与秦烨起了争执,秦烨气愤地阻止说:"不要追!"

秦薄仍然坚持道:"起来。"

"就不起!"一屁股坐下,整个身体埋进了温泉里。兴许是在温泉里的缘故,他的耳根迅速爬上了一抹红晕。

曼曼回别墅洗了个热水澡,晚饭是让方管家送上来解决的。

别墅里有安放了娱乐设施的房间,曼曼本来蛮想下去玩的,但考虑到张远以及上级领导,还是决定作罢。和上司同处一屋,难免有点儿压力。

她在房间外挂了个"请勿打扰"的牌子,准备刷刷手机,看看视频什么的,然后闷头大睡。不过可惜的是,山上信号本来就不好,再加上暴雪的缘故,信号更是弱得可怜。曼曼刷了半个小时的手机,连视频缓冲页面都刷不出来,只好悻悻作罢。

幸好她带了书过来。曼曼捧着一本消遣的小说看了半个小时,然后昏昏欲睡,即将进入梦乡之际,"啪"的一声,灯灭了。房间立马陷入一片漆黑之中。

睡意瞬间被驱走,曼曼愣了一下,从床上爬起,摸来手机一看——

晚上十点整,她打开手机照明,跑到窗边一看,入夜之际还是灯火通明的建筑群此时此刻只剩漫天飞雪以及惨淡的月光,她披上羽绒服走了出去。

只见楼下的长餐桌上坐了几个人,手机都开着照明灯,方管家站着不知道在说些什么。多亏张远头顶的蓝色游戏任务框，曼曼才看清了长餐桌前的人。

除了张远和何志星，以及今天有过一面之缘的连木，还有肖总编的闺蜜袁媛。

"曼曼！"张远在楼下和曼曼招手。

此时，星空一号的房门打开，一道人影从黑暗中走出，在离曼曼还有五六步的时候停下。曼曼不知是不是自己的错觉，总觉得秦烨的耳根有点儿红。

"酒店停电了。"秦烨不自在地说。

"酒店有备用发电机，最迟一个小时就能恢复供电。"秦薄说。

曼曼听了，说："那我继续睡吧。"

刚要转身，秦薄又说："艾曼曼你最好不要落单，我嗅到了危险的味道。"

曼曼一愣，旋即看向楼下，张远头顶的游戏任务框还是泡温泉任务。

秦薄不动声色地问："你在看什么？"

曼曼不想暴露自己的秘密，扯开唇角，似笑非笑地问："你在你的母星本体是狗吗？危险也能嗅出来。"

"你们星球的狗是忠贞的象征，你如果是在问我的忠贞，我可以明白地告诉你，我为数不多的好品格里包含忠贞。"谁问你这个了，和外星人果然有代沟！

曼曼放弃回房睡觉的打算，坐在长餐桌前时，楼上的几位也陆续下来了。早上有过一面之缘的美女 Alisa 裹着一条名贵的长围巾，依稀可见姣好的身材。她往餐桌前一坐，何志星就开始献殷勤，递上一杯热水。

曼曼在心里"呵呵"了一声。真后悔没把暖手宝拿下来，要是把暖手宝拿下来，效果一定比何志星的热水好。刚这么想，楼梯上下来一位温润的男士，直接坐在袁媛身边，说："停电了没暖气，先用着暖手宝，别冻着了。"

曼曼确定这位男士肯定就是何志星口中袁媛的未婚夫杨先生。

最后下来的是肖总编。曼曼和何志星不约而同地起身打招呼，肖总编略一点头，直接在袁媛身边坐下。曼曼想起之前在温泉里听到的对话，面不改色地垂眼刷手机。

方管家安抚众人的情绪，表示天气原因无法避免，但一个小时之内肯定会恢复供电。话音刚落，屋里的紧急照明灯亮了。

方才还是黑漆漆的大厅顿时变得亮堂堂。三楼栏杆上探出半截身体，向方管家比了一个"OK"的手势。

方管家从容地道："今天的恶劣天气难得一遇，我们酒店的紧急照明设施很久没有启用了，在座的各位请少安毋躁，一个小时内一定会恢复供电。"

说着，方管家抬腕看了一下手表。

"我刚刚收到上面的通知，老板让我向在座各位表达深深的歉意，为了弥补今晚各位的损失，我们老板为各位准备了一个小游戏，还望大家玩得尽兴。"

第六章 雅兰酒店

曼曼刚想说大半夜的谁想玩游戏呀，方管家又说："胜利者将能免费入住星空别墅一周。"

七个房间，住一周的时间，能买多少部手机？

曼曼将踏出去的脚默默收回，问："什么游戏？"

方管家和他的助理小伟解释了一下游戏规则，是一个现实版的寻宝任务游戏。

别墅里藏了七处线索，谁能破译线索，寻找到藏宝之地谁就是最终的胜利者。而方管家和他的助理小伟充当藏宝游戏里的NPC，在不同的时间里与不同的人交谈都会触发不同的提示。

曼曼还是很感兴趣的，平时只能看着外星玩家玩，现在自己也能体验一把。

曼曼说："我参加！"

几乎是同时，曼曼身边的秦薄也表示："算我一个。"

连木笑了笑，说："挺有趣的，我也参加吧。"

何志星说："还有我。"

张远举手："我我我。"

肖总编和袁媛还有杨先生也陆续加入，只剩下Alisa环抱着双臂，说："真无聊，我没兴趣。"随后就拿着手机，妖娆地上楼了。

于是，最后参加游戏的人数为八个。

方管家给小伟使了个眼色，小伟把平板电脑连接了音箱，开始播放一段轻缓又空灵的背景音乐。方管家的声音伴随着BGM（背景音乐）缓缓响起。

"三十年前，曾有一对兄弟在神秘的岛屿上寻找到海盗埋藏的宝藏，他们将宝藏偷运回来，并藏在一个谁也找不到的地方。寻宝者多如牛毛，可至今谁也不知宝藏在何方……"

张远小声地和曼曼说："居然还有故事背景，想得挺周到的。"

"嘘，说不定有线索呢，你别吵。"

然而曼曼听完整个故事，并没有察觉到什么线索，故事很老套，讲的是一对兄弟寻宝，最后因宝藏反目成仇的故事。

"寻宝之路危机重重，稍有不慎就会落入万丈深渊，愿诸位寻宝者一路平安。"

曼曼忽然愣了一下。

方管家说到最后一句时，脸上露出了一抹难以捉摸的冷意。与此同时，曼曼注意到张远头顶上的游戏任务框有了变化。

系统：玩家远古星人好有趣是否接受黑暗中的救赎任务？

系统：玩家远古星人好有趣已接受黑暗中的救赎任务。

第七章

WO DE HUA FENG BU TAI DUI

新的任务

游戏一开始，方管家和他的助理小伟就立马到位，成为专业的真人版NPC。小伟不停地上下楼，一遍又一遍地擦拭着楼梯栏杆。

方管家则是彬彬有礼地站在客厅门口，面露标准的微笑。

张远是第一个上前攀谈的。

他找到方管家，很入戏地问："我来自远方，只为寻求宝藏，你知道宝藏在哪里吗？有什么线索告诉我吗？"

方管家依旧保持微笑："在拥有三条腿的伟人身上。"

张远又去和小伟攀谈，小伟说："我今早接待过这位伟人。"

张远一头雾水。而此时一直坐着的连木和方管家搭上话，他直接问："线索是什么？"

方管家说："我时常在想航海的意义，是因为梦想，还是因为对大海的执着？"

连木一听，笑了笑，转身去问小伟。

"都不是，是对自由的追逐。"小伟说道。

何志星站在曼曼身边，惊诧地说："这个游戏还真下了功夫，这两句话在连木的新书里出现过。我之前校对的时候，看了好几遍。"

何志星觉得非常有趣，也上前询问，然而得到了和张远一模一样的提示。

曼曼倒也不着急，得到的提示越多，线索就越容易找。张远想不通，又开始他的地毯式搜索，每摸一个地方就骚扰系统一遍。

曼曼收回视线时，和秦薄的目光撞上。

他似乎一直在看着自己。

她问："你不去问？"

秦薄说："不感兴趣。"

曼曼说："我感兴趣。"

"哦。"他有点儿冷淡地应了一声，手指划开手机，似是在搜索什么，然而信号不好，网页刷不出来。曼曼听到秦烨在小声地问："你在找什么？"

秦薄说："连木的新书。"

何志星听到了这一句，非常热情地说："我手机里有。"

不到两分钟，秦薄把手机还给了何志星。

何志星目瞪口呆，问："你看完了？"

秦薄刚想说"是"，秦烨抢先开口："我看了简介。"

何志星哈哈大笑，说："也是，我在想些什么，两分钟不到怎么可能看得完？"话是这么说，他心里却在嘀咕。

刚刚过去的两分钟里，秦教授的手指飞速地翻页，速度快得不能用"看"字形容，只能用扫描。

曼曼这会儿又听到秦烨刻意压低声音兴奋地问："你们星球的人阅读知识都这么快？"

秦薄轻描淡写地说："我是特例。"他微微侧首，和曼曼说："跟我来。"

曼曼问："去哪里？"

"第一个线索。"

曼曼没有犹豫，跟了过去。只见秦薄走到一扇挂钟面前，他伸手打开玻璃门，悬挂的金色摆锤后贴了一张字条，上面写着一个数字——5。

曼曼联想到了张远得到的提示，顿时如醍醐灌顶。

原来是这个意思——三条腿的伟人＝钟表

她问："连木的那句话是什么意思？"

秦薄说："他那段话之所以出现是因为感慨时间的流逝。"

此时此刻，张远眼尖地发现曼曼这边的情况，飞奔而来，说："秦教授，你找到第一个线索了？"

秦薄把字条塞到曼曼手里，漫不经心地说："她。"

曼曼没想到秦薄居然因为自己的一句感兴趣就真的参与进来，一时间内心有点儿小感动。一直站在客厅门口的方管家大步走来，向曼曼道喜。

"恭喜您找到第一个线索。"说完，又回到客厅门口。

渐渐地，肖总编和袁媛还有杨先生都得到了新的提示。

肖总编的是周四的例会。

袁媛的是一首数鸭子的儿歌。

杨先生的则是头顶的安全帽。

不到二十分钟，七个线索剩下三个。张远误打误撞得了一个，此刻的他非常亢奋。曼曼可以看到他头顶的对话框上不停地冒出各种侦探片里的经典台词。

比起他的亢奋，曼曼却安静得多。

从头到尾，她只问过方管家和小伟一次。提示越多，她就越发心惊胆战。

第七章 新的任务

每个人得到的提示几乎都是和自己的职业相关，比如袁媛是幼师，她的提示总是与幼童离不开。而杨先生是B市有名的工程师，提示跟他的职业也息息相关，更不用提连木和肖总编了。

何志星认为设计游戏环节的人下了功夫，可曼曼却觉得很可怕。

是什么人在短短的一天之内就掌握了他们的具体信息？张远的黑暗中的救赎任务又是指什么？

曼曼细思极恐。现在的她对星空别墅的七日使用权已经彻底丧失了兴趣。她打定主意，要寸步不离地守在秦薄身边。

此时，杨先生获得第五个线索。

"请前往影音室做出选择。"

方管家带着杨先生前往影音室，袁媛和肖总编随即跟上，其余人见状也一同移步。到影音室后，真皮座椅上有一个托盘，上面有两个酒杯，各自盛了红酒。

方管家说："请挑一杯，只有选择正确，喝到杯底才会出现第五个数字。"

杨先生挑了左边的酒杯，仰脖一饮而尽。杯底并没有数字，方管家露出遗憾的表情。

"你已失去寻找宝藏的资格，"他面无表情地说，"左边宝藏，右边深渊，一步错前功尽弃。"

杨先生耸了耸肩和袁媛说："亲爱的，你继续玩，我回去睡觉。"说着，在袁媛脸颊亲了口。

袁媛点点头，说："好。"

在杨先生即将走出影音室的时候，方管家幽幽地提醒："一不留神就是万丈深渊。"杨先生不以为然。

曼曼就站在门口，恰巧听到了杨先生的一声嗤笑，她看向杨先生。他走得很快，旋即就消失在她的视线里。

托盘里剩下一杯红酒，用脚指头想也知道是第五个线索。

张远以迅雷不及掩耳之势握住酒杯，仰脖咕噜咕噜地喝光了杯里的红酒，一张脸瞬间被憋得通红，他兴奋地叫："数字是9！"

曼曼内心：真是个幸福又单纯的外星玩家啊！

一行人又回到客厅。

到第六个提示的时候，一行人除了张远之外都已经有些兴趣寥寥。张远问了提示后，又开始不停地骚扰系统。这个行为在其他不知情的人看来有些怪异，他就像是一只壁虎贴到了墙壁上。

何志星尴尬地解释："他有点儿醉了，我……我带他回房。"

张远说："我没醉，我还要完成游戏任务。"

"小远！"

"星哥你别吵我，我快找到线索了！"何志星只好在一旁看着他。

此时，袁媛说："你们先玩，我手机没电了，我上楼拿充电宝。"

肖总编说："我陪你上去。"

餐厅长桌前就只剩下曼曼和秦薄，还有连木。面对公司力捧的作家，曼曼不好冷场，主动和连木搭话。

"除了新书之外，我看过连木老师的所有作品，一直非常敬佩您。"

连木取出一包烟，问："介意吗？"

曼曼摇摇头。

连木点了一支烟，不疾不徐地说："我最早的作品是八年前完成的。"

曼曼笑说："是，这也是我最佩服连木老师的地方，很少有作家能这么多年仍然保持初心，作品里表达的情感一如既往地打动读者。"

"作品是内心最真实的表达。"连木呼出一口烟，说，"你们公司不该把度假日期定在这两天，天气不好，浪费了星空别墅绝佳的观景位置。我上周来过一趟，住的是隔壁的夕阳别墅。"

曼曼笑："原来星空别墅的房间这么抢手，连连木老师也订不到。"

猩红的烟头在他手指间闪动，他熄灭了烟，说："上周星空别墅在装修。"

就在此时，楼梯上传来匆匆的脚步声，是满脸惊慌的袁媛。

她走得很快，下楼时差点儿扭到了脚，肖总编及时扶住了她。连木上前问："发生什么事情了？"

袁媛红了眼眶。

肖总编说："老杨不见了。"

"不见了？"连木问。

袁媛红着眼点头，说："我回房找充电宝，没见到他人，三楼找了个遍也没找到。"她浑身颤抖着，看起来既担心又害怕。

"小媛，别担心，也许老杨只是出去了。"

她看向连木，凝重地道："二楼也找过了，刚刚有人见到他来一楼吗？"

连木刚刚在和曼曼说话，并没有注意楼梯间的情况。

张远一直留意着这边，早在袁媛惊慌下楼之际，人就趴在一边光明正大地偷听了。这会儿，他毫无缝隙地接上，说："问小伟哥呀，小伟哥一直在擦楼梯，要是真有人下楼，他肯定能知道。"

方才众人休息的时候，两位"NPC"仍然十分尽职。连木问小伟："有没有见

第七章 新的任务

到有人下楼？"

小伟目光呆滞地擦着楼梯，手里的抹布沿着扶杆上下擦动，嘴里呢喃："寻宝之路，危险重重。"

连木拧紧眉，说："都什么时候了还说这些，到底有没有见到人？"小伟仿若未闻，一如既往地重复。

"寻宝之路，危险重重。"

"寻宝之路，危险重重。"

连木拉下脸。

袁媛声音已带哭音："他手机一直打不通。"

连木说："下暴雪信号不好，我出去找找老杨。"说着，他上楼拿了衣服，经过方管家身边时，说了句："人要是真在你们酒店不见了，你们谁也别想推脱责任，孰轻孰重，老方你在雅兰做了几十年不会不知道。"

方管家并没有回应。

连木冷冷地看了他一眼，消失在众人的视线中。

曼曼瞄了一眼张远头顶的游戏任务框，没发现有什么变化，对秦薄说："你知道杨先生在哪里吗？"

秦薄瞥了她一眼。

回答她的却是秦烨："哈哈哈，你当他是福尔摩斯吗？他怎么可能知道？不对，你有没有什么触角之类的？你们星球的生物和我研究室里的图像有区别吗？"

每逢秦烨提起外星人，就激动得面色泛红。而这种问题，曼曼起码听过好几遍了。

曼曼轻咳一声，说："小声点儿。"

话一出口，她又觉得自己瞎操心。就算秦薄被拿去研究了，又跟她有一毛钱关系？倏地，却与秦薄深邃的目光相撞，他认真地问："你在关心我？"

曼曼说："谁关心你呀？就是让你小声点儿，别胡言乱语被当成真凶了。"

秦薄问："你怎么知道有真凶？"

有张远在的地方，肯定有事情发生！你们外星人不是都很喜欢玩这一套吗？

然而，曼曼只能在内心偷偷地想，怕暴露自己的秘密，她笑眯眯地说："我建议秦先生看看我们地球的刑侦推理剧，一般这种情况下，没多久就会有事情发生了。"

话音未落，连木怒气冲冲地从黑暗中冲出，揪住方管家齐整的衣领。

他的脸色白得惊人。

"门为什么开不了？"

方管家无动于衷，他拉下连木的手，慢条斯理地说："亲爱的寻宝者，一旦踏上寻宝之路，就再也没有回头的机会。"他依然彬彬有礼地微笑。

可是这一次，笑容里却有一丝令人难以捉摸的冷意。

众人面色皆变。

曼曼拿出手机打电话，然而手机没有丝毫信号，她跑到窗边一看，雪越下越大了。何志星尝试开门，可和连木说的一样，大门完全开不了。

此时此刻，在场的人都反应过来——他们所处的别墅俨然是一个密室，如果发生些什么意外，连逃跑的机会都没有。

张远已经兴奋得不可描述了！

"我们继续玩游戏！游戏结束后就能出去！"他就能升级了！

袁媛花容失色地问："是不是游戏结束后我未婚夫就能出现？"

肖总编说："简直胡闹，连木你照顾媛媛，我去洗手间看看。"她让连木搀扶着袁媛，随即走向别墅里的洗手间。别墅一层有两个洗手间，二层和三层有一个公用的。

连木低声安慰着袁媛，不知说着什么，袁媛的情绪很快得到了控制。

曼曼看在眼底。

张远烦恼地说："只要游戏结束就能出去了呀，怎么大家都不配合呢？电视剧都是这么演的。"

曼曼说："那是电视剧，这是生活。"

她环望周遭。

方管家依旧站在客厅门口；小伟依旧在擦楼梯；何志星频繁地望向三楼，一副若有所思的模样；张远已经开始向小伟搭话寻求第六个线索；连木依旧温声安慰袁媛。

如果她身上有柯南附身的话，此刻想必已经能分析出有用的线索了。然而脑子不够用，只觉得所有人都挺可疑的，除了张远。

脑力值不够，没事，她有更加粗暴的方法。

曼曼和秦薄对上视线。

她眨眨眼："帮个忙？"

两分钟后，这一票人目瞪口呆地看着秦薄把方管家和小伟撂倒，捆在了一块。张远一副你怎么不按照剧情走的模样痛心疾首地瞪着他。

曼曼说："我们可以不玩电视剧那一套吗？直接点儿，说吧。我们不玩游戏了，是谁在幕后指使？袁小姐的未婚夫杨先生在哪里？"

"是不是你们藏了我的未婚夫？"袁媛踉跄地走上前，"为什么要这么做？你们这么做能得到什么好处？这不是一场普通的游戏对不对？你们早有预谋！"

袁小姐肩膀微微颤抖。

连木此时也出来帮腔:"老方,是不是你藏了小媛的未婚夫?"

方管家终于露出了与"NPC"不一样的表情,他意味深长地说:"袁小姐,游戏一旦开始就无法结束,只有走到最后的人才能找到宝藏和钥匙。"

"谁要玩这种游戏呀?"曼曼忍不住了,说,"在场的各位给我见证下,是方管家和他助理不配合,我们揍他们一顿,属于正当防卫!何大哥,你说是不是?"

何志星却有些走神。

曼曼没有得到回应,忽然有些怀念方小猫了。要是方小猫在,绝对振臂高呼!是!

玩家远古星人好有趣:艾曼曼画风不太对啊!难道她身上有什么新任务?

系统:没有。

张远:"……"

曼曼不管何志星了。而此时,秦薄开始松动筋骨。

曼曼赶紧拉住秦薄,问:"你要做什么?"

"揍人。"

曼曼小声说:"我就是吓唬吓唬他们,你别当真。"秦薄的武力值她是见识过的,一不小心就容易正当防卫出人命来!

秦薄说:"下次提前说。"他顿了顿,又说,"你说的话我容易当真。"

曼曼一怔。他已经提了新话茬,问:"你想我怎么吓唬?"

曼曼说:"展示下你的武力值就行,别破坏贵的东西……"

秦薄扫视一圈,然后举起长餐桌前的座椅,像是折断手指粗细的树枝一般,"咔嚓"一声,轻而易举地掰成两半。曼曼有点儿心痛,那张椅子看起来很贵啊!

她心痛地问:"还说不说?招不招?"

秦薄步步逼近,身上气场全开,方管家一成不变的脸终于有了一丝裂痕。

曼曼故作轻松地说:"哎呀,我们秦教授要搁到古代,一等一的逼供好手。"

就在此时,一阵急促的高跟鞋声响起,肖总编白着脸道:"血,好多的血……"

向来冷静自傲的肖总编几乎站不稳身体。

"三楼的洗手间,好多血。"

袁媛面色一变,除了方管家和小伟之外,所有人都上楼查看。公用洗手间里血迹斑斑,可怕极了。连木似是想到什么,开始敲Alisa的门。

"Alisa?Alisa!"

门内却没有人应答。

连木怒气冲冲地下楼,对方管家说:"老方,302的备用钥匙,我妹妹要是出了什么事,我绝对不会放过你!"

何志星倒是眼尖，马上就发现了方管家身上藏钥匙的地方，方管家还没回答，他已经抢过钥匙，开了302房间的门。

屋内空荡荡的，一个人也没有。桌面上还留有Alisa的手机，手机屏幕上有一行字——

"寻宝之路，荆棘遍野，惊慌在绽放。"这句话是Alisa手机的屏保。

连木说："以前不是这个屏保。"

也就是说，这是新换上的屏保，恰好对应了洗手间的血迹。

曼曼陷入沉思。

张远的头顶任务框噼里啪啦地发出一大串兴奋的消息，都是他在自言自语。苦于没有其他玩家配合，张远只好靠近曼曼，刻意压制住兴奋，说："这屋里肯定有事情发生了。"

曼曼闻言，往他头顶瞥一眼，明知故问："你怎么知道？"

张远神秘兮兮地说："我爸妈从小就说我体质特殊，有我在的地方总有事情发生，你要不要配合我一下，我们像上次那样组队查案？"

曼曼要不是知情的话，肯定会觉得张远不正常。不过现在曼曼需要张远。

她说："我们去洗手间看看，说不定有线索。"

洗手间里的血是从洗手台漫延下来的。

刺眼的红宛如一朵一朵的红花在地上绽开，就像是Alisa的屏保文字所说那般——惊慌在绽放。

曼曼有两个疑问。

这是谁的血？如果是Alisa的，那么现在Alisa人又在哪里？别墅的门开不了，所有人都无法出去，Alisa和杨先生现在只可能在这栋别墅里。

张远发挥他的广泛撒网技能，开始扒着墙壁，一寸一寸地骚扰系统。

玩家远古星人好有趣：这里有线索吗？

系统：没有。

系统：没有没有没有没有没有没有没有……

曼曼感慨地说："如果能知道这里的血是谁的就好了。"

张远认同地说："对哦。"

玩家远古星人好有趣：血里有线索吗？是Alisa的还是杨先生的？

系统：级别不够，金钱不足，无可奉告。

玩家远古星人好有趣：哼！歧视不充钱的玩家！

曼曼真是绝望了！现在等同于有个破案攻略摆在自己面前，然而却无法使用。真想揍张远和莱维特一顿！

第七章 新的任务

想到这里，曼曼看了一眼秦薄。

他一直寸步不离地跟在自己的身后，这让曼曼很有安全感。比起破案攻略，目前来说，还是武力值高一点的外星人比较有用处。

见秦薄盯着地上的血，她低声问："你发现什么线索了吗？"

秦薄说："没有。"

秦烨又说："他肯定在想地球人的血不好喝，哼哼，我和他一起那么久我最了解他了。"

曼曼问："你喝过？"

秦薄说："没有，我只对你的血感兴趣。"拜托不要时时刻刻提醒她和地球人不一样。

曼曼正想说什么，一楼忽然响起撕心裂肺的哭喊声。她跑出去一看，才发现袁媛正在撕扯着方管家。肖总编和连木冲出了房间，急匆匆地赶往一楼。

曼曼下到一楼的时候，连木已经将方管家和袁媛分开了。肖总编搀扶着头发凌乱面色苍白的袁媛，冷声喝道："发生什么事情了？"

连木说："小媛是个女孩，你怎么好意思动手？"方管家沉默着不解释。

袁媛哭喊着："你把我未婚夫藏哪儿了？"

曼曼微微一怔，女孩子天生就有的细腻情感让她察觉到了一件事。

连木很紧张袁媛。

虽说刚刚从三楼望下去，一直是方管家处于被动的状态，袁媛的指甲在方管家脸上已经划出好几道血痕。相比较之下，袁媛只是头发乱了点儿而已。

这么说来……曼曼回忆了一下。

只要有袁媛在的场合，连木的目光多半是在袁媛身上，袁媛三番五次跟跄之际，率先有动作的人是连木，就连肖总编也要比他慢半拍。

虽然场合不太对，但曼曼觉得自己好像嗅到了一丝小八卦。

想起八卦，曼曼不得不想起了何志星，然而一楼大厅里并没有何志星的身影。她问秦薄："何志星下来了吗？"

"在 Alisa 的房间。"

就在此时，方管家又开始重复那一句话："亲爱的寻宝者，一旦踏上寻宝之路，就再也没有回头的机会。"

"你除了这句还会说什么？"连木生气地推了方管家一下。

方管家微笑道："不到终点，谁都没有回头的机会。"

连木又抱怨了一句。

袁媛用力地擦干眼泪，隐忍地道："我玩，我玩行了吧。"她扯着肖总编的袖子，说："阿肖……"肖总编的高冷气质瞬间消失殆尽。

"好，我陪你玩。"

连木径直走到长餐桌前，点了一根烟，虽然没有表态，但也等于默认了。袁媛又看向艾曼曼和秦烨。曼曼真觉得这是揍方管家一顿就能解决的事情，但肖总编目光灼灼，大有"你不配合我家闺蜜我就炒你鱿鱼"的感觉。

她识相地点头，表示："还有两个线索对吧，秦教授你有没有什么头绪？我猜你没有，我去问问NPC……"

然而，脚步尚未迈开，何志星从三楼探出半个身体。

"你们快上来看看这是什么！"

两位NPC再度被遗弃，一众"玩家"上楼。何志星晃了晃手里的领带，说："我在沙发夹层找到的。"

连木认出来了。

"是老杨的领带。"

肖总编说："对，一个小时前他还系着。"

袁媛不可思议地问："为什么我未婚夫的领带会在这里？"

何志星平时推理剧看得不少，此刻认真地分析："我认为幕后人就在我们九个人当中，很有可能是杨先生在幕后主导了这一场游戏，领带是作案工具，因为Alisa小姐落了单，极有可能撞见了杨先生在做不可告人的事情，所以杨先生直接带走Alisa，而Alisa小姐的房间离公用洗手间是最近的，Alisa小姐与杨先生发生争执，但杨先生怕引起一楼的我们的注意，于是强行把Alisa小姐带进洗手间，所以有了洗手间的鲜血。"

他摊摊手。

"别墅里加上方管家和小伟，总共11个人，别墅大门在停电那一刻就自动反锁。一个大活人不可能好端端就不见了，方管家和小伟一直在我们的视线里，杨先生是自己不见的。所以如果Alisa小姐也不见了，杨先生的嫌疑非常大。"

袁媛怒瞪何志星。

"你才是嫌疑犯！我未婚夫又不认识Alisa，为什么要抓走Alisa？"

肖总编很难得没有帮腔，说："媛媛，你先冷静一下。现在最重要的是不能起内讧。我们先把人找出来再说。"

曼曼悄悄地打量在场的所有人。

尽管何志星的猜测没有任何真凭实据，可若是反着推，杨先生作为幕后黑手的可能性不是没有。但如果杨先生真的是幕后黑手，那为什么要抓Alisa呢？

如果杨先生真的非要抓个人的话，轮也轮不到Alisa，应该是肖总编才对。毕

第七章 新的任务

竟他的未婚妻经常过来公司陪自己的闺蜜肖总编，以至于冷落了他。

或者是连木。尽管连木妹妹不见了，可现在连木关注的目光更多是在袁媛身上。

曼曼可以用女人天生的直觉判定，那不是普通朋友的眼神。

当一个人真的把另外一个人放在心上的时候，爱慕的眼神是无法控制的，总会在不经意间流露出来。如果杨先生知道连木爱慕自己的未婚妻，那么抓走 Alisa 就有作案动机了。

因为 Alisa 是连木的亲妹妹。

不过这些都是曼曼根据第六感推测出来的，唯一的证据是 Alisa 房间里的杨先生的领带。

她退出房门，仔细地打量周遭。忽然，洗手间里的张远朝她挥挥手，压低声音说："艾曼曼，你过来看看。"

曼曼瞥了一眼他的脑袋，顶着一个任务框。

系统：门把手上确认有杨先生以及 Alisa 的指纹。

他指着内门的门把手。

"你不要问我为什么，但我可以确认门把手上只有杨先生和 Alisa 的指纹。"

曼曼张了张嘴。

张远又急急忙忙地说："不要问我为什么！反正我就是知道！这上面肯定只有他们两个人的指纹！我有当警察的天赋！"

曼曼已经懒得说他了。

她盯着门把手，心想如果 Alisa 真的被杨先生带走了，那么他们现在究竟在哪里？

第八章

WO DE HUA FENG BU TAI DUI

原来是你

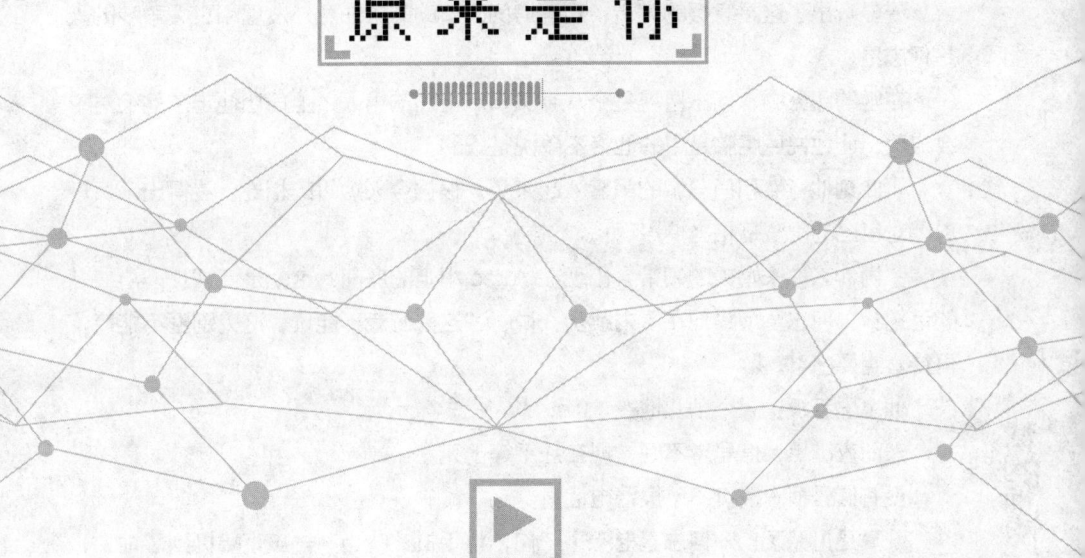

张远显然也想到这个问题了。

不用曼曼提醒，张远就已经在三楼展开"系统式"搜寻。

曼曼仔细打量着所处的星空别墅，从目前来看，别墅里能藏两个大活人的地方其实不多，洗手间已经查看过，剩下的房间没有房卡是根本进不去的，而方管家的备用钥匙一直没有离开过身上。

就在曼曼思考的同时，Alisa房间传出了吵闹声。

"你胡说！我未婚夫不可能带走Alisa。"

曼曼听出了这是袁媛的声音，走到房间门口的时候却意外发现和袁媛争吵的人是何志星。

在她的印象中，何志星就是个八卦又奉承上司的男人，上司让他走东他绝对不会走西，让他说豆腐脑是甜的他绝不敢说是咸的。

可此刻他竟然和肖总编的闺蜜吵起来了。根据今天短暂的相处，看得出来，肖总编对自己的闺蜜是相当护短啊！

"为什么你未婚夫的领带会出现在Alisa小姐的房间？这就是证据！一清二楚的证据！"何志星烦躁地在屋内踱步，说，"这鬼游戏不能玩，这鬼别墅不能待，再待肯定要出事。"

他拿出手机，一个劲儿地拨110。

然而夜越黑，信号越不好，现在几乎等于无。

没有信号根本拨打不了报警电话。

"真是见鬼了！"何志星抱怨了一句，将手机"咣当"一声直接扔到了地上，脆弱的手机屏幕瞬间如蛛网般地裂开。蓦然，何志星似是想到什么，他开始拨打床头柜上的有线电话。

很快，众人意识到一件事，有线电话的线被剪了。

连木面色微变，大步冲回自己的房间，不到十秒钟出来摇头。

"我的也是。"

其他人回房看了一下，都是一样的结果。

何志星愤怒地抄了一把椅子下楼。

曼曼问:"你要揍人?需要帮手吗?"

何志星说:"砸窗,前台电话总能打通吧?这是真实的生活,不是惊悚电影!"

曼曼前所未有地赞同何志星的观点,这是他们的生活!不是游戏!

她是来度假的!不是来玩游戏的!

酒店门窗一体,停电自动反锁,质量好得连十级台风都吹不破。何志星砸了两次都没砸破,将目光投向了秦薄。秦薄没理他,而是看向曼曼。

意思很明显——曼曼让我砸,我就砸。

何志星没搞懂艾曼曼和秦教授之间的关系,不过现在情况紧急,由不得他起八卦之心,他开口道:"曼曼。"

曼曼点头,正想配合时,身后传来一道声音。

"别砸了。"连木不知何时出现在三人的身后,他手指夹着一根烟,深吸几口才勉强压住面上的烦躁。

随后冷静地说:"现在天气不好,报了警警车也上不来。砸开了你能出去,幕后嫌疑犯一样能出去。当务之急是撬开老方他们的嘴,人肯定在别墅里,这是找到他们最快速的方法。"

曼曼也认同。

刚刚要不是袁媛被吓坏了,说要继续游戏,她早就让秦薄逼得方管家他们招了。

她问:"肖总编呢?"

连木说:"小媛受了惊吓,肖总编在房里陪她。"

曼曼说:"连木先生与方管家比较熟,也许您比较有办法能让他开口。"

连木吐了口烟。

"我试试。"

"老方,我们多少年的朋友了?现在什么情况你不是不知道,已经不是游戏不游戏的时候了。你是没见到三楼洗手间的血,不是出事了不会流那么多血。不管血是谁的,你如果不配合我们,你雅兰酒店到时候闹出人命来,你这份工作是保不住了。"

连木深深地看了他一眼,又道:"我并不想再提起当初的事情,只是老方你得记住,人情是要还的。"

一直面无表情的方管家眼睫微微动了一下。

他终于低声说:"欠你的人情我一直记着,从不敢忘记,我只能告诉你一句,每个人都有自己的逼不得已。"

连木皱眉:"什么意思?"

第八章 原来是你

曼曼问："什么逼不得已，你逼不得已就能强迫别人玩游戏吗？你逼不得已就能随便吓唬人吗？别老说这种烂俗的台词，赶紧说人在哪里！"

就在此时，手机铃声响起，在场的众人都愣了愣。

曼曼下意识地看向自己的手机，不是自己的，也不是秦烨的。一抬头与何志星的目光碰上，两个人不约而同地望向连木。

连木从兜里取出手机，曼曼眼尖地见到屏幕上的称呼——老杨。

何志星比她更快地喊出来："是杨先生！快接！"

连木直接开了扬声器。

"老杨，你在哪里？"电话那头传来惊恐的抽泣声。

连木神色顿变："Alisa，你在哪里？"

"哥，救……救我……我……我不知道在哪里……这里好黑……好冷……我躲在一个柜子里。"

连木耐心地道："Alisa你别怕，哥哥马上来救你。你仔细想想，周围还有什么？"

"柜子里有酒，还有……"电话里猛然爆发出一声尖叫。

手机挂断。

曼曼忽然意识到一件事，她赶忙确认信号，发现还有一丝丝信号的时候，打电话报了警。

然而，如连木所说那般，警方表示现在雪下得太大，山上环境太过恶劣，暂时出不了警，建议在场的人千万不要落单，他们会通知酒店的其他人员尽快过去。

"柜子里有酒，又黑又冷。"连木重复了一遍。

何志星反应得很快："别墅里有地窖吗？"而此时，肖总编和袁媛从三楼下来，袁媛颤着声音问："找到人了吗？"

连木恶狠狠地问方管家："别墅里有地窖对不对？给我钥匙。"何志星抢习惯了，和连木搭配得天衣无缝，话音未落，直接从方管家身上扒出钥匙。

他推着方管家和小伟。

"带我们去地窖，你们谁也别想推卸责任。"

于是，肖总编、袁媛等一行人与方管家还有小伟前往地窖。曼曼正要跟上，秦薄握住她的手腕。

她瞥了他一眼，问："怎么？"

秦薄没有松手，说："我的听力异于你们地球人。"

秦烨又说："好厉害！你怎么这么厉害？是有什么超能力？"

秦薄说："不是。"

曼曼微微一怔，问："那是什么？"

他说："虽然我现在不能恢复到以前的水平，但刚刚那通电话里，我听到了两道呼吸声。"

"算上Alisa？"

"对。"

秦烨问："你以前是什么水平？为什么我们用同一具身体，你听得到，而我却听不到？你们星球有什么特殊的训练方法吗？"

秦教授开启碎碎念模式。

秦薄在回答他，曼曼却无心听，她在思考一个问题。电话里有两道呼吸声，一道是Alisa的，那么另外一道是谁的？杨先生吗？

思及此，曼曼决定也跟去地窖看看，动了动，秦薄仍然没有松手。她重重一咳说："该放手了。"

秦薄这才依依不舍地松开。之后，她匆匆往地窖走去，秦薄自然而然地跟上。

尚未走近，阴冷的地窖里再度爆发出一声尖叫。而这一次，尖叫的人是袁媛。

曼曼加快步伐，当她走进地窖时，不由得倒吸了一口凉气。杨先生跪在血泊中，半个身体趴在了柜里，他头顶还横插了半个红酒瓶。

地上满是玻璃碴，令人触目惊心。

太残忍了！曼曼往后退了几步，不小心撞到了秦薄。

秦薄稳如铁柱，伸手环住她的腰。

"别动，待在我身边，这里太黑了，我不一定能顾得上你。"

曼曼动了动，可到底脚步没有迈出，乖乖地不作声。

大伙儿进来的时候，靠的都是手机照明。

此刻周遭就如Alisa在电话里所说那般，又冷又黑。

"Alisa！"这一声呼唤，让周围僵住的人也缓过神来。

何志星也跟着喊："Alisa！"

就在此时，一道极其微弱的声音从酒柜后面传来，如同风中的颤音，轻飘飘的，又极是虚弱。

"哥……"

连木找到了Alisa。

那个踏进雅兰酒店时风情万种的美人现在被吓得花容失色，浑身强烈地发抖，在见到连木的一刹那，宛如抓住最后的浮木，"哇"的一声大哭出来。

连木轻抚她的背脊。

"好了，没事了，有哥哥在。"

"哥，我们离开这里吧。"

"好，雪一停我们就离开。"

这边大美女哭得稀里哗啦的，那边的袁媛抱着未婚夫也哭得撕心裂肺。

闻声而来的张远见到此情此景，压抑了兴奋的表情，然后问了个问题："方管家和他助理去哪儿了？"

此话一出，沉浸在悲伤中的两人组没听到，何志星率先回神，说："就在地窖里，刚刚我推着他们……"手机的照明灯往周围一探，何志星面色微微一白。

"人……人呢？"

曼曼低声问秦薄："你知道他们在哪里吗？"

秦薄闭目，曼曼也不出声了，静静地等着。

半晌，秦薄说："人还在地窖里。"

这地窖太大了，能藏很多人。

秦薄几乎是闭着眼走路，秦烨很不放心，一直嘀咕。大约两分钟的样子，秦薄才停下脚步。他缓缓睁开眼，曼曼打着灯，果然发现了方管家和小伟。

他们俩倒在地上，没死，只是昏了过去。

曼曼喊："何大哥，张远，人在这里。"

何志星过来确认两个人是真的昏过去后，小声地和曼曼说："我们得结个同盟。"

曼曼问："哦？为什么？"

何志星说："这不明摆着吗？无论是杨先生还是Alisa小姐不见的时候，这两个躺着的人都在我们的视线里。而Alisa打电话的时候，他们也在，可以排除他们是杀人凶手的可能。"

"但是不能排除他们是帮凶。"

"他们应该是知情者，但凶手过河拆桥，想杀了他们，可时间短暂来不及下手，只能暂时将他们打晕，想等我们离开后再处置，没想到这么快就被我们找到了。"一顿，何志星又说，"你先别打岔，和这两个人同理，你们一样有不在场证明，也能排除嫌疑，张远是我带过来的，人品如何我最清楚不过，也可以排除他。杀人凶手一定在我们之中，排除以上几个人，剩下的Alisa小姐也可以排除，她是受害人之一。"

曼曼说："你这一次怎么不推理Alisa是幕后推手了？也有可能自导自演呢。"

"不可能，Alisa小姐连瓶盖都拧不开，那红酒瓶多大力气才能插到人的脑袋上？曼曼你听我说，现在外面下暴雪，我们出不去，又迟迟不来电，现在别墅里就是个密室的状态，而杀人凶手就混在我们当中。"

他比出三根手指："嫌疑人：肖总编、袁媛，还有连木。"

曼曼说:"杨先生是袁媛的未婚夫。"

何志星说:"让你平时多留意点儿公司的八卦,杨先生和袁媛感情没表面那么好,我还听过他们因为婚房的事情吵架呢。"

"连木先生又怎么有嫌疑了?"

"你看出来了吧?连木先生喜欢袁媛,为了得到美人杀掉其未婚夫然后自己上位,这样动机就有了。"

果然有八卦的地方,必有何志星。

他说:"保命要紧,总之我们现在结成同盟,今晚务必睁大眼睛,否则就很难见到第二天的太阳了。小远,你也记住了。"

张远一副恍然大悟的模样。

"星哥,我怎么不知道你这么有当侦探的天赋!"

"以后多跟着哥混。"

两个有趣的人!

何志星要能当侦探,绝对是狗血侦探,不讲证据,只凭感觉!

半个小时后,大部分人都坐在客厅里。

连木本想扶 Alisa 去休息,但这一次 Alisa 死活不愿落单,紧紧地跟在连木身边,白着一张巴掌大的脸,可谓我见犹怜。曼曼见了都想上去替她擦眼泪。

杨先生的遗体留在了地窖里。肖总编和袁媛在沙发上坐着,袁媛依然在低声哭泣,肖总编轻声安慰她。

张远直白地问 Alisa:"你见到真凶了吗?"

Alisa 脸色又白了几分,使劲儿地摇头。

张远问:"为什么杨先生的领带会在你的房间?你们又是怎么到地窖里的?洗手间的血又是谁的?"

曼曼非常感谢张远,这个时候,关系复杂的地球人往往问不出这么直接的话。

Alisa 咬着唇说:"我……我被打晕了,醒过来后就在地窖里了。"

曼曼接着张远的话茬问:"杨先生的手机怎么在你手里?"

"我醒来后就在柜子里,身边只有他……他的手机。"

Alisa 此时已经恢复了镇定,她又说:"我什么都不知道,我只知道我现在想离开这里,哥,你陪我回房间休息吧。"

连木看了一眼沙发上的人,才说道:"好。"

曼曼此时觉得除了秦烨和张远之外看谁都可疑,感觉谁都有动机,而且 Alisa 似乎隐瞒了什么。她给人开门的时候,绝对见到了门外的人,可她却只字不提。

此时,张远的游戏框有了变化——是方小猫发来了信息。

第八章 原来是你

玩家方小猫：你给我发过来的那些是什么东西？我告诉你呀，再和金主私密聊天我可不回了。

玩家远古星人好有趣：金主别这样！我正和艾曼曼在一起呢！卷入了一场密室杀人案！你要来攻略艾曼曼吗？

玩家方小猫：我今晚有其他任务要做，不能断。

玩家远古星人好有趣：金主！

玩家方小猫：哼！你真当我是ATM（提款机）啊！自己攒经验换提示！

玩家远古星人好有趣：好无情的女人……

曼曼看了一场大戏，十分无语。

而此时，她见到张远调出了系统提示栏。提示除了用星币购买之外，还能用积攒的经验换取。曼曼瞥了一眼张远的个人信息与财富。

真是穷得叮当响，想换提示是不太可能了。

张远不死心，又调出了道具栏。

曼曼眼尖地瞄到了时间倒流药剂。如果使用这个药剂，稍微注意下，凶手立马就出来了。然而瞄了一眼换取经验值，又默默地收回目光。

还是算了！以张远的经验值，换了时间倒流药剂就要准备回新手村了。

不过以张远目前的经验值来说，倒是能换几个小道具。曼曼见张远挑来挑去的，很想告诉他在不掉级的情况下，可以换取两个真话药剂。

"叮咚"一声。

系统：恭喜玩家远古星人好有趣换得痴迷药剂。

曼曼好想揍张远一顿，什么脑回路！

曼曼见张远鬼鬼祟祟地爬楼梯上二楼，又鬼鬼祟祟地回来时，手里多了一个杯子。道具换取栏上的痴迷药剂显示为1/2，显然是用了一瓶。

曼曼见过其他外星玩家用游戏道具，但这么近距离观看还是头一回。

痴迷药剂到底怎么个用法，有什么功效曼曼也不清楚。

不过现在看张远这副模样，曼曼有种小时候看魔法少女动画片的感觉，找个地方偷偷摸摸变身，然后偷偷摸摸地回来，准备展示神奇的魔法。

曼曼朝他勾勾手。

"张远，你手里拿的是什么？你口渴了吗？客厅里不是有饮水机吗？怎么上楼去了？"

她眨着眼，装作一副好奇的模样。张远不想告诉曼曼，可犹豫了一会儿，还是没有忍住，有时候嘴巴就是无法控制的。

往好的方面想，现在没人可以和他分享，还不如讨好曼曼奠定感情基础，以后好和方小猫沟通。于是，张远就愉快地做了个决定。

考虑到何志星在身边，嗓门压得再低他也能听得到，张远说："我习惯用自己的杯子。"

同时，手机递了出去，上面是一行字——

我有找出真凶的办法，我有亲戚是专门研究药剂的，这是市面还没有流通的药剂。你不要告诉别人，秦教授也不可以，我当你是好朋友才跟你说的。

地球女性似乎很吃这一套……张远认真地思考着。

曼曼敬仰地打上两个字——厉害！

张远松了口气，地球女性果然很吃这一套！下次可以建议方小猫学习学习。

张远又向曼曼解释了用法和功效，大意是喝了这个药剂的人会展现出痴迷疯狂的一面，如果刚好用到凶手身上，说不定可以彻底让他暴露最为人知的一面。

曼曼听后，发现自己果然无法理解张远的脑回路。

万一人家凶手是谁家的粉丝呢？喝了药剂岂不是要去追星了？

这比真话药剂显然要低好几个档次啊！

曼曼无声地问：你打算给谁用？张远给她使了个眼色，表示看我的。

曼曼想给个小建议，当前看来给肖总编和袁媛用的话，说不定还真能爆出什么料来。然而话还没开口，张远已经笑眯眯地把水杯递给了何志星。

"星哥，喝点儿水吧。"

"小远你真是贴心。"何志星没有任何怀疑一口喝了。

曼曼颤抖地问："为……为什么给何大哥？"

张远说："从身边人开始侦查。"

艾曼曼这个地球人肯定不能理解！

她是不能理解啊！何志星怎么看都不像有嫌疑啊！

莱维特的套路我摸得差不多了，就跟地球人考试要摸清老师出题套路一样！何志星邀请我来泡温泉，引发了任务，凶手肯定是我认识的人，就跟当初巴筱筱案件一样，从我身边的人下手肯定没错。

曼曼无言以对，竟然无法反驳张远。

痴迷药剂迅速发挥了药效。

何志星原先还满身警惕地环顾四周，手里是一个苹果和一把水果刀。水果刀是他的防卫武器，他准备如果真拼不过，就寻求强大武力值的庇佑。

因此，他离艾曼曼很近，而在喝了张远的水后，何志星抖了抖，眼神瞬间有了变化。

痴迷药剂名副其实。

第八章 原来是你

此刻的何志星拥有了曼曼从未见过的痴迷表情，像是身上的每一个毛孔都散发着痴迷的信息。他痴痴地看着手里的苹果，无比忧郁无比伤感又无比深沉地说："Alisa 很喜欢吃苹果。"

曼曼悄悄竖起了耳朵。

"我第一次见她是在公司里，那时我刚进来实习，不像艾曼曼那样招人喜欢，所有女性编辑都不喜欢我。"

别什么事都扯上她好吗？

他又说："只有 Alisa 不一样，她陪连木来公司交稿，在自助饮料售货机买了一瓶运动饮料，她找我拧开了瓶盖，还向我道谢。她长得那么美，那么美，那么美……"

所以归根到底还是颜值问题。

张远问："是你带走 Alisa 的吗？我们问到第三个提示的时候，你上了一趟洗手间。"

何志星瞪了他一眼。

"我想带走她，可我不配。我只配远远地看着她，就像对待这个苹果一样，我小心翼翼地擦干净，就是不吃。我把它捧在手心里，这么看着我就很满足了。我一点儿也不喜欢泡温泉，如果不是知道 Alisa 要来，我不会和肖总编一起来度假。"

曼曼看了一眼沙发上的肖总编，她并未留意他们这里的情况，稍微替何志星松了口气。何志星忽然变得沉默。

他痴痴呆呆地盯着苹果，眼神渐渐滋生出一种狂热。

倏地，"啪"的一声！

水果刀重重地拍在桌上，何志星三下五除二地把红苹果吃进肚里，一擦嘴，说："我决定要告白！"

话音未落，何志星就风风火火地往楼梯上冲，差点儿就撞到被绑在一块的方管家和小伟。

曼曼见张远还愣在原地，一拍桌，说："傻愣什么，还不追上去！这种时候哪里适合告白！"

张远说："可……可是我觉得蛮有趣的呀……"

这就是游戏与生活的不同。

曼曼尽管对何志星没什么好感，可在药剂驱使下的告白显然是不明智的。何志星缓过神来的话，恐怕会想上天台静静。

她不假思索地追上去，秦薄自然也是寸步不离。

当两个人到达三楼的时候，才发现何志星蹲在地上，数着钥匙，念念有词。

"告白，不告白，告白，不告白……"

曼曼发誓和这个同事相处好些日子了，都没发现他内心居然有如此少女的一面。最后一把钥匙是"告白"，何志星深吸一口气，捏住了钥匙。

曼曼刚想拉住他，秦薄开口说："他走错门了。"

说着，何志星已经把门推开了，整个人扑进了房间里，抱着椅子腿号叫："Alisa，我喜欢你两年了！"

曼曼顿时觉得何志星胆大包天，居然敢私闯肖总编的房间。

她不得不进屋拉人，可何志星抱着椅子腿死活不肯撒手，"啪"的一声，好像有什么从椅子上掉了下来。曼曼放弃了，只好动用暴力。

"秦薄，来搭把手，让他小声点儿。"

秦薄无声地看了一眼曼曼搭在何志星胳膊上的手，只觉得有些刺眼。一个干脆利落的手刀，只听黑暗中一声闷哼，何志星昏了过去。曼曼惊讶地问："你……"

秦薄说："死不了。"

曼曼觉得作为从犯，还是不吭声为妙，又说："把他拖出去，小声点儿，我给你照明。"

说着，曼曼打开手机照明灯。漆黑的房间里瞬间亮了几分。

曼曼的脚步倏然顿住。

一直在看好戏的张远也发现了曼曼的异样，顺着曼曼的视线望去，地上有一支笔。曼曼捡了起来，意外发现是一支录音笔。

这录音笔怎么这么眼熟？曼曼想起来了，"我在 Alisa 房间见过这支笔，放在床头柜上。"

秦薄见状，把何志星拖了进来，顺带关上门。她轻轻一按，录音笔随即有声音出来。

曼曼怎么也料不到温润的杨先生居然有这样的一面，而且跟 Alisa 有不可告人的亲密关系。

她望了一眼何志星，幸好他晕倒了，不然他得多郁闷。

曼曼若有所思地点头："难怪 Alisa 的话里有所隐瞒。"当着人家未婚妻，还有自己的哥哥的面，这么丢人的真相恐怕是说不出口的吧。

秦薄说："她们上楼了。"

张远摩拳擦掌，跃跃欲试："我要质问她！"

"不行！这算什么证据？先当作不知道！这里还有你的星哥在，乱闯上司的房间是要被开除的好吗？先离开再说。"曼曼提议。

"来不及了，人已经到三楼。"秦薄说道。

第八章 原来是你

曼曼咽了口唾沫,屋里的三个人互望一眼。

门外脚步声渐渐逼近,"啪"的一声,门开了,肖总编和袁媛一同进了房间。

袁媛坐在床上,沉默地看着窗外。外面的雪花宛如鹅毛,纷纷扬扬地落下,天地间只剩雪白一片。肖总编烧了热水,给袁媛煮了一杯泡面。

"你晚上没怎么吃东西,吃点儿东西填肚子吧。"

袁媛摇摇头。

肖总编又说:"不是你爱吃的口味,你将就下。等天亮了,雪也停了,我们再吃一顿好的。"

肖总编捧着香味浓郁的泡面坐在袁媛身边,用叉子卷了卷泡面,递到袁媛嘴边,"吃点儿吧,等警察来了,你要忙好一阵子了。"

袁媛还是摇头。

泡面的味道像是病毒一样扩散,钻进了曼曼的鼻子里。几乎是不约而同地,张远和曼曼无声地咽了口口水。

两个大衣柜里藏了四个活人。左边是曼曼和秦薄,右边是张远与晕倒的何志星。

曼曼扒开一条细缝,刚好见到肖总编对袁媛说:"你记得当初吗?我们刚毕业一起实习,和别人合租房子,我们住在一个房间里,你晚上总闹着要吃泡面。"

曼曼微微一怔。

她从未见过肖总编有这样的神情,原来友情可以这么好、这么深。她知道肖总编对袁媛很好,公司上下都是有目共睹的。

袁媛在 A 市的私立幼儿园当教师,琐碎的事情特别多,肖总编是个大忙人,可每天仍然抽空去幼儿园帮袁媛。

还总说自己的闺蜜单纯,没她帮忙饭都吃不好。不管去哪儿出差,必定会给袁媛带礼物,每次都是价值不菲的名牌。

这都是曼曼从同事嘴里听说的。

而她亲眼见到的更多。幼儿园寒假放得早,袁媛有事没事就来出版公司这边,只要袁媛过来,肖总编就会点袁媛爱喝的下午茶。偶尔公司聚餐,袁媛也在的话,肖总编必定会避开袁媛不爱吃的菜。

有一回两个人吵架,明眼人都知道是袁媛不对,可冷傲的肖总编依然耐着性子跟她讲道理。

当时公司里的人私下里都说,袁媛真是幸福,有个宠爱自己的男朋友,还有个宠爱自己的闺蜜,简直就是人生赢家。

曼曼忽然意识到一件事,此时此刻离秦薄有点儿近。

秦烨有些不好意思,脸红得不像话。秦薄不在意,不停地嗅着她的气息。

曼曼扭过头，瞪了他一眼。秦薄在她手背写了三个字，美其名曰：保护你。

正想和他理论，秦薄忽然拍拍她的手臂，示意她看外面。

曼曼抬首，正好见到肖总编把桌子上的录音笔不着痕迹地收进口袋里，又问袁媛："再不吃泡面就真的要凉了，真的不吃吗？"

袁媛轻声说："我吃不下。"

"你想吃什么？别墅里有厨房，我给你做。"

袁媛的目光终于从窗外的纷飞大雪里收回，她忽然说："我们毕业那一年，也下过这么大的雪。当时我们还年轻，以为只要勇往直前，什么都能得到。可是后来才知道，不是的。"

"你现在想要什么？我能办得到的，都可以帮你得到。"

袁媛忽然弯眉笑了一下。

"阿肖。"

"嗯？"

"我想吃泡面了，我们一人一半。"

场面蓦然有些温馨。曼曼看着也有点儿羡慕袁媛和肖总编之间的友情，能找到一个好闺蜜多么不容易。曼曼尚在感慨中，肖总编又说："先换双拖鞋吧，我去衣柜里拿。"

曼曼的心"咯噔"一下。她低头望了一眼，此刻她正踩在酒店提供的一次性拖鞋上。

高跟鞋的声音"咚咚咚"地踩在曼曼的心上，曼曼和秦薄互望了一眼。秦薄给她比画了一个手势。曼曼使劲儿摇头！打晕一个肖总编，床上还坐了一个袁媛！

秦薄此时比出两根手指，表示两个都可以打晕。

曼曼再度摇头。

这不是打晕就能解决的事情！要怎么解释她在衣柜里？

难不成要像 Alisa 那样，说自己也是被打晕了，什么都不知情吗？

好像有哪里不对！曼曼忽然想到一件事。

Alisa 和杨先生是这种关系，那么 Alisa 绝对不可能是被杨先生打晕的。当时他们人在三楼，如果真发生什么事情，下面是能听到声音的。

没有声音代表他们没有任何警惕，也就是说这是熟人作案。

通往地窖的路必须经过一楼，想要无声无息地躲过所有人的耳目，必然是配合好的。

所以，当杨先生和 Alisa 去地窖的时候，方管家和小伟肯定是看在眼里的。而最初杨先生不见的时候，就是躲在了 Alisa 的屋里。

第八章 原来是你

曼曼发现自己越是紧张的时候，头脑越清晰，肖总编的手已经伸向了衣柜门。秦薄揽紧了曼曼。

"咚咚咚……"敲门声猝不及防地响起。

袁媛望向肖总编示意她去开门，肖总编收回了手，疾步走到门口，问："谁？"

"是我。"听出是连木的声音，肖总编微微松了口气，开了门，问："怎么了？"

连木说："我刚刚接到酒店前台的电话，说再过四十分钟就恢复通电，他们会派人过来，警方也在山下等着了，天气稍有好转，立马上来。"

他望了一眼袁媛，低声问："她没事吧？"

肖总编说："能没事吗？"此时，袁媛也走到门口："我不要紧，我们下去等吧。"

连木说："你们先下去，我等会儿带 Alisa 下去，顺便喊二楼的人。"

十分钟后，肖总编和袁媛离开了房间，曼曼等人终于出柜透气。

张远说："泡面好香，我肯定被方小猫传染了，我以前从不吃这些东西。"

曼曼说："赶紧下去，别被连木发现了，快把你家星哥也扛下楼。"一行人麻溜地行动，很快又回到各自的房间。果然没多久，连木和 Alisa 来敲门。

曼曼说："好，我马上下去。"

连木望了一眼曼曼身后的人，说："秦教授也在，正好，刚刚我和曼曼说的话你也听到了吧？"

秦薄冷淡地"嗯"了一声。

Alisa 说："这个鬼地方，我以后是不会再来了。"

连木淡淡地说："最初是你非得跟着来的。"

Alisa 说："还不是肖姐告诉我来这里能见到哥哥的意中人，我才勉强过来替爸妈把关的。"

"阿肖和你说了什么？"连木蹙眉问。

Alisa 说："不关肖姐的事，是我自己打听出来的。"曼曼觉得自己得到了张远全副身家都换不来的系统提示线索。

Alisa 是肖总编叫来的，Alisa 房间里还有肖总编的录音笔，Alisa 插足了肖总编闺蜜袁媛和她未婚夫……

方管家设定的游戏里，所有人提示的线索都跟自己的职业有关，其中还熟练运用了连木书里的句子。

当 Alisa 和杨先生失踪的时候，三楼的洗手间也是肖总编负责搜查的。而且 Alisa 求救的时候，唯独不在他们身边的人就只有肖总编和袁媛。

目前肖总编的嫌疑是最大的。

第九章

WO DE HUA FENG BU TAI DUI

离开

曼曼和秦薄联手弄醒了何志星后，才与张远一起下楼。

何志星依稀记得自己像喝醉了一样，做了不少丢脸的事情，包括抱着椅子腿儿告白，而且是在肖总编的房间里。

何志星吓得面白唇青，小腿肚儿都在发抖，屁滚尿流地收拾了行李，提着一个大背包戳在客厅里，嘴里还念念有词。

曼曼靠近了才听清何志星在祈祷。连木坐在另一边的沙发上，烟灰缸里已经有七八个烟头了。

沙发下还有两个行李箱，大家的行李几乎都在客厅里了，方管家和小伟依旧在地毯上昏迷。此时，张远凑到曼曼身边，压低声音问："肖总编还没下来？"

似是听到张远的话，连木在烟雾缭绕中抬了一眼，说："早下来了，比你们还早二十分钟，刚刚 Alisa 想上洗手间，她们一起去了。"

连木指了一下二楼。

女孩子结伴上厕所的现象，张远作为外星玩家永远无法了解。但曼曼了解！尤其是此刻肖总编具有重大杀人嫌疑。

轻微的脚步声响起，曼曼抬头望去，是袁媛从二楼下了来，她问曼曼："酒店的人有没有打电话过来？"

袁媛下来了，也就是说此时二楼的洗手间只有肖总编和 Alisa。

如果肖总编真的是凶手……

曼曼猛地站起，火速冲向二楼，经过袁媛身边的时候，险些撞倒袁媛。袁媛尚未站稳，那位与艾曼曼形影不离的秦教授犹如一阵风呼啸而过。

曼曼着急地拍门。

"开下门，我着急上厕所！"

她使劲儿地转动门把手，然而洗手间门反锁了。二楼的大动静引来了一楼客厅的连木等人，连木问："发生什么事情了？"

曼曼说："我要进去！"

"让开。"秦薄忽然说道。

曼曼立马后退数步，顺带着推开了连木。

果不其然，秦薄稳而强劲的侧身踢一触即发。

连木拔高声音："等等，伤着人怎么办？"

然而话音未落，坚固的钛合金门已经轰然倒塌。

连木来不及斥责秦教授的举动，已然被洗手间内的场景震惊。

Alisa 惊慌失措地跌坐在墙角，她前面正是手持剪刀的肖总编。倒塌的门吸引了两个人的注意力，Alisa 尖声喊道："哥！她要杀我！"

连木说："阿肖，有话好好说。"

肖总编没有回头。她冷冷地盯着 Alisa："你勾引媛媛的未婚夫时可不是这么说的。"

连木再度震惊，迅速看向一脸苍白的袁媛。她靠在墙上，嘴唇哆嗦着。

连木无暇顾及太多，定定神，又说："阿肖，不管发生什么事情，我们坐下来慢慢谈，看在我们认识将近十年的情分上，你先把剪刀放下。"

Alisa 使劲儿地点头。

"我可以给袁媛磕头认错，你……你别伤害我。"

肖总编冷笑一声，按下口袋里的录音笔。Alisa 和袁媛的脸色煞白。

"不要脸的人我见得多了，像你这样的我还是头一回见。"

锋利的剪刀逼近 Alisa。

Alisa 浑身都在颤抖，她惊恐地摇头。

连木说："阿肖，不要。"

肖总编仿若未闻，只道："谁也不许靠近，再靠近别怪剪刀不长眼。"

连木向袁媛投去恳求的目光，袁媛动动嘴，还未说话，肖总编已然道："媛媛，我不会让任何人伤害你，所有伤害你的人都得死。"

曼曼忽然喊道："肖总编，身上背负一条人命还不够吗？"肖总编的手抖了一下。

何志星反应过来："是……是总编你杀了杨先生？"

肖总编居然没有否认。

"既然已经背负一条人命，再多一条又何妨？"

说话间，曼曼轻轻地碰了一下秦薄的手。

肖总编仍然在说："你这么喜欢老杨，干脆下地狱陪……"话音戛然而止。

肖总编甚至没有看清秦薄是怎么出手的，只觉得眼前有道人影一晃，反应过来时，手里的剪刀已经被夺走。

说时迟那时快，连木已经冲了上去抱住肖总编，何志星亦眼疾手快地拉起地上的 Alisa。

第九章 离开

没有任何演练，三个人配合得天衣无缝。

秦薄朝曼曼伸出手，掌心躺着夺过来的剪刀。他难得勾了一下唇角，说："给。"

她要剪刀做什么？

曼曼说："扔了吧，别再让肖总编拿到就可以。"

秦薄说："你说要，我就给你。"

而此时灯忽然亮了，整座别墅灯火通明。

不多时，酒店的工作人员赶到，肖总编面如死灰地靠在墙上。

袁媛哭着上前，却被连木拉住。袁媛甩开他的手，没成功，连木喝道："你疯了，她是杀人凶手。"

肖总编轻声说："他说得对，你别靠近我了。"

袁媛再度甩开连木的手，这一次成功了，她扑到肖总编身上。肖总编拍拍她的胳膊，说："以后让连木好好照顾你。"

袁媛泣不成声。

窗外飞雪渐停，黑暗的建筑群已经恢复光亮，短短一夜的惊心动魄宛如一场不为人知的梦。

第二天一早，警方赶到，带头的是白队长。

白队长到案发现场检查了一圈，搜集了证物，昨夜星空别墅的所有人都当场做了笔录。肖总编承认自己杀了杨先生，还意图杀Alisa未遂。

方管家和小伟醒过来后，两个人似乎都有点儿蒙，不知道发生了什么事情。得知别墅里死人后，小伟惊诧至极。

经过警方的一番调查后，曼曼才得知寻宝游戏的幕后策划人竟然是袁媛，杨先生也是知情者，为了配合袁媛才故意失踪，洗手间里的血也是早已准备好的，本意只是想让大家更投入地玩游戏。

直到Alisa也不见了，袁媛才察觉到不妥，但她很快收到了杨先生的短信，得知Alisa也一起加入，于是有了Alisa房间的那一幕。

然而肖总编早已知悉袁媛的计划，借机杀掉杨先生，原本想把参与进来的方管家与小伟一并处理掉，但没想到这么快就被秦教授发现。

笔录做完后，警方带走了肖总编。

星空别墅死了人，很快酒店也把别墅封锁了。酒店老板亲自向所有人致歉，叹息说："我和老杨还有肖总编是旧识，没想到她会这么想不开。袁老师是我儿子的老师，如果知道会发生这样的事情，之前和我提游戏的事情时我一定会拒绝。给各位带来了不便，是我们酒店的错，为表歉意，以后只要你们过来，我们酒店一定免费招待。"

曼曼心想大概以后是不会再来这家酒店泡温泉了！心理阴影太重！

不过真是万万没想到来一趟酒店度假，离开时肖总编人已经在警察局了。

果然有张远在的地方，必定没好事发生。

思及此，曼曼瞄向张远，任务完成后，他也该升级了吧？

她忽然一愣。

此时此刻的张远头顶的游戏任务框消失了，只剩孤孤单单的一行字。

系统托管。

曼曼也不是没见过系统托管的外星玩家，一般托管的玩家都不再进行任务，和他搭话时，系统会根据人物平日的性格模拟对话。

曼曼想，张远居然下线了，真是难得！

曼曼回家后，没两天年三十就到了。大忙人曼曼妈也终于放了假，给曼曼烧了一顿丰盛的年夜饭。

曼曼爸病逝后，曼曼妈就很少带曼曼去公婆家过年了，只有大年初一开车回农村拜个年，待上一下午，夜里又赶回Ａ市。

曼曼年纪小时，每逢寒暑假都经常被曼曼爸送去农村陪爷爷奶奶。

曼曼妈每次都颇有微词，可看在自己丈夫的面子上也忍了。倒也不是说曼曼妈不喜欢农村，而是因为一场奇怪的意外。

那时曼曼只有四五岁，生得粉雕玉琢的，曼曼妈想把她当成洋娃娃来养，然而一到农村她就跟个野丫头似的，这一野就出了事。

没有人知道曼曼是怎么遇险的，发现曼曼遇险还是公婆找不到孙女才着急打电话报警，整村人漫山遍野地找，最后在一棵绿意盎然的大树下找回了曼曼。

她的身上没有任何伤口，医院里也检查不出问题，却昏迷了足足半个月。

半个月后曼曼醒来，曼曼妈问她发生了什么事情。曼曼说她出门玩，见到一道白光，再睁开眼时人就在医院里了。

当时，曼曼妈为了这事儿对公婆颇有埋怨，婆媳关系一度弄得剑拔弩张，多亏曼曼爸从中协调才恢复如初。

不过打那以后，曼曼回农村玩耍时她爷爷奶奶都看得特别紧，生怕把家里唯一的宝贝孙女又弄丢了。

"妈，明早我们几点出发呀？"

曼曼妈说："你爷爷奶奶赶时髦，跟团去外地旅游了。等他们回来了再去拜个晚年。"

曼曼"哦"了一声，又夸了几句曼曼妈的厨艺好。

母女俩在饭桌上相谈甚欢，饭吃得差不多了的时候，曼曼妈忽然说："前几天

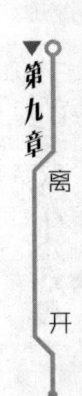

第九章 离开

你去的雅兰温泉酒店到底发生了什么事情？"

曼曼微怔。

她回家第二天早上就和母亲讲了酒店密室杀人事件，曼曼妈听得心惊肉跳，上次杀人凶手找上自己家原以为只是个意外，没想到没过多久又碰上杀人犯。

当时曼曼怕妈妈担心，说得很模糊，只说了公司总编的事情，曼曼妈也没有多问，没想到今天却突然提起来了。

"也不是什么大事啊，就是狗血电视剧里的套路，加点儿惊悚元素而已。"曼曼故作轻松地说，"真凶早就抓着啦，是我们公司的肖总编，前天我还和你说过的，今天怎么忽然提起来了？"

曼曼妈说："我看到了网络上的一些新闻。"曼曼妈去洗碗的时候，曼曼窝在沙发里看朋友圈。

肖总编杀人的事件第二天就上了 A 市的早报，本来只是一桩普通的杀人案件，可报纸的小编多嘴，在微博里提了句肖总编是连木的编辑，当时连木也在场。

连木粉丝众多，很多人都在微博里安慰连木，然而没过多久就引发了粉丝大战，当天在热门话题里爬到了第三，更多人关注起这桩命案来。

而就在今天，五分钟前，一条新鲜出炉的新闻占据了所有关注这个命案的人的视线。

——神秘女子自首，自称是雅兰别墅杀人命案的幕后真凶。

曼曼划拉着屏幕。

朋友圈里有网友拍到了照片，尽管只有一个背影且很模糊，可曼曼还是认出来了——是袁媛。

曼曼妈边刷着碗边给曼曼提供建议。

"等过完年后，最好别再去那家出版公司实习了。你擅长的语种多，不愁找不到工作，再不行，来妈这里。"曼曼妈有句话没出口，有她看着，曼曼也不会牵扯进那么多乱七八糟的命案。

曼曼口头应着，却陷入沉思。

为什么袁媛要自首？

曼曼是从未将袁媛纳入过凶手名单里的，毕竟一来杨先生是袁媛的未婚夫，二来袁媛和 Alisa 一样，怎么可能有力气杀死杨先生呢？

那玻璃瓶插得多深啊！

且不说杨先生，在黑暗中无声无息地打晕方管家和小伟两个男人，怎么想也不可能。而肖总编不一样，她办公室里还摆着巴西柔术冠军的奖杯呢，听闻有一次和袁媛逛街，路遇打劫，她徒手制伏两个持刀歹徒。

所以肖总编承认的时候，曼曼是在意料之中的。

曼曼想不通，索性就不想，有警察叔叔在，迟早会找出真凶。

和妈妈倒数进入农历新年后，曼曼便打算洗洗睡了。然而没过多久，曼曼接到张远的电话。张远的声音洪亮如钟："曼曼同学，新年好！"

曼曼有种不好的预感，她说："新年好，没什么事我挂了，再……"

"等等！我现在在你家楼下！"

"在我家楼下我也要挂。"

"秦教授也在！"

曼曼一怔，没料到张远和秦烨居然混到一块了。之前据她观察，秦薄似乎不知道张远是外星玩家，而张远也不知道秦薄是个地地道道的寄生外星人，和张远、方小猫那种从服务器里拟出形态进入游戏的外星玩家不一样。

她回过神，说："张远你看看现在几点！现在又是什么日子？"

过年第一天，求放过好吗？电话那头换了个人。

恰好这会儿，天空炸开了烟花，伴随着秦薄低沉清冷的嗓音响起："艾曼曼，新年快乐。"

曼曼的耳膜震动。有一瞬间，她觉得他的声音格外好听。她稳住心神，问："张远胡闹就算了，你怎么也和他一起乱来？"

"没胡闹，刚好在楼下碰见。"

曼曼又是一怔："你……你来找我？"

"下来吧，我有东西给你。"

曼曼心里是拒绝的，她知道下去的后果，肯定会被张远拉去调查案件。可是身体是诚实的，她挂了电话后，换上衣服偷偷摸摸地下了楼。

果不其然，在楼下见到了两道人影。张远叽叽喳喳地不知说着什么，见她下楼，眼睛骤亮，朝她挥手。曼曼走过去，直接忽略张远。

秦薄说："你到一边去。"

张远居然乖乖听话，三步并作两步地走远了。

秦薄今晚穿了一件修长的大衣，脖子上围着她的灰色围巾，站在月色下，深邃的眉眼如同海底的漩涡，深不可测，又有种危险刺激的魅力。

曼曼问："什么东西？"

秦薄从口袋里拿出一个红包："给。"

"呃……"曼曼呆了一下，"你……你给我红包？"

"嗯，新年快乐。"

秦烨这会儿解释说："我和他说了我们的传统，他听了后非要第一个给你发红

第九章 离开

包。钱是他赚的，拿他们星球的情报和我换的，之前我都撬不开他的嘴。哦，对了。"

他又从另外一个口袋取出两个红包。

"艾曼曼，给你的，要快点儿长大。秦薄兄弟，这个给你的，祝我们以后同居愉快。"

曼曼有点儿小感动，有生之年居然收到了外星人的大红包！她掂了掂红包，又说："其实我们过年的时候给红包都是意思一下的，不……不用给这么多的。"

拿着很有负担呀！

一百块的红包她可以收了，可这红包左看右看都像是一沓百元大钞啊！

秦烨又说："不多，就两千块，他本来想再塞的，但塞不进去了。"

秦薄微微点头说："你收着，我也没地方花。"他的右手动了一下，秦烨微微抬高声音："那红包是我给你的！你不能给艾曼曼！"

秦薄面无表情地将那个红包塞回口袋。

曼曼只好收下红包，想着等哪天有空了去医院抽管血送给秦薄吧……眼角的余光一瞥，张远往这边探头探脑的，还不停地朝秦薄打手势。

曼曼问："他怎么了？"

秦薄说："等我们去雅兰酒店。"

曼曼："……"

果然是上了贼船，秦薄开车载着他们前往雅兰温泉酒店。

曼曼坐在副驾驶座上，而张远则是在后座。

他头顶的蓝色任务框依然是黑暗中的救赎。这正说明一件事，任务没完。

肖总编和袁媛到底谁是凶手，现在还不能盖棺论定。

曼曼表示："早上七点之前我一定要回到家，我不能让我妈知道我半夜溜出门了。"

张远讨好地说："我们就去案发现场看看，六点前一定把你送回家，秦教授，您说是吧？"

他谄媚地拍秦烨马屁，曼曼看在眼里，嘴巴抖了抖，有时候真想知道张远在他母星是干什么的，怎么拍起马屁来这么清新脱俗不做作。

酒店里冷冷清清的，也不知因为是大年初一，还是因为前几天的命案。值班的门童靠在门后打瞌睡，前台小姐颇为敬业地坚守岗位。

大堂里安静得只能听到屋外的风声。

而此时此刻，黑漆漆的黑夜里悄无声息地驶来一辆车。

张远的语气里少不了得意扬扬的语气："我事先做好功课了，有一条小路，可以直接到酒店的后墙，那里有一扇门，能够悄悄地进去。"

秦薄无视了张远的话，直接开到大路，停在酒店门口。

张远弱弱地说："秦教授，我们没有搜查许可证，不能光明正大地进去啊！被发现的话肯定会被赶出来。"

曼曼拯救张远的智商，大发慈悲地解释："酒店就是让人住的，能光明正大地走进去为什么要绕远路？"有时候真想撬开张远的脑子，看看他脑子里都在想些什么啊！

张远反应过来，说："也对，我怎么没想到？哈哈哈哈，肯定是这几天睡久了脑子不好使了。"

你脑子什么时候好使过？曼曼飞了他一记眼刀。

三人在前台登记了信息，办理了入住手续。

打盹儿的门童领着三位难得的客人前往房间，三人特地挑了离星空别墅最近的山景别墅，房间也正好连着。经过星空别墅的时候，门童快走了几步。

曼曼问："里面怎么有光？星空别墅还有人敢住？"

门童先前没认出来曼曼几人是前几天入住星空别墅的客人，现在倒是认出来了，苦笑了一声，说："哪里敢住人？警方取证后，别墅不再封锁，老板想找人封了地下室，再重新装修一遍，可大过年的哪里有人肯干这么晦气的活儿？于是就暂时搁下，打算等年后再干。又因为发生了那么晦气的事情，领导就干脆让我们把别墅的灯全打开了，正好大年初一，也应景。"

说着，门童又害怕地说："几位还是少接近星空别墅为妙。"

山景别墅里依旧配了一个二十四小时服务的管家和助理，彬彬有礼地接待了曼曼一行人。这一次，他们三个人住在三楼。

管家领着人上楼时说："我们的温泉开放时间是早上七点到晚上十二点，如果你们想泡温泉的话，我建议明早用过餐后再去，过年这几天人少，几位可以慢慢享受。"

到二楼的时候，忽然有人开了房门走出来，穿着酒店提供的浴袍，是一位男性，看起来三十多岁，蓄了一把小胡子。他朝管家打了个招呼，说着一口流利的英语。

曼曼听得分明，是找管家要烟。

管家回答的是中文："请稍等，五分钟后送到您的房间。"

男人微微颔首，扫了一眼管家身后的几位客人，又回了房间。

曼曼问："刚刚那位先生是哪里人？"

管家笑说："是美籍华裔，姓王，在国外待久了，不大爱说中文。"其余信息管家也不便透露，带人上了楼就匆匆去给二楼的王先生找烟了。

三人时间紧迫，管家一离开三人就按照原先的计划悄无声息地出了山景别墅。

第九章 离开

张远手里有星空别墅的钥匙，他让曼曼别问钥匙怎么来的。曼曼一听就知道张远肯定又用系统做了什么。不过她也懒得问，能从大门进去自然最好。

别墅里的一切都跟那天他们离开时一模一样，现场保存得相当完美，且此刻灯火通明，身边又有秦薄在，曼曼丝毫也不感觉到害怕，只想着快点儿找到蛛丝马迹，然后离开。

一二三楼扫了一遍，并没有发现什么线索。

张远开始系统式搜索，曼曼低声和秦薄说："我们去地下室看看，如果没有的话就回去。"过了好几天，如果真有什么线索，也早被清理光了吧？

秦薄点点头表示同意。

这一回进入地下室的时候，满堂光亮，和那一日靠手机照明截然不同。地上还留有一股难闻的味道。曼曼看到那天 Alisa 躲的柜子，她走上前去刚想打开，秦薄已经越过她，先开了柜门。

曼曼忽然问："那天你听到电话里有两道呼吸声，一道是 Alisa 的，另外一道不是真凶的就是杨先生的。真凶能轻而易举地杀了杨先生，为什么会放过 Alisa？"

恰好张远此时进来了。

曼曼问："警方那边判定杨先生的死亡时间了吗？"

张远说："十一点左右。"

Alisa 给连木打电话的时候，是十一点过后的事情，那么当时杨先生已经被杀害，另外一道呼吸声是真凶的。

这么一想，曼曼觉得有点儿不对劲儿。真凶抓了两个人，为什么要把 Alisa 塞进柜子里？又为什么 Alisa 身边恰恰有杨先生的手机可以给连木打电话？

那一通电话足足有一分多钟，柜子里根本不隔音，地下室里如此安静，真凶完全能听得到的，为什么会放任 Alisa 打电话？

而且秦薄说了，当时环境十分安静，所以能清晰地听到两道呼吸声，也就是说真凶当时是听着 Alisa 通风报信的。

这看起来就像是故意放水……那么为什么要放水呢？曼曼陷入沉思。

她又问："白队长就没有提出任何疑问吗？"

张远说："大过年的大家都想早点儿结案，手头也就只剩这桩案子。"

三人在星空别墅里转悠了一个多小时，最后毫无发现。

曼曼惦记着回家，催促秦薄送她回去。张远惦记着任务，决定在山景别墅里多待几天，等夜深人静的时候再来寻找线索。

曼曼回到车里时，已经是凌晨四点了。她坐在副驾驶座上打盹儿。

秦薄一路上安安静静地开着车，两个人没有说一句话，可奇迹般地，曼曼一点儿也不觉得尴尬。她也不记得自己怎么睡着的，等她醒过来的时候，车已经停在小区门口。

她迷迷糊糊地睁眼，意识尚未完全清醒，就看见一双带着几分探究的深邃的黑瞳。她打了个哈欠，说："到了怎么也不叫醒我？几点了……"

"六点整。"

曼曼解开安全带，说："我得回去了，我妈妈七点起床，六点半要上一趟厕所。"他忽然将手搭在她的手背上，声音沙哑地说："再陪我二十分钟。"

曼曼微微沉吟，问："你是需要血吗？我可以现在给你。"她挣脱他的手掌，莹白的手腕伸到他的面前。

"你可以咬一口，不过得轻点儿，我怕疼。"

秦薄没由来地有点儿生气，说："从现在开始不许说话，就陪我坐二十分钟。"他抬腕看时间："还有十九分三十秒。"

曼曼问："你生哪门子气啊？"

"不许说话。"

曼曼直接打开车门："再见。"

秦烨问："你生哪门子气啊？给你咬你就咬呀！上次一滴血功效都那么强，咬一口说不定营养更多。"

秦薄说："想当年谁能让我陪二十分钟，晚上睡觉都能笑醒。"

秦烨："你是哪门子贵族？王族？有什么特权？虽然我没有任何经验，但我们地球上的女孩子……"

秦薄问："什么？"

秦烨说："不好意思，接触的女性少，无法提供经验。"

秦薄："哦，一样。"

秦烨："好巧，我们继续聊你们的星球吧！女孩子不重要！"

曼曼上楼的时候心里还是有点儿纳闷。但很快，这点儿纳闷就被抛之脑后，她接到了张远的电话。

"二楼的王先生死了，十分钟前清洁工进星空别墅打扫，在地下室发现了他。身体还未僵硬，死亡时间不超过三十分钟。"

曼曼内心出现了无数个问号，张远你又接了什么破任务！

第九章 离开

第十章

WO DE HUA FENG BU TAI DUI

新的线索

"曼曼，你什么时候过来？"

她什么时候答应帮他了？

曼曼拒绝："我不去，今天是大年初一，我要和我妈去拜年！"

"你说怎么这么巧？为什么又是地下室？还是星空别墅里的。你觉不觉得真凶还没被抓到？也许肖总编和袁媛小姐只是个幌子。"

曼曼说："张大侦探，张大警官，你有手有脚你自己查好吗？"

"不行啊！我一个人怕有危险啊！你不来秦教授就不来。"

"讲真的，你这么坦率地承认，我很欣赏你的自知之明，但是，我不去！挂了！"

曼曼把手机扔进包里，深吸一口气，现在是六点十五分，如果运气好的话，应该能神不知鬼不觉地溜回自己的房间。

不过显然，她运气不太好。

一开门，就碰见煮早餐的妈妈，迎接了安检般的扫视。

"一大早去哪里了？"

曼曼弯眉甜甜一笑："妈，新春大吉！我的红包呢？"曼曼妈捏着红包，面无表情地说："老实交代。"

曼曼打小就害怕妈妈露出这样的神态，心肝脾肺肾一抖，在出版公司实习大半月的成效立竿见影，张嘴就是故事："妈，还记得上次刚好救了我的老师吗？就是我学校的秦教授，他今早路过我们家小区，车没油了，问我附近的加油站怎么走呢。我下去给他指路了。"

"你们教授连地图APP（手机软件）都不会用？"

"唉！妈，我们教授是个没生活常识的人，满心满眼只有科研和发明，我们私下里都喊他书呆子教授呢。你看一大早就喊我下去指路，多么不体贴学生啊！"

曼曼妈神态稍有缓和："把你们秦教授电话给我。"

"怎……怎么？"

"上次没有好好道谢，今天新春正好还可以拜个年。"

曼曼："……"

两分钟后，曼曼妈拨通了秦教授的电话。

曼曼内心万分忐忑。

十分钟后，曼曼妈依旧在讲电话。

曼曼内心由忐忑变成了疑惑。

三十分钟后，曼曼妈还在和秦教授聊天。

曼曼开始怀疑整个世界。

不论是高冷的秦薄，还是没有情商的秦烨，怎么看都不像是能聊三十分钟的主儿！难不成妈妈打电话打到了另外一个次元？

四十五分钟后，足足一堂课的时间，曼曼妈终于挂了电话。

曼曼已经煮好早餐，好奇地问："妈，你和秦教授聊了什么？"

"你们学校的秦教授不错。"曼曼妈妈说道。

曼曼微怔。

因为工作关系，曼曼妈甚少夸人，更甚少夸男人，上一个得到曼曼妈夸赞的男人是曼曼病逝的父亲。曼曼妈说："你收拾下，两个小时后我们去外婆家拜年。"

曼曼问："以前不是年初四才去吗？"

曼曼妈说："年初四米兰有一场秀，我得亲自过去。正好你们学校的秦教授说要去B市，可以顺道一起过去，当还上次救了你的人情。"

曼曼已经不知道重点是春节期间妈妈不在身边还是大年初一要和秦教授去B市给外婆拜年了……

两个小时后。

曼曼已经做好了心理准备与秦薄还有自己的妈妈一块相处，但在见到秦薄的那一刻，曼曼还是惊了一下。

"艾曼曼同学新春好，阿姨新春好，我是秦老师的学生张远，秦老师说也捎带我一程去B市。"

曼曼妈探究的目光在张远与秦薄身上扫了两圈，微微点了一下头。

A市和B市离得不远，将近两个小时的车程。

曼曼原以为会很难熬，然而并没有，秦烨和秦薄分工得当。

一个聊她在学校的表现，一个聊时事政要。曼曼妈热爱时尚，也热爱时政，鲜少有男人能和她聊到一块。于是乎一路上都是曼曼妈和秦薄秦烨的声音。

而坐在后座的张远和曼曼负责沉默，当然张远的游戏任务框一路也很精彩。

曼曼全程目睹了张远的抱大腿功力，张远如何将她作为诱饵说服方小猫给他买提示。其间，还偷偷拍了她的一张照片。

哦，难怪非要跟来，张远你怎么不转行去当卖货的？

第十章 新的线索

张远悄悄地和曼曼说："本来今早我们都要到警队做笔录的，我给拦下来了，白队长答应我推到明早。"

曼曼面无表情地说："我还得感谢你对吗？"

"没有没有，是我得感谢你！你帮了我很大的忙！"

玩家远古星人好有趣：地球人艾曼曼是我见过的最美丽最动人最友好最热情最善良的女孩子！和其他人不一样！

系统：你不需要攻略曼曼，夸了她听不到。

玩家远古星人好有趣：我是真的这么认为！

曼曼默默地看他夸自己，很神奇，内心居然有一丝小高兴，她问："嗯哼？"

张远继续说："年三十那天袁媛不是自首了吗？说自己才是幕后真凶，还说了作案动机，她早已看不惯杨先生背着她和Alisa小姐乱来，所以玩游戏的最终目的是杀害出轨的未婚夫。"

曼曼指出："以袁媛的力气不可能把酒瓶插得那么深，也不可能在短时间内无声无息地弄晕方管家和小伟。"

"袁媛给的解释是杀杨先生时太愤怒了，爆发了前所未有的力气。而在杀害杨先生后，她担心事情败露，给方管家和小伟下了药，所以在地窖里才能轻而易举地弄晕他们。她说放走Alisa原本是想嫁祸栽赃，可没想到最后肖总编会站出来承认杀人。而肖总编的供词是，之所以放走Alisa，是不想杀害连木的妹妹，她杀了杨先生就打算自首了。"

张远唏嘘地说："这两天队里被她们搅得一团糟，两个人都说自己是凶手，对方是无辜的。因为出现了两套供词，雅兰酒店的案子要重新调查，队里原本想拖到年后的，现在又出了一桩命案，白队长和几个刑警都赶往雅兰酒店了。"

真是闻所未闻的怪事。

肖总编和袁媛的感情居然好到这种地步了？抢着埋葬自己的未来？

不过话说回来，假设肖总编和袁媛都不是凶手，而目前她可以确定的是当时和Alisa在一起的还有另外一个人，而Alisa打电话的时候，连木、何志星、张远、方管家、小伟、秦薄还有她都在一楼客厅里。

鸡皮疙瘩爬满曼曼全身，曼曼着实被自己的假设吓着了。

如果是真的，那么……当时和Alisa在一起的那个人是谁？

玩家方小猫：已买。

玩家远古星人好有趣：谢谢！

玩家方小猫：我手头的任务大概还要进行半个月的样子，记得在曼曼面前夸我！

玩家远古星人好有趣：收到！

张远说:"曼曼!方小猫让我夸她!"

艾曼曼同学被张远的直白与愚蠢惊呆了,刚刚冒起的鸡皮疙瘩顿时消散。她没由来地强烈同情方小猫,怎么就搭上了一个这样的队友呢?

玩家方小猫:啊啊啊!张远你在我家曼曼面前夸我什么了?我居然得到新的好感度了!

玩家远古星人好有趣:交给我!我会努力帮你刷曼曼的好感度的!

张远边和方小猫聊着,边打开系统提示栏。

跟上次一模一样,也是三个选择。

不过张远和出手大方的方小猫不一样,他选择了钱最少的系统提示。

"叮"的一声,系统提示新鲜出炉。

系统提示:水陆大桥。

恰好这会儿,车辆驶过一座大桥,正是系统提示的水陆大桥。曼曼在想,莱维特为了圈钱,该不会敷衍了事吧?

水陆大桥是什么意思?凶手曾经路过这座大桥?查监控?还是凶手在这座大桥上做了什么?

张远这次脑回路稍微正常了一些。知道提示后,立马用地球的搜索引擎查找。

曼曼故意问:"你在查什么?"

张远说:"水陆大桥,我预感和雅兰酒店的杀人案有关,别问我为什么,这是我与生俱来的警察天赋。"

呵呵,真当她见不到他是怎么坑蒙拐骗方小猫而换来的系统提示吗?

曼曼也在自己的手机里输入"水陆大桥",她匆匆地浏览了一遍。

水陆大桥是十年前B市引以为傲的一个大工程,这个工程还获得了国家优质工程奖,连带着当初负责这个工程的人都水涨船高。

百科里洋洋洒洒地赞扬着这个工程,曼曼想着这些和雅兰酒店的命案有什么关系时,指尖蓦然一顿,施工工程师——杨全新。

如果她没有记错的话,这是袁媛小姐的未婚夫杨先生的全名。

曼曼妈生长在B市,在A市读书时对曼曼爸一见钟情,毕业之际达成了左手结婚证右手毕业证的成就。曼曼妈这边的亲戚不多,来往得近的也只有自己的爸妈。

曼曼妈带了不少年货回来,东西堆满了整个后备厢,秦薄一声不吭地帮曼曼妈扛上了楼。

曼曼外婆开门时,见到两个陌生人不由得一愣。曼曼妈解释了一通,曼曼外婆咧嘴笑了,给秦薄和张远都包了红包,恰好这会儿已经正午,曼曼外婆便留两个人在家里吃饭。

第十章 新的线索

张远体质这么奇葩，留在家里绝对是个祸害！

曼曼鼓动张远离开，暗地里给张远发了条信息——你都有线索了，留在 B 市毫无意义啊！现在赶紧回 A 市，向白队长说明情况！警方那边很快就能查出杨先生的人际关系网，你有水陆大桥这条线索，说不定警方还能顺藤摸瓜查出一些蛛丝马迹！所以要赶紧走啊！

张远觉得非常有道理，当即以要去亲戚家拜年为由麻溜地离开了。曼曼稍微松了口气。很好，还剩一个。

曼曼颇有分量且饱含深意的目光落到秦薄身上，然而还不到半秒，秦薄已经挪开视线，微微点头："麻烦外婆了。"

谁是你外婆啊？

曼曼皮笑肉不笑地说："秦教授不是也要去亲戚家拜年吗？"

秦薄面不改色道："不急。"

曼曼没见过外星人如此厚脸皮，比张远和方小猫还要高级。然而家人就在面前，曼曼不好发作。吃饭的时候，她在餐桌下悄悄地给秦薄发信息。

——你什么意思？

秦薄指出：那天，你甩我车门！

曼曼表示：所以？

秦薄：你猜。

曼曼：不猜！

秦薄：我会留下来吃晚饭。

正在吃年年有鱼的曼曼愤怒地噎到了，呛了好半天才恢复过来。此时，手机又来了条信息——曼曼，我是秦烨，他就是在生闷气，你没留下来陪他十九分钟他觉得很没面子，尊严受到了伤害。

曼曼：我才是应该生气的那个好吗！凭什么我一定要留下来陪他十九分钟？

秦薄：错了，是十九分三十秒。

曼曼：多三十秒也不给你！

秦烨：你们别吵了，一人退一步，晚上再一起愉快地去警队做笔录。

幸好吃过午饭后，秦烨的父母来了电话，让秦烨回家吃饭。秦薄不得不将身体使用权还给秦烨，并与曼曼一家告别。

秦烨没开车过来，只好去车站买票坐车，他选择最后一排。

秦烨说："我感觉得到你心情不好，你别因为艾曼曼有情绪了，我们来聊更加有趣的事情吧！"

秦薄难得透露："我母星的女孩子都很乖巧。"

秦烨虽然对女孩子不感兴趣，但对外星女孩子不一样！他兴奋地问："然后呢？和地球人有什么区别吗？"

秦薄似是在回忆，半晌才道："从形态来说，我们星球和地球的生物种类相似，但也存在一部分进化得更为彻底的。性格不了解。"他语气平淡地道，"我短暂的一生都奉献给了母星的和平，用你们的古语来说就是征战沙场、一生戎马，从未有过自己的时间。"

秦烨发现秦薄刚开始相处之际高冷孤傲且沉默寡言，可渐渐熟起来后，他偶尔会透露一些自己的信息，还会不遗余力地指点他。

秦烨还想再问点儿什么，秦薄又说："如果艾曼曼在我的军队里，她这样的态度将会受到严惩。"

秦烨："你之前说你是贵族，你们贵族还拥有军队？"

秦薄："但她不是我的士兵，我哥哥曾经说对女孩子要温柔。"

秦烨："你还有哥哥？"

秦薄："我是不是对她有点儿严苛？"

秦烨："你哥哥也是军人？"

曼曼妈剥了橘子，喊曼曼到露台吃。

曼曼毫无警戒，吞了两瓣甜到心底的橘子后，曼曼妈开始和她聊学习上的话题。

"你们学校的秦教授夸你平时学习用功，今年期末考试是系里的第二名。"

曼曼说："专业课考试时没认真检查，所以和第一名失之交臂。"

"第一名是谁？"

"哦，是隔壁班的班长。"

"男同学？"

"对。"

曼曼妈又剥了个橘子，轻描淡写地说："谈恋爱了？和隔壁班班长？"

曼曼险些被呛着，猛咳了几声，吞下橘子才说："妈，你听谁说的？没有，绝对没有这回事。我和他不熟，他也不是我喜欢的类型，我喜欢比我年长的，成熟的，体贴的，学校里的都是一群小毛孩。"

曼曼妈意味深长地道："所以你和秦教授是怎么回事？"

过年前，半夜十一点出现在她们家英雄救美；当天在楼下戴着女儿围巾的人也是他；大年初一早晨开车到她们家小区附近加油；前往 B 市时用后视镜看了女儿不下二十次；饭桌下发信息打情骂俏……

这些，曼曼妈都看在眼底。

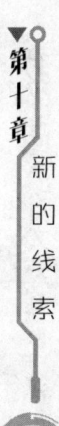

第十章 新的线索

曼曼此刻终于明白，大年初一的，她家亲妈就给她下套！她今天走过最远的路不是张远的套路，而是自家亲妈的！

曼曼只好解释道："就是普通的关系，和你想象中的不一样。"

曼曼妈眯眼："妈没你想的那么古板，师生恋不反对，我瞧秦烨家世不错，人也可靠善谈，你走妈的老路也未尝不可。"曼曼这回真的被呛到了。

谁要和两个不正常的男人结婚啊！他们在电话里到底聊了什么？

曼曼想追问，然而曼曼妈接了个工作电话。

曼曼只好进屋。

曼曼外公正坐在摇椅上看报纸，瞧见孙女进来，朝她招招手，示意她过来。曼曼坐下后，外公悄悄地给她塞了两个红包，扶了扶架在鼻梁上的老花眼镜，小声地说："别告诉你外婆和你妈。"曼曼哭笑不得。

她外公每年过年都这样，例行悄悄给她塞红包，曼曼心里又酸又暖的。

老人家平时不舍得花钱，对待孙女却格外大方，不用拆开红包曼曼都知道里面有多少钱。明明二老都不用智能机，也不上网，还让人装了网线，回家时第一件事就告诉她 Wi-Fi（无线局域网）密码是多少。

Wi-Fi 念得不标准，还带有 B 市独特的口音。

每次曼曼听了，都有点儿想哭的冲动。

她说："外公，你别看报纸了，我给你念吧。"

外公乐呵呵地说好，让曼曼从头条开始念。曼曼逐字逐句地念，字正腔圆，还带着面对老一辈时特有的软糯口音，让外公听得眉眼舒展。

忽然，曼曼愣了一下。

没想到 B 市报纸居然也有报道 A 市雅兰温泉酒店的杀人案，结束语还缅怀了杨全新。曼曼外公合着眼，在摇椅上一晃一晃地说："小伙子那么年轻有才华，真是可惜。"

曼曼问："外公知道他？"

"B 市的名人，水陆大桥是他建的，要不是有水陆大桥，你妈妈回娘家就不止两个小时喽。当初竣工的时候，你才十岁，你外婆牵着你去看过热闹。"

曼曼没什么印象。

不过她知道外公有收藏报纸的习惯，如果当天有重要事情发生，外公看完的报纸都会整整齐齐地收藏好。怀念过去时翻着发黄的旧报纸，掌心里像是安安静静地流淌着年轻的时光。

外公又说："都十几年了啊，时间过得真快，想当年你还嚷着要吃糖，现在小曼曼都成大闺女喽。"

曼曼又陪外公念了会儿报纸，直到外公午睡时才去书房翻报纸。她百度了当年竣工的日期，对应时间很快就找到了当年的报纸。

十年已过，报纸已然泛黄发卷，曼曼仔仔细细地看着头条新闻。

报纸上特地表扬了负责水陆大桥项目的施工工程师杨全新和监理工程师王彬。曼曼对着下方大合照仔细查找，找到了模样尚显青涩稚嫩的杨先生，以及……

咦？曼曼屏住呼吸。

这位监理工程师她是不是在哪里见过？海景别墅二楼的美籍华裔？

曼曼电话响了，来电显示是张远。

张远说："我告诉你一个劲爆的消息，两个死者的共同点，十年前都参与了水陆大桥项目，都是重要负责人。"

真巧，她刚刚也知道了。

曼曼临走前把十年前的这份报纸拍了下来，每个版面都拍了一遍，想着回去后可以再仔细看看，说不定会有什么蛛丝马迹。

之后，曼曼便与外公外婆告别，回了A市。

曼曼妈是突然接到前往米兰看秀的消息的，这几天有许多准备工作要忙，几乎是前脚刚到家，后脚就又离开了。

曼曼妈说从米兰回来后陪曼曼去旅游。

曼曼点头说好，尽管母亲很忙，她也很希望能有母亲的陪伴，可她懂得，爸爸走得早，妈妈一个女人上面四位老人，压力很大。她能做的就是懂事乖巧，不给妈妈添麻烦。

而且妈妈一离开，她也不用想着找什么借口在大年初一的晚上去警队做笔录。

王先生的离奇死亡，同在别墅的人都有嫌疑。

而那天在海景别墅里的除了死亡的王先生之外，还有艾曼曼、秦烨、张远以及别墅标配的管家与助理。

五个人，白队长头痛地敲击着桌面的文件夹。

王彬死于他杀，脖子有明显勒痕，从勒痕来看是一条粗绳。凶器就光明正大地扔在地窖的角落，上面没有留下任何指纹。

别墅外的监控过年前坏了，又因过节没人维修，只能从小道的监控看到，清晨五点三十分，王彬离开海景别墅。据海景别墅管家的口供，五点半王彬还跟他打了招呼，要去餐厅吃早餐。

酒店的自助早餐五点半开始供应，一直和管家在一起的助理也说了一模一样的供词。至于剩下的三个人，白队长更加头痛了。

在他印象中，一两个月之前，A大的巴筱筱案件中这三个人也在，其中一个还

第十章 新的线索

险些被真凶袭击。这一回，不仅仅碰上了杨全新的死亡，参与了密室游戏，而且恰好在海景别墅住了一晚王彬就出事了。

白队长感叹这也太巧了。

张远在从雅兰温泉酒店回警队的路上做了笔录。

然而没有半点儿用处，白队长只看出了一个初出茅庐的小屁孩有玩侦探游戏的瘾。要不是和洪警官关系好，白队长宁可自己斟茶倒水也不会让张远进来打杂。

"报告白队长！"正在给警员倒茶的张远喊道，"艾曼曼五分钟后到！"

白队长还没回应，张远又是一声响亮的"报告"。

"秦教授六分钟后到！"

话是这么说，五分钟后，秦薄和艾曼曼两个人同时踏进警队，分别在审讯室里做了笔录。张远私下里和两个人交代了星空别墅的事情绝对要缄默。

曼曼也不想惹麻烦，便答应了。

二十分钟后，艾曼曼成为白队长眼中也有侦探游戏瘾的姑娘，而秦薄则是有恋爱游戏瘾的不正经教授。幸好当初没招揽他进刑侦大队，不然和张远凑一堆，加上现在拘留所的袁媛和肖总编，可以凑一桌麻将。

两个人的笔录没有新线索，加上监控也拍到两个人凌晨四点开车离开的画面，没有任何嫌疑，于是白队长索性让人回去过年，自己留下来加班。

张远送秦薄和艾曼曼出去。

他压低声音向曼曼汇报今天白队长的成果，目前的唯一线索是水陆大桥，而两个死者有过共事关系。

"白队长现在觉得有我的地方就有命案发生，不肯让我乱跑了。"

曼曼无比赞同！白队长太有超前意识了！

曼曼说："哦，那你乖乖地在警队打杂，向前辈们学习，总有一天也能当上警察！加油！我要回家过年了！"

张远扯住艾曼曼的手，被秦薄犀利冰冷的目光吓得缩了回去。

"艾曼曼同学，你都插了一半的手了，我们已经是一条船上的人，就最后一次！"

曼曼问："真的是最后一次？"

"对！"

曼曼本来也不是特别抗拒，毕竟这次涉及了肖总编，好歹是她的上司呢，实习结束后她能给她一封推荐信，明年找工作的范围就更加广阔了。

现在张远这么说，曼曼觉得继续调查也蛮有乐趣的，何况家里空荡荡的，一个人回去也没意思。

"行。"张远立马联系方小猫。

玩家远古星人好有趣：曼曼答应我了！

玩家方小猫：……

玩家远古星人好有趣：我不要星币！给我一个药剂！我自己调！

曼曼无比同情方小猫。

与此同时，还在纠结给不给张远药剂的方小猫收到了来自 NPC 艾曼曼的好感度。

玩家方小猫：我做完今天的日常任务后给你。

玩家远古星人好有趣：感谢金主！

张远给曼曼传了图片，里面都是白队长今天的调查结果。之后，张远被白队长喊了回去，倒茶。

外面就只剩下艾曼曼和秦薄两个人。

艾曼曼看了一眼他，转身装作要离开的样子。果不其然，很快就被某人拉住。

她睨着他说："怎么？不是在生我的气吗？"

秦薄问："你去哪里？"

曼曼说："回家过年。"

秦薄说："伯母在工作，你回去和谁过年？"

曼曼眯眼："你什么时候和我妈这么熟了？"

秦薄："本来不知道，现在知道了。"

曼曼后知后觉地发现被套话，愤怒地甩开他的手。秦薄没让她挣脱，拽着她上车。曼曼同学被塞进了副驾驶座，冷着一张脸，问："你这是要我补回今早的十九分钟三十秒？"

曼曼不看他，目不斜视地看着远方充满年味的夜，像是一个小钢炮似的，又道："你知道在我们地球上，强制性拉人上车是不对的吗？还是说在你们星球上你有这样的特权，可以随随便便拉女孩子上车，然后为所欲为？我脾气算很好的了，你有话好好说不行吗？你只要说我就听。你……"

"没有。"他忽然低沉地说了句。

曼曼一愣。

他又说："我没有随随便便拉女孩上车，在我的母星里我的 SD 飞船唯一坐过的女性是我的母亲，青铜机甲里也没邀请过任何女性。我没有和女孩子相处的经验，今早是我过于严厉，我为此向你道歉，以后我会注意。"

曼曼本来还有一大堆话的，可是他这么一本正经的样子，反而让她说不出来了。

本来内心有些许埋怨的，可现在通通消失了。

她轻咳一声说："其……其实也没多大的事，你不用这么正式道歉，我……"

此时秦烨已经迫不及待地开口了。

"你们用机甲打仗吗？"

"嗯。"

"SD飞船是什么？"

"我们星球最好的飞船。"

曼曼想了想，还是算了，低头翻看张远发给她的图片。

白队长今天查了王彬的档案，才发现王彬参与过水陆大桥的工程，是负责监理的。但水陆大桥竣工不到两个月，本该有大好前程的王彬却选择了离开，回到美国的王彬在一家律师事务所工作，和原先的工程师职业差了十万八千里。

接下来是张远偷拍的各种相关资料，里面也有一份警队调来的十年前的报道，也是B城日报。

曼曼在外公家看过了，没多大兴趣，匆匆扫过的时候，忽然觉得有点儿不对。

排版不对！

外公家的日报关于这个报道的排版，是两个大豆腐大小的方块，结束的时候，空出了三行的样子。而白队长的这份B城日报，却空出了四行。

曼曼当实习编辑大半月，已经拥有对排版的敏感嗅觉。

她翻到之前自己拍的照片，仔细对比，很快发现白队长的这份报道少了一句话。她外公的日报里则多一句一笔带过的"过程虽有崎岖，但顺利解决"。

曼曼觉得有些奇怪，这明明是同一家报社同一个日期发出的报纸，为什么会出现这样的情况？

曼曼让秦薄秦烨小声点儿，然后打电话给外公。

"外公，我们家十年前的报纸是直接从邮局订的吗？"

"你三婶当年在报社当前台，B城日报都是你三婶免费捎回来的，我们家当时每天都能最早拿到当天的日报。"

咦？曼曼挂了电话后，秦薄看向她。

"想去哪里？"

曼曼看了一眼报道上的记者署名，说："我想找个人问点儿事情。"

第十一章

WO DE HUA FENG BU TAI DUI

十年前

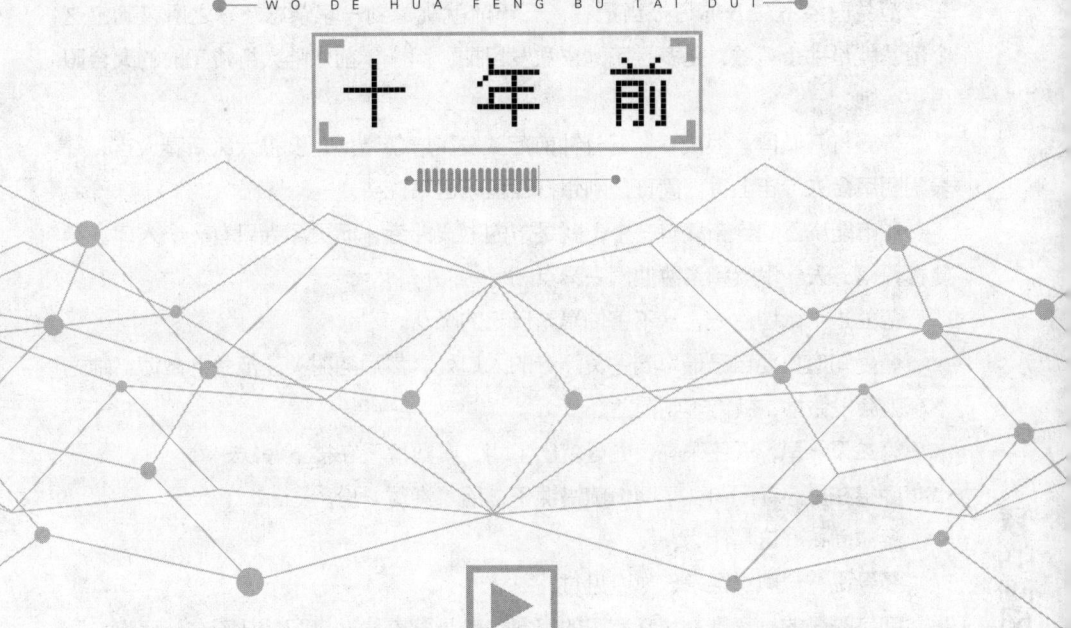

记者署名是范兰。

曼曼真觉得自己在出版公司实习的决定太正确了,她进入公司实习后,在何志星的影响下,在微博上关注了一些编辑,杂七杂八的都有。

里面恰好就有范兰这个名字。之所以记得范兰,是因为范兰的微博总转发一些时尚搭配,曼曼还蛮喜欢看的。

范兰已经不在 B 城日报当记者,五年前就跳槽到一家杂志社。之所以确定这个范兰就是那个范兰,是多亏了她喜欢发自拍,而十年前水陆大桥竣工时的大合照里也有她。

曼曼打开微博。很庆幸,五分钟前范兰发了一条微博,祝福大家新春大吉,并表明明早会去寺庙上香。简直是刚想打瞌睡就送来枕头。

B 市能烧香的寺庙只有一个,就是市内的灵浮寺,而灵浮寺只有一个入口。曼曼打算第二天一早就和秦薄他们去蹲点。

范兰是个微博达人,从不害怕暴露自己的隐私。

曼曼知道只要自己最早到达灵浮寺的入口处,然后随时关注范兰的微博,她一下车就会发微博,就能等到范兰。

第二天一早,天还未亮,曼曼就出了门,秦薄早已在楼下等候。

曼曼在灵浮寺门口买了两份煎饼馃子,给了秦薄一份。

秦薄问:"这是什么?"

曼曼说:"煎饼馃子,你没见过?"

回答曼曼的是秦烨:"我家里的早餐一般是营养均衡搭配,从不在外面吃。"语气里还颇有嫌弃的意味。曼曼想了想秦烨家里的大别墅,猜到了出身于科学世家的秦烨估计打小就过着相当精致的生活,于是问:"你吃过早餐了对吧?"

秦烨开始给曼曼科普早餐营养搭配的重要性。

曼曼听了两句,没耐性听,说:"你吃过了,那我自己吃。"

"我吃。"秦薄不言一发地接过,闷头咬了一口。

曼曼问:"好吃吗?"

秦薄说:"地球的饮食文化高于我们星球的水平。"

曼曼开始给秦薄科普美食。

秦烨闷闷地说:"秦薄你见色忘义,我给你科普的时候你都不认真听!还说不如营养液方便!"秦薄表示:"你说得没有她生动。"

秦烨受到了一万点伤害。

科学家只需要追求严谨的科学精神,不需要生动!他们只要干货!

于是,曼曼捧着煎饼馃子当了一回吃瓜群众,看秦薄和秦烨吵架。他们吵架,几乎到最后都是各说各的。

曼曼吃完煎饼馃子后,就刷到了范兰的微博。

她人已经下车,定位是灵浮寺的门口。

曼曼来了个美丽的偶遇,假装认出了范兰,并与她谈论她编辑的杂志。曼曼很善于和人交朋友,不到两个小时,范兰已经主动给曼曼留了微信,并邀请曼曼一起吃午饭。饭间,曼曼才进入主题,提起水陆大桥。

范兰几乎是下意识地皱起眉头,问:"怎么提起水陆大桥?"

曼曼说:"A 市的雅兰温泉酒店的命案你有关注吗?我特别喜欢连木,所以一直在关注,昨天我在微博上看到最新消息说什么水陆大桥。"

曼曼打开微博,给范兰看了一眼。里面就有当年新闻报道的截图。

曼曼叹了一声,感慨地说:"你说怎么这么巧呢?没隔几天就出一桩命案,还都是当年参与了水陆大桥工程的重要人物。昨晚我还看到有微博段子,说合照里的人要小心了,说不定下一个就轮到你。"

范兰说:"我之前在 B 城日报工作过,水陆大桥之前出了个意外,死了个工人。"

曼曼一愣:"什么意外?"

范兰说:"不知道是什么意外,总之死了个工人。工人的家属想闹,但后来私下解决了。我打听到这些,如实写了篇报道,当时主编也过目了,认为没问题,没想到下印厂后接到上头命令说报纸出错了,我们加班加点修改了一遍才重新印刷发行。"曼曼明知故问:"哪里出错了?"

范兰点点她的鼻尖。

"小女孩不用知道得太多,等你进入社会自然而然就明白了。"

曼曼好奇地问:"死了的工人叫什么名字?"

范兰说:"好像是姓赵的吧,有个挺漂亮的老婆,还有个凶巴巴的哥哥,"她指了指自己的左脸颊,"从这里到这里,有一条那么粗的伤疤。"

她比画着,又说:"当时我晚上采访的,看到他的时候吓了一跳,最后硬着头皮采访完的。死者老婆恳求我帮她向社会求救,哭得梨花带雨的,我看着也很心酸。"

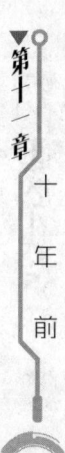

不过后来私下解决了。"

曼曼不动声色地问："兰姐姐这么大胆子，一个人去的？"

"当时年轻，想着拼一拼，唯独我找到了他们的地址，晚上自己闯过去的。可惜后续报道都没用上。"

"他们也是B市人？"

"不是，是梅康镇的人，当年从B市去那边的路都没修，黄土沙石遍地都是，路可难走了。不过我听说前几年铺了路，过去应该方便得多。"

和范兰辞别后，曼曼打算去梅康镇一趟。

感谢发达的互联网，曼曼很快查到了路线，上了B市高架桥后，到达梅康镇只需要三个小时，而现在已经下午两点了。

曼曼给妈妈打了个电话，说晚上要在朋友家玩。曼曼妈问哪个朋友。

曼曼不好意思说秦教授，随便扯了个要好的朋友的名字。曼曼放下手机后，问："秦教授，现在去梅康镇你有问题吗？"

秦烨说："没问题，反正我要和秦薄在一起。"

秦薄说："反正我要在你身边待着。"

新鲜出炉的三人组开始踏上前往梅康镇的路。路上曼曼一点儿也不会无聊。

以前上课的时候，大家都说秦教授是高冷男神，与科学无关的事情他从不主动开口。

然而在秦薄面前，秦烨就是个十足的话痨，时时刻刻都想着从秦薄口里挖出更多的外星知识。

三个小时过得飞快。冬季的天黑得快，曼曼几人到达梅康镇时，天色已经黑得不像话。与大都市不同，梅康镇的家家户户基本都是小三层的自建房，鲜少有高楼，连酒店都没有，只有几家旅馆，开在逼仄的小巷子里。

小镇里的旅馆管得不严，连身份证都不用，直接给开房。曼曼要了两间相邻的房间。旅馆隔壁有家大排档，是曼曼解决晚餐的地方。

秦教授不太乐意吃这些，开始给曼曼科普地沟油。曼曼怕他被大排档的老板一家群殴，赶紧转移话题到外星文明上，才得以安全地吃完晚餐。

结账的时候，曼曼问老板娘："你们这里有姓赵的吗？"

老板娘说："我们这里姓赵的太多了，我也姓赵，小姑娘你找谁？"

曼曼把事先想好的措辞说了出来。

"我有个叔叔，说他十几年前欠了梅康镇的一位姓赵的人的钱，心里一直过意不去，特地让我来还钱。不知道老板娘你认识不？他左脸有一条很粗很粗的伤疤，还有个长得挺漂亮的弟媳，弟弟十年前就离开人世了。"

老板娘说:"我知道你说谁了,赵狗子。"

曼曼高兴地问:"他现在住哪里呢?"

老板娘睨她一眼。

"钱不用还了,人在牢里蹲着呢,十年前杀了人被关进监狱里,无期徒刑。"

曼曼微微一怔,问:"那他弟媳呢?还给他家人也一样的。"

"欠多少钱?"

曼曼说:"就几千块。"

"几千块就不用还了,他弟媳有个出息的哥哥在 A 市里有名的五星级酒店工作,我们这里的小旅馆不能比,听说那里的酒店连雕塑都是金的。前几年回老家一趟,那可是衣锦还乡。几千块,他们未必会放在眼里。"

曼曼问:"什么酒店?"

老板娘操着一口地地道道的小镇方言:"哪里能记得哟,反正是有钱人才去得起。"

"赵家弟媳的哥哥叫什么名字?"

"以前叫方狗蛋,现在叫什么我就不知道了。"曼曼向老板娘道了谢。

真相似乎在渐渐浮出水面,原以为只是一桩寻常的命案,可现在从蛛丝马迹间却发现牵扯了更多的人和事。曼曼觉得这桩命案不简单,兴许肖总编和袁媛都只是一枚棋子。回旅馆的路上,秦薄问:"你们地球人起名字喜欢用狗?"

曼曼说:"不……"

秦烨说:"他们没有文化。"

曼曼说:"我父亲出生在农村,他们那一辈都觉得取个贱名好养活,我爸也有个小名,叫作蹄子。赵狗子我不清楚,但如果方狗蛋就是方管家的话,他肯定有个大名。"

不过话说回来,曼曼可以肯定老板娘口中的 A 市五星级酒店就是雅兰温泉酒店。A 市五星级酒店虽然不少,但雕塑镀金的只有雅兰温泉酒店一家。

而方狗蛋姓方,百分之九十九的可能就是方管家。

回到旅馆后,曼曼说:"秦教授,委屈你一晚了,明早我们就离开。"说着,她用房卡开门。旅馆里的房间颇为老旧,可怜兮兮的一张单人床,被单还微微发黄。

秦薄跟着她进来,在两个房间之间的墙面上敲了敲,下了个结论:"很薄。"

他看向她,沉声说:"有事喊我。"

说完,就离开了曼曼的房间。没多久,曼曼听到隔壁开门的声音,以及秦薄与秦烨的说话声。秦烨表示晚上睡觉时秦薄可以一直用他的身体。

曼曼这才知道原来到了睡觉时间都是秦烨在使用身体。

旅馆两房之间的墙壁极薄，曼曼能清晰地听到隔壁房间的声音。秦薄他们似乎已经睡着了，静悄悄的。

而另外一边却在看电视，应该是电影频道，在播放好久之前的经典老电影。

曼曼睡不着，在床上翻来覆去，直到隔壁房间电影看完了，她才稍微有点儿睡意。迷迷糊糊之间，曼曼好像听到了奇怪的声音。

"砰砰砰！"敲门声突响，曼曼从梦中惊醒，睁开双眼。

门外传来秦薄的声音："艾曼曼，开门。"

曼曼扫了一眼手机上的时间，深吸一口气，三步并两步冲到门口，旋开门链，拉下门把手，没好气地说："现在几点你知道吗？半夜三点！"

秦薄一言不发，仔仔细细地打量着她，从头到脚一寸一寸地挪着目光。

曼曼后知后觉地发现自己此刻穿着秋衣秋裤，她重重一咳，说："没什么事我就继续睡，明早我再和你讨论在我们地球没有特别重要的事情，半夜是不能随便敲门的！"

她正要往后退两步，好方便关门，然而身体刚动了一下，眼前的秦薄就如同一道黑夜的暗影迅速移动，将她带到身后，并发出"嘘"的一声。

"你……"

曼曼皱眉，本来想说些什么的，可见到秦薄表情如此凝重，所有话语尽数咽下。

她知道，秦薄虽然脾气有点儿不好，但他不是一个没有分寸的外星人。她开始紧张，寸步不离地跟在秦薄身后。

她出来开门时并没有开灯，廊道上的声控灯早已熄灭，此刻逼仄的房间里漆黑一片。秦薄依然不动，挺拔的身姿立在曼曼的面前，似是在观察着什么。曼曼的呼吸微微急促，内心产生了一种对未知事物的恐惧感。

尤其是秦薄如此严肃，能让他这么严肃的，想必是不得了的事物。

忽然，秦薄问："你害怕什么生物？"

曼曼说："没有特别害怕的。"

秦薄为什么突然问这个问题？

"退后两步，把门关上。"曼曼照做。

说时迟那时快，几乎是门一合上，曼曼就听见秦薄在房间里移动，速度快得不可思议。约莫五分钟的样子，秦薄终于停下来，淡声说："把灯打开。"

曼曼按下开关，漆黑的房间瞬间亮起，地板上多了一个由床单裹成的包袱，其他地方微微有些杂乱，像是经历了一场小打小闹似的。

曼曼咽了口唾沫，问："是什么东西？"

刚刚还是面不改色的冷峻脸庞突然间就如惊弓之鸟一般，疾步冲到曼曼身边。

秦烨颤抖着喊:"好可怕好可怕,我平生最怕蛇,秦薄你刚刚居然用我的手抓了那么多蛇!"秦烨打了个冷战,大步迈入洗手间,用洗手液使劲儿地搓着手。

曼曼方才听到声音的时候,心中已然有了几分猜测,秦烨一说出来,她倒不是特别惊讶。

她盯着地上的包袱,问:"都死了吗?"

"打晕了。"曼曼打开包袱,里面有七八条蛇的样子。

曼曼上网对照图片,确认都是无毒的蛇后才重新裹好床单。

房间里只有一个窗户,这些蛇显然是通过窗户放进来的,二楼的房间不高,又没有装防盗窗,窗户还是老式的,要撬开并不难。

只是她初来乍到,不可能得罪梅康镇的人,也不会是什么恶作剧,而放的是无毒蛇,证明不想伤害她,顶多是想吓她而已。

没事吓她干什么?又是谁要吓她?

一连串的问题冒了出来。

曼曼问秦薄:"今天我们来梅康镇的时候,有人跟踪我们吗?"

秦烨洗完手,秦薄重新掌控身体。

"没有。"他回答。

曼曼陷入沉思,她有一个很大胆的想法。

放蛇的人肯定知道一些事情,不然谁无缘无故吓别人呀?如果把自己当作诱饵的话,吓她的人肯定会再度出来。

有第一次就会有第二次。

曼曼此时此刻居然有点儿理解张远的游戏瘾了,她现在非常想知道到底谁才是真正的凶手,哪个浑蛋居然敢放蛇吓她!

曼曼看了一眼秦薄。

秦薄问:"你想怎么做?"曼曼报了警。

派出所的警察办事效率还不错,不到两个小时就把放蛇的人抓到了,是个还未成年的小混混儿,名字叫作郭山。半夜喝了酒和一群狐朋狗友玩真心话大冒险,选择了大冒险——放蛇。

因为没有人受伤,也没钱财损失,又因为是未成年,郭山被民警叔叔训了一顿后放了回去。秦烨说:"艾曼曼,你可真够倒霉的。"

曼曼面无表情地说:"你信不信我往你家里放蛇?"

秦烨不吭声,缩了回去。

秦薄与曼曼互望了一眼,秦薄问:"你不信?"

"对,我不信,世界上没有这么凑巧的事情,帮我个忙?"

"什么?"曼曼在秦薄耳边低声说了几句。

秦烨说:"艾曼曼,你可真够坏的,那还是个未成年的男孩。"

曼曼说:"哦?你想想,要是今晚他把蛇放到你房间呢?"

秦烨打了个冷战:"我十分赞同你这个做法!"

天亮后,秦薄把郭山送到了曼曼面前。

曼曼把那七八条蛇打包卖给了大排档的老板娘,现在是冬天,蛇汤很滋补,街边的蛇火锅随便点一个都要两三百。曼曼得了一千块,心情十分愉快。

"说吧,是谁让你放的蛇?"

"大婶,都说了是玩真心话大冒险。"

曼曼给秦薄打了个眼色,秦薄轻而易举地掰断了手臂般粗的木棍,郭山面色微变。

曼曼笑眯眯地说:"不知道你的手脚有没有它这么结实呢?我们可不是遇到事情忍忍就过去的,就算是玩笑也不可以。"

秦薄慢慢走近,不得不说,秦薄气场全开的时候对付这种叛逆期的小屁孩相当管用。

郭山说:"我说。"

"说吧。"

"是方叔让我干的。"

曼曼问:"哪个方叔?全名叫什么?"

郭山说:"方智泉。"

曼曼搜了一下雅兰温泉酒店网站,找到了方管家的照片,下面对应的名字正是方智泉三字。曼曼问:"他是不是也叫方狗蛋?"

郭山点点头,然后迅速瞄了秦薄一眼,弱弱地说:"能不能让你朋友离我远一点儿……"

"哦,这个我管不着,以后别干这种事了,要碰到怕蛇的,被吓出心脏病来了,你这辈子都还不清了。"曼曼抽出一张百元大钞,笑吟吟地说:"当新年红包了,走吧。"

艾曼曼本来长相甜美,今个儿过年又穿得有些喜庆,红色毛呢斗篷镶嵌着一圈光亮油滑的白毛,衬得脸蛋白皙细腻,此刻弯眉一笑,让郭山整个人都变得不自在,他眼神闪烁地说:"大……大婶,你还想知道什么?我都告诉你。"

秦薄不由得眯了眯眼。

郭山到底是个未成年的小屁孩,心里想什么,脸上都写得一清二楚。

曼曼作为一个大学生,对付这种小男孩自然不在话下。

然而，第一招尚未使出时，向来不主动参与的外星人同志拦在她的面前，用武力值说话。郭山一副生无可恋的模样，道出他知道的所有事情。比如赵狗子对自己弟弟特别好。

比如赵狗子有一腔热血，愿为兄弟两肋插刀，和方叔是同个村子出来的。

比如方叔年幼时家徒四壁，上有嗜赌老父，下有嗷嗷待哺的妹妹。老父病逝后，赵狗子三番五次接济方叔一家，一来二去，赵狗子的弟弟赵二狗跟方叔的妹妹对上了眼，于是结成亲家。

从郭山的嘴里，赵狗子听起来就像是个有情有义的五好青年。

曼曼问："赵狗子杀了什么人？"

郭山想要好好表现，无奈秦薄宛如一座跨不过的大山戳在自己的面前，山上不仅仅有荆棘，还有狂风暴雨，随时能让人死于非命。

郭山只好放弃，垂头丧气地说："我听我爸妈说，好像和那个什么大桥有关系。"

"水陆大桥。"

"对对对，就是这个桥。赵二狗死了，赵狗子一生气就把人给杀了。"曼曼琢磨着他的话。

赵二狗当时在水陆大桥项目里当工人，之后遭遇意外死亡。

而这个意外和水陆大桥有关。

"知道被杀的那个人的名字吗？"

"十年前的事情，我爸妈哪里记得，我爸妈说当初那事都是悄悄地私了，连新闻都没上呢。不过好像说是大桥的设计师？我也不是很清楚，是偶尔听到邻里街坊提起才知道的。大婶！"

曼曼说："叫姐姐！"

"大婶，你有微信吗？我们加……"

郭山被无情地赶出去了。

如果说当年赵二狗因水陆大桥的设计问题而遭遇意外身亡，赵狗子愤怒地找设计师寻仇，最后锒铛入狱。这明明是一件大新闻，为什么当年没有报道？甚至连日报上一笔带过的一句话也重新修改。

而且已经过去十年了。为什么十年一过，当年参与水陆大桥工程的监理与施工的工程师都陆续死亡？曼曼觉得自己在一个谜题里尚未转过弯来，又陷入了另外一个谜题。

她知道这两者之间有一条看不见的线，紧紧地联系在一起。而她需要找到一个跟这两件事都有关的人。

所幸，现在她找到了。

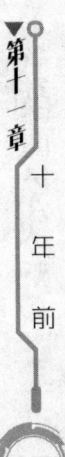

第十一章 十年前

曼曼说："我们回 A 市吧，我还有疑惑想请教一个人。"

回去的路上，是秦烨开的车，曼曼有些意外。

秦烨说："他昨晚一直留意你那边的情况，没休息过。"

曼曼微怔。

秦烨接着说道："不然你以为他怎么第一时间出现在你房门口？反正我昨晚睡过了，今天我开车。不过话说回来，他们的星球和我们地球的生态环境还挺像的，一天也是二十四小时，也需要休息。"他露出慈爱的表情。

曼曼有时候不太能理解秦烨的这种想法，如今秦薄寄生在他体内，从根本上而言，依靠的就是秦烨体内的能量。也就是说，秦薄这个寄生外星人于秦烨而言是有害的，而且万一寄生体噬主，秦烨很有可能就会从这个世界上消失。

但秦烨看起来似乎一点儿也不在意。

曼曼问："你不怕有朝一日……"

话还未说完，秦烨便已坦然地道："我不怕，能够为科学献身，是我的荣幸，也是我们秦家的毕生追求。艾曼曼，你有梦想吗？"

曼曼说："我有十个梦想。"

秦烨说："我只有一个，接触外星文明是我从小到大的梦想。但凡能靠近梦想一点点，我可以不惜一切。我的人生能够为梦想而奋斗，是我最自豪的事情。"

曼曼好像有点儿理解秦烨了。

以往的书呆子教授心底原来也有这么热血的一面，这让他整个人变得熠熠生辉。所有有梦想的人都是耀眼的，值得尊敬的。曼曼决定以后不拿蛇吓秦教授了。

A 市。

市中心有一个高档小区，进出皆是豪车，身家千万的连木在这个小区里坐拥一套两百平方米的房子。此时正值新春佳节，连木的房子却丝毫没有过节的氛围。

偌大的房子里只有他一人。父母和 Alisa 去了国外的海岛度假。

烟灰缸里烟蒂成山，满屋子都是烟味。他手里夹了根烟，正在看一份文件。文件里是有关水陆大桥的资料。

他和袁媛、阿肖认识那么多年，他不相信袁媛会杀人，至于阿肖，为了袁媛倒是有可能冲动。所以在肖总编主动承认的时候，他没有任何怀疑，只觉得可惜。

可没几天，袁媛也去自首了，这不得不让他产生怀疑。直到王彬死亡，他才越发肯定这两个人肯定被利用了。这时，手机铃声响起。

连木接起电话，"你好，我是连木。"他微微一顿，"可以，我现在在家。"

十分钟后，连木家里迎来了两位客人。

"连木老师,打扰了,事出突然,没来得及准备拜访的礼物,以后一定补上。"曼曼几乎是一到A市,就问何志星要了连木的地址和电话,直接杀了过来。

时间太紧迫了,曼曼来的路上,把事情都告诉了张远。她相信张远很快会给白队长提供新的思路,最好是下一刻就能把真凶抓着。

要是不能的话,那她就危险了。昨晚方管家敢放蛇威胁她,天知道他今天能做什么。不!曼曼不想喊他方管家了,想叫方狗蛋!

连木微微挑眉:"跟雅兰温泉酒店有关?我听说你们又碰上了另外一桩命案。"

曼曼苦笑着点头。

有张远在能碰不上吗?

连木问:"你们在查?"

曼曼说:"我们没有不信警方的能力,只是有些事情是逼不得已。"她仔细打量连木的神情,说,"连木老师,那天方狗……咳,方管家欠你什么人情?"

连木说:"你们怀疑老方?那天他一直和我们在一起。"

说着,他又摇摇头:"我也怀疑过老方,但不可能是他。我和老方是在雅兰认识的,彼时他还在当门童。后来有一次我在雅兰写稿,丢失了优盘,是老方找回来的。那之后,我发现老方是个有毅力、有决心的人。没过两年,他就从门童升为独当一面的酒店管家。我在雅兰那边有点儿资源,他也知道,但他从未请求过我帮忙。我向来很欣赏这种人。我和他认识那么多年,他从未请求过我什么,除了五年前的那件事。"

"五年前?"连木颔首。

"老方有个妹妹,单名一个芳字,五年前她妹妹得了重病,国内的医生束手无策,建议送到美国治疗。刚好我在美国那边有认识的人,所以他来求了我。那时我才知道老方有个妹妹,他十分疼她,至今尚未成家也是因为要照顾妹妹,以及每年高昂的医药费。他不可能杀人,更没有理由杀人,但凡他出了事,这世上就没有人照顾他妹妹了。"

曼曼现在可以肯定的是,当时别墅里绝对有第十二个人,而这个人就是真凶,方管家很有可能是帮凶。

从连木的话听来,方管家莫非是被逼的?那么放蛇恐吓她又是怎么回事?

此时,连木问:"现在轮到你告诉我,你们查到了什么?"

曼曼并不打算隐瞒,她把情况一五一十地告诉了连木,包括方管家找人放蛇恐吓她的事情。

连木的表情越发凝重。

他说:"艾曼曼,我很欣赏你的勇气,但这事你不要再查了,已经不是你查得

第十一章 十年前

了的范围了。"他的表情和范兰一模一样。

曼曼微微一怔。

连木站了起来，又坐了回去，他点了一根烟，说："好了，时间不早了，我需要休息。"

说话向来圆滑的连木老师直白地下了逐客令，曼曼察觉到了他的心不在焉。她知道自己再问也问不出什么，索性与秦烨离开。

曼曼问："什么叫作不是我查得了的范围？"

秦烨说："他的意思是这案子背后兴许能挖出一大票人，你想查就查呗。你背后有个外星贵族撑着你，天王老子都能查。"

曼曼本来在沉思，被秦烨这一句话逗笑了。

"真有个外星贵族出现在地球，全球人民都得三级戒备。"

秦烨说："也是，外星人要出现了，很有可能是来侵略。所以我要在他们侵略之前，研究好外星文明！"

曼曼心想，早在十几年前，地球就来了无数外星人了，只是地球人都不知情而已。不过淡尔特星球一定是个富裕的星球，偌大的地球居然只用来当游戏星球。

或者说人家压根儿看不上地球。秦烨已经在发表如何利用外星文明击退外星人的演讲。曼曼听了几句，说："你考虑过秦薄的感受吗？"

秦烨说："他睡着了，听不见。"

此时，曼曼的手机响了，来电显示是张远。

"艾曼曼同志！感谢你提供的重要线索！白队长已经将真凶目标锁定了，现在警方开始全面搜捕真凶。对啦，白队长让我转告你，别有事没事的在外面瞎逛，赶紧回家。现在真凶还没有抓着，说不定又像上次那样找你寻仇去了。"

曼曼"呸"了一声，张远你这张乌鸦嘴！

"那……"话还未说完，张远又兴奋地说："白队长允许我出警！挂啦！"

实在是太过分了！比看侦探剧时弹幕提醒谁是凶手还要过分！

她以身涉险找到重要线索，现在居然不告诉她真凶是谁！

然而，有前车之鉴，曼曼先给母亲打了个电话，确认母亲已经把行李带到公司，凌晨将飞往米兰后，才稍微松了口气。只是曼曼也没想到，这回张远的乌鸦嘴又成了真。

不过对象不是她，而是连木。

连木失踪了。

第十二章

WO DE HUA FENG BU TAI DUI

连木失踪

首先发现连木失踪的人是Alisa。

Alisa每晚都会跟哥哥通话，第一天晚上电话没有打通，Alisa并没有在意。直到次日一整天电话依旧没有打通，Alisa才开始察觉出不对劲儿。

她打电话给物业，让物业上门查看，才得知连木已经两天没有回家。

小区监控里最后看到连木的时间是年初二晚上八点，正是曼曼和秦烨拜访过后不久。Alisa极其担心自己的哥哥，报警后还发了条微博。大意是连木失联了，希望广大群众能一起找人。

连木名气何其大，Alisa貌美如花，早先在微博与哥哥互动时还曾被戏称为最美妹妹，其微博俨然有向网红发展的趋势。如今微博一发，短短半个小时之内，微博转发量以肉眼可见的速度攀升至六位数，朋友圈也在疯转，不用两个小时，全国各地的粉丝都知道他们的偶像失踪了。

媒体加班加点赶制新闻，几乎是确认失踪当天，全国民众的手机各大APP都弹出了作家连木失踪的消息。

互联网时代的失联是全民性的搜救。真真假假的信息如纸片儿一般涌入A市的派出所。过年警队人手不够，白队长率人追查真凶，派出所的洪氏兄弟暂时被调来联手破案寻人。

作为最后见过连木的人，曼曼和秦薄被请到警队配合调查。

洪京例行询问后，曼曼笑吟吟地说："洪警官，新春快乐呀。我听说方智泉现在就在警队里？"

"现在还在审讯室。"

洪京的弟弟洪湖还挺喜欢艾曼曼这个小姑娘，脸蛋圆圆的，长得够讨喜，便忍不住多说了几句："前天拘捕回来的，白队长亲自审问，他招了。"

曼曼问："招了什么？"

"之前B市的第一监狱有囚犯越狱，囚犯叫赵狗子，是方智泉的妹夫的兄长。一个月前，方智泉探监，赵狗子和他说了逃狱复仇计划。"

"复仇？复什么仇？赵狗子的仇不是早在十年前就报了吗？"

"今年 B 市牢里进去了个挪用公款的工程师，意外地和赵狗子混得不错，他告诉了赵狗子当年水陆大桥发生意外的真相，干设计的只是出来顶包，大桥真正的问题不在设计，是监理和施工出了问题。"

曼曼惊呆："所以赵狗子就计划要杀害杨全新和王彬？"

洪湖颔首："方智泉被赵狗子要挟，逼不得已答应了赵狗子。而半个月前星空别墅重新装潢，赵狗子趁机躲在别墅里的地下室，正好又遇上袁媛那拨人，于是将计就计，在地下室里杀害了杨全新，放走 Alisa 则是看在方智泉的面子上。"

曼曼问："被要挟？"

"方智泉说赵狗子对他们方家有大恩情，他不能不还。赵狗子出来后拿方智泉妹妹作为要挟，逼迫他合作。"

说话间，审讯室里的一名警员走了出来。

洪京问："说了没？"

警员摇摇头："还是说不知道赵狗子在哪里，但说了连木很有可能是被赵狗子带走了。"

曼曼忽然说："我想和方智泉谈一谈，可以吗？"见洪氏兄弟犹豫，曼曼又说，"他放蛇恐吓我的事情，你们应该知道吧？作为受害者之一，我有这个权利见他。"

洪京终于首肯。曼曼进入审讯室的时候，秦薄也跟着进去了。

洪湖嘀咕："这人怎么有点儿眼熟？是不是 A 大有名的教授？我侄女屋里贴满了他的照片。"想起连木，洪湖感慨，"这年头的女孩子怎么都只看脸！"

洪京瞪了自家弟弟一眼，说："工作时间正经点儿。"

曼曼坐在方智泉的对面，秦薄笔直地站在审讯桌的旁边，眼神看似漫不经心，但实际上只要方智泉有何异动，他可以以最快的速度上前阻止。

方智泉说："我低估了你。"

曼曼弯眉笑："是你高估了郭山，我把蛇都卖了，赚了一千块。我一直有一个疑问，希望你可以回答我。在星空别墅的地下室里，是谁打晕了你和小伟？"

方智泉说："是我打晕了小伟。"

难怪，想到肖总编和袁媛抢着说是自己弄晕两个大男人，曼曼不由得感慨万分。到头来是人家自己弄晕了自己人。

"Alisa 是看在你的面子上被放走的？"

方智泉说："我欠连木人情。袁媛的游戏计划里本来就不包括 Alisa，Alisa 的闯入只是个意外。她的计划中，杨全新第一个失踪，厕所泼血，镜子上写下台词，这一切的目的是让剩下的人认真对待游戏。所以赵狗子才将计就计，在地下室里杀害杨全新，本意是嫁祸给袁媛，但没想到肖总编出来背黑锅。不过有人自首目的就算达成,可是没有想到的是袁媛又去自首,而你们摸到了梅康镇。我没有想伤害你的心,只是想吓吓你,让你们不要再查下去。"

他苦笑了一声,说:"可惜没想到郭山不配合,你也不按套路走,居然捅到连木那边去了。"

曼曼还是有一点不明白。

"当年水陆大桥的事情和连木没关系,为什么你会认为是赵狗子抓了连木?"

方智泉叹了口气,说:"我和赵狗子从小一起长大,他这人有点儿偏执,认定的路绝对不会回头。王彬死后,他离开了雅兰。我在他用过的电脑里发现了大量和连木有关的资料。其余的我是真的不知道。我所知道的都告诉了你们。"

他抓着头,又痛苦地说:"我从没想过要杀人,但我劝不了他,又不能不帮他。"

赵狗子当年的恩情像是一座大山压在他的肩上,他不能不还。

曼曼说:"我没经历过你这样的事情,也无法理解你的思想,但我只知道一件事,不管多么罪有应得,都不是杀人的理由。惩治的方式那么多,为什么要选择杀人?这样的你们和那些人本质上又有什么区别?"

一直在外面监听的洪京对弟弟说:"这小姑娘的思想正得能当教育宣传片了。"

下一刻曼曼又说:"不过我没有经历过,就没有立场责怪你。每个人有自己的选择,不论对错都是自己的选择,承担责任的人也只有自己。但我一定不会做出有违自己原则的选择。"她眨眨眼,说,"要是真有人对我最重要的人使坏,我一定会用光明正大的手段让他后悔。"

秦薄说:"不会有人对我使坏。"

曼曼没好气地说:"我说的不是你。"

"是谁?"

"我妈!"

"哦。"

洪京敲了敲窗子,让两个人出来,说:"得了,张远说你鬼点子多得很,别再瞎掺和命案我们警方就谢天谢地了。"

张远你污蔑我!曼曼愤怒地想骂张远一通,然而刚打开手机,就见到直播APP弹出一条消息推送——连木现身。

她点开直播,视频里的连木被绑在椅子上,面色惨白惨白的,双眼无神地看着镜头。同时,还有一道陌生的嗓音响起——

"准备五百万赎金,两个小时后水陆大桥交易,不然我立马撕票。"

直播结束,互联网掀起一股惊涛骇浪。

洪京吼道:"愣着做什么?联系直播公司!立马查他的网络地址!"

洪湖连忙应声，此时，洪京的手机响起，是白队长的来电。

"好！我明白。"

警队里的人开始忙得脚不沾地，也无人管艾曼曼和秦薄。

曼曼又有了新疑问，赵狗子为什么要在连木失踪第二天晚上才提出赎金的要求？为什么还这么赶潮流弄了个直播？以警方的能力，不用十分钟就能知道他们藏身地点在哪里了。赵狗子到底想干什么？

曼曼说："我们去水陆大桥。"

"好。"

警方收到消息后，迅速封锁了水陆大桥。

警戒线外人满为患，有看热闹的，也有媒体，还有众多连木的粉丝。还有不少人开启了现场直播，不到半个小时在线人数已经达到百万级别。

曼曼赶到的时候，已经挤不进去了。她抬眼望去，不由得惊呆。

水陆大桥的最高处有两道身影，曼曼认出了其中一道，是连木。想必另外一道就是赵狗子。赵狗子不知道在嚷些什么，曼曼离得有点儿远，什么都听不到。

这个时候，曼曼在警戒线内见到了张远的身影，她连忙给他打了个电话。

在众人羡慕的目光之下，张远将曼曼和秦薄接了进来。

曼曼用眼睛丈量了桥的高度，问张远："现在是什么情况？"

张远说："我们赶到的时候，赵狗子已经把连木带到桥上。两个人距离太近，有连木这个人质在，无法枪击赵狗子。"

曼曼问："赵狗子想做什么？"

张远说："不知道。"

曼曼问："你们什么时候到的？"

"十分钟前。"

白队长正和其他警官商量营救人质的方法。

赵狗子看起来颇有经验，站位对他相当有利，他和连木像是平衡板上的两根木头，一旦其中一个稍有差池，另外一个必定一同摔下水陆大桥。

桥梁两侧设计得极具后现代主义建筑的风格，不规则的设计犹如一条通往苍穹的天梯，最顶端到水面的距离至少有八层楼高。

如今正值寒冬，水面已经微微结冰了。倘若摔下去的话，无疑是自杀行为。也正是考虑到人质的安全，白队长不敢轻举妄动。

秦烨忽然问："你能救下连木吗？如果在你们星球，你会怎么做？"

秦薄直接说："上面直接击杀，下面准备飞船救人。"

秦烨可惜地道："我们这里没有飞船，水面上能行走的只有船。"

第十二章 连木失踪

白队长商量出的下策和秦薄一样。

飞船能准确地接住人质，但船不能，船上还得准备救生床，调动船只更是需要时间。白队长这么想着，已经盼咐下去，虽是下策，但也得早点儿准备。

白队长说："我们需要时间，另外把方智泉带来，说不定能劝劝他。小李在哪里？让她上。"小李是队里的谈判专家。

曼曼却盯住了张远，此时此刻若有道具相助，救下人质应该更有胜算。

她提醒张远："上次的药剂你还有吗？"

张远后知后觉地说："对了，你不说我都忘了。"

他调出道具栏，上面的痴迷药剂还剩一瓶，旁边的任务栏里还有个新的药剂，是方小猫赠送的更改属性药剂，很适合现在没有钱购买药剂的张远。

更改属性就像是一场豪赌，能彻底改变原有药剂的属性，得到一款等级高的药剂。他一直没有用，就是想等到合适的时机再用。

曼曼眼睛骤亮，等级高的药剂！就跟玩网游似的，能爆出厉害的装备，说不定就能秒杀赵狗子，直接把连木救下来。她不动声色地催促："你要再用痴迷药剂吗？"

快点儿调出新药剂啊！救人完成任务呀！

然而，当张远混合两个药剂的时候，不仅仅张远想骂莱维特，曼曼也想揍莱维特了。这什么设定，药剂居然需要冷却时间！

足足六十分钟！一个小时后，黄花菜都凉了。

警戒线外的人越来越多，曼曼已经见到了国内好几家知名的娱乐媒体，水陆大桥封锁的两端此刻再也挤不下任何人。

比起张远的不靠谱药剂，现在曼曼更相信刑侦大队的能力。

小李迅速阅读完赵狗子的资料，此刻正拿着扩音器和赵狗子沟通。

"赵先生，我们对您弟弟的事情深感遗憾，可连木先生何其无辜，十年前的事情他从未参与过……"小李动之以情，晓之以理，一长串的话说得声情并茂，曼曼听了深受感动，如果是她绑了连木，现在估计会哭着下来表示自己对不起这个社会。

然而，没有如果。桥梁上的赵狗子不为所动，依旧挟持着连木。他仿若未闻，整个人表情麻木。

在小李说得口水都快干了的时候，赵狗子动了一下，他带着连木转身，面对着所有人，冷笑一声："你们不用白费口舌了，我不会听你们的，更不会信你们。你们看重的只有利益！你们有良心吗？没有！你们的心都是黑的！"

他明明没有用扩音器，可从嗓子眼里蹦出的声音像是怒吼出来的一样，在这寂静而又喧哗的夜里，竟格外清晰。

"十年前，我弟弟满腔热血地来大城市闯荡，可他得到了什么？他还没来得及绽放，就被你们杀死了！如果不是你们贪图钱财，不是你们偷工减料，不是你们推卸责任，这座大桥下就不会埋葬我弟弟！更不会连讨个公道的机会都没有，甚至连葬礼也是见不得光！他做错了什么？他兢兢业业，恪守本分，可你们回报他的是什么？在你们这些人眼里，我们都是微不足道的蝼蚁，但蝼蚁也是生命，他们天生就该被践踏吗？我从不后悔杀了杨全新和王彬，我这辈子唯一的错误就是十年前杀错了人，杀了一个和我弟弟一样的可怜人！"

在场多数人都是蒙的，半响才反应过来，十年前的水陆大桥发生了什么事情？

赵狗子的情绪越发激动。

张远仍然将希望放在仍在冷却中的新药剂上，嘴里念念有词："快点儿呀。"

曼曼也挺着急的，以赵狗子现在这样的状态，情绪一上来就会抱着连木一起跳下去了。在他的话语中，连木就属于他所厌恶的人物。

秦薄忽然说："他不会杀连木。"

曼曼微怔。

秦薄又说："目前看来，他杀的都是他认为有罪的人，所以连木是安全的。"

几乎是话音一落，赵狗子又说："我可以舍弃我的生命，哪怕只能发出微弱的声音。"

他冲着黑夜大喊："二狗子，三条人命，十年，哥给你讨回公道了！"

说完就闭眼往后摔去，月光笼罩着他伤痕累累的脸。

赵狗子之死在互联网和各种媒介的传播之下，短短一夜之间席卷了全国，甚至有几家颇有影响力的外媒亦有跟进报道。

十年前的水陆大桥一案以迅雷不及掩耳之势被挖了个底朝天。

当年的水陆大桥工程是外包的工程，招标分配的过程中，管理人员流动性越大，其间发生的变化也就越多。

正因如此，才导致了赵二狗的意外。而杨全新与王彬当年联手将责任推给设计工程师，彻底置身事外，成为工程竣工后的赢家。

事情被揭露后，在B市引起了不小的轰动，犯了错的人都接受了法律的制裁。这桩事在互联网上热闹了好几天，然而，新鲜的事一出来，很快又被淹没在互联网的潮流里。作为亲身经历了整个事件的人，曼曼心里挺唏嘘的。

春节过后，天气渐渐回暖，水面上的冰已然融化，深色的水面如同巨兽深不见底的嘴巴，拍击着屹立不倒的水陆大桥。

曼曼说："赵狗子当初要五百万赎金，估计只是个噱头。"

秦薄表示："他一开始并没有想到要绑架连木。"

曼曼微怔："怎么说？"

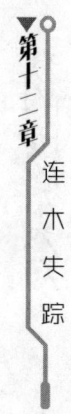

第十一章 连木失踪

"从方智泉的供词里，赵狗子一开始计划好要杀的人只有杨全新和王彬，赵狗子没想到因为连木的存在，而得到疯狂的关注度，所以他才会用雅兰温泉酒店的电脑查询连木的信息，计划在水陆大桥自杀。"

曼曼点头。

说到这儿，曼曼看了一眼时间，上午十点二十分，离约定的时间已经超过二十分钟。她轻轻地敲击着桥栏，说："张远怎么还没到？"

昨天肖总编和袁媛已经被释放，方智泉因为是从犯的关系，也即将受到法律的制裁。一切似乎都已回到正轨。但，张远的任务还未显示完成。

黑暗中的救赎。

"黑暗"两个字，张远只能想到星空别墅的停电，于是约了曼曼和秦薄一块儿去雅兰酒店看看。张远用的是"约"字，在曼曼看来，那是一哭二闹三上吊，最后以上供他家亲戚研究的神秘药剂为诱饵，她才勉强答应了。

三十分钟后，张远气喘吁吁地出现。

曼曼问："几点了？"

张远说："我刚刚和白队长沟通了一下，所以迟到了！我费尽口舌才让白队长答应和雅兰酒店那边沟通，可以让我们进星空别墅，这一次我们就不用偷偷摸摸地进去了！"

曼曼听到"费尽口舌"四个字，对白队长深表同情。尽管不知道他是怎么费尽口舌的，可张远的招数她是领教过的。她现在相当好奇张远在他母星到底是做什么的，怎么天天都在玩游戏？不用上班或上学吗？

三人到达雅兰温泉酒店的时候，已经是一个小时之后的事情。

是小伟带着他们进去的。

"建筑师说我们星空别墅的构造有问题，最好重新装潢，别墅里的所有东西现在都是原封不动，连警戒线都在，老板说警察同志一身正气，多来几次能杜绝宵小犯罪，要是这位小警察同志愿意来这里住个几天，那就再好不过了。"

说着，小伟开了门。

曼曼说："这位小警察同志来这里住个几天，你们老板估计会哭。"

"怎么会？我们老板财大气粗，小警察同志可以免费用我们酒店的所有服务。"

曼曼语重心长地说："相信我。"

张远要是在这里待上一个月，雅兰酒店肯定天天都有事情发生。

三个人开始重新回顾那天的寻宝游戏，游戏是袁媛设计的，正好是停电后开始的，刚好符合黑暗中的救赎这个主题。那天已经得到了五个数字，还剩两个提示没出来。不过，现在他们不需要根据提示寻找宝藏了，知情人之一小伟就在身边。

曼曼直接问："宝藏在哪里？"

小伟带着三人上楼，在储物室里找出一个方形纸箱，里面有一个铁盒子，上面有密码锁，正好是七位数。

小伟边输入密码，边说："铁盒子里只有一张字条。"

"什么字条？"

"咔嚓"一声，密码锁解开，小伟将字条递给了曼曼。

——说出内心最忏悔的一件事。

小伟又说："袁小姐定下的游戏规则是打开铁盒子的人必须在说出内心最忏悔的一件事之后，才能从我们手里得到宝藏。"

曼曼回忆了一下，当时五个提示里，她得到了一个，肖总编有一个，袁媛有两个，张远也有一个，按照游戏规则而言，最后由袁媛打开铁盒子的概率是百分之百。

曼曼微怔。

袁媛设计这个游戏不是为了好玩，而是要借游戏倾诉一件不为人知的事情，所以才会设计杨全新失踪，厕所洒血等一系列环节，为的就是让在场的人相信且必须得跟着游戏规则走。那么，倾诉的对象是谁？

张远立马表示要去找袁媛问个清楚，但被曼曼拉住了。

曼曼说："这样不好，毕竟是私事，你就算问了袁小姐也未必会说。"顿了一下，她又说，"不如这样吧，我有个办法。我们一个一个地试，先从最有可能的人下手。"

至于最有可能的人是谁，三个人举手投票，肖总编全票当选。

袁媛收到了一条陌生的信息。

明天下午三点好利来咖啡厅A4桌，不来你会后悔，不必知道我是谁，那里可以解决你内心深处的自责与忏悔。

肖总编也收到一条陌生的信息以及一个邮寄的铁盒子。

明天下午三点好利来咖啡厅A4桌，我这里有你想知道的一切。

第二天下午。

曼曼、张远还有秦薄早已到达好利来咖啡厅的A3桌，稍微乔装了一下。不到三点，两位当事人便已出现在好利来咖啡厅。

袁媛与肖总编碰面时，都有些诧异。

两个人在真凶出来之前，都一口咬定杨全新是自己杀的，直到方智泉被拘捕后，两个人才松口，都是以为对方杀了人想替对方背黑锅。

而肖总编更是夸张，生怕别人怀疑袁媛，才在厕所里假装要杀Alisa，将所有目光都吸引到自己身上。

两个人在白队长那里被狠狠地训了一顿后，在警队里抱着痛哭了好几个小时，

第十二章 连木失踪

又接受了相应的处罚之后，就被家人接回去过年，几乎没有碰过面，所以见到对方之际面上都有难掩的惊愕。

"是你？"异口同声的话语。

又互相摇头。

随即又是了然的一句："是谁想让我们两个碰面？"

两个人对了一下信息，发现是同一个号码。

肖总编说："我还有一个铁盒子。"

袁媛见到铁盒子的时候，面色微变，好一会儿才说："那是我在星空别墅放的盒子，里面是解开七个线索之后才能见到的字条。"

她咬咬唇。

"我……我本来是想借着游戏和你说的，有句话我藏在心里好多年了，可我一直没有勇气告诉你。"

肖总编看着字条，目光闪烁。

良久，她叹了一声，握住袁媛的手，说："当年是我对不起你，是我……窃取了你的选题，是我抢走了连木这块璞玉，如果不是我，你现在会有更大的成就，我对不起你，我愿意做任何事情补偿你，只要你……别和我生分。"

袁媛眼眶瞬间泛红，她使劲儿地摇头。

"阿肖，你欠我的早已还清了，是我自私，这十年来一直利用你对我的愧疚向你毫无节制地索取。我一直想和你说，够了，不用再对我好了，你不欠我了！你能有今日是你的努力，是你的奋斗，是你一个人的成功。当初也是你先发现的连木，不过是我抢先一步写了选题。当时我们还年轻，你冲动我可以理解，但已经十年了，我从未停止过向你索取，我……我不配你对我那么好。"

曼曼没想到肖总编与袁媛还有连木之间居然有这么一段过去。难怪肖总编总是无条件地包容袁媛。与此同时，三人背后的A4桌传来啜泣声。

"我们一起原谅过去。"

"好！一起展望未来。"

冬日的阳光懒洋洋的，却又格外温暖美好，地上有两道相拥的影子，平添几分温馨。此时此刻，张远头顶的游戏任务框终于出现了变化。

系统：恭喜玩家远古星人好有趣完成黑暗中的救赎任务。

WO DE HUA FENG BU TAI DUI

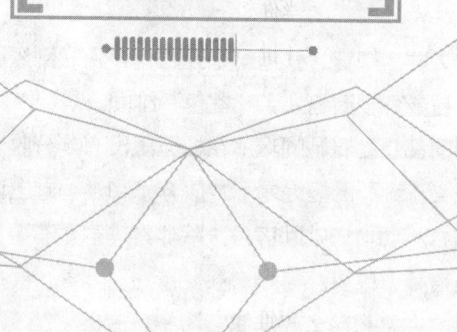

春节过后，曼曼提前结束了实习，倒不是因为雅兰酒店的那桩事，而是曼曼要准备开始大三下学期的校园生活了。

曼曼临走前，肖总编私下里给了曼曼推荐信，还道了一声谢。

那一瞬间，曼曼很有成就感，头一回没那么反感张远带来的麻烦。

不过曼曼开学后，就很少见到张远上线了，偶尔见到张远，他头顶都是系统托管的标志。曼曼也没想太多，有时候碰见张远的时候，只会想到他还欠她一管药剂。

当初她是被张远烦得不行，受不住他一哭二闹三上吊的缠法，所以脱口而出说要他的药剂。没想到他还真的答应了，但"黑暗中的救赎"任务结束后，张远似乎就忘记了这茬。

曼曼没有主动去要。毕竟，张远可是死亡代言人，刚经历过雅兰酒店命案的她想喘几口气。而且曼曼开学后陷入了"桃色"绯闻。

一天二十四小时都想黏着她的秦薄在校园里没有半分收敛，每天光明正大地和她一起吃饭，在她义正词严的拒绝之下才放弃了和她一起上课的想法。

但必定每天雷打不动地送她回宿舍。除非秦烨家里有事情，或者秦烨有讲座。秦教授对于这种流言毫不畏惧。

某天曼曼说："你怎么这么放纵他？"

秦烨说："他想怎么做就怎么做，我不介意。"

他一副"他开心就好"的模样，完全成了秦薄的追随者！

曼曼觉得自己无法说服为了外星文明可以献身的满腔热血的秦教授，只好放弃。她倒也不在意其他人的看法，以及奇奇怪怪的流言蜚语，她就是希望有点儿自己的私人空间。

比如……有秦薄在，她完全没有机会展示自己的才华！女生都只盯着他的脸看，忽视了她的魅力！于是，曼曼抽空去了医院一趟，抽了一百毫升的血。

她本来想亲自交给秦薄的，但找秦薄的时候，是秦烨在用身体。秦烨表示外星人同志在睡觉，于是曼曼只好让秦教授转交。

当天，曼曼高高兴兴地收拾行李回家过周末。

曼曼妈早上和曼曼说了，这周末要回农村陪爷爷奶奶。曼曼妈只能在周五待一个晚上，周六就要开车回A市，但曼曼可以留到周日晚上，正好周一早上没有课，曼曼妈会让人来接曼曼回学校。

曼曼大半年没有回爷爷奶奶的家了，虽然是在农村，但这些年国家经济飞速发展，大多农村改变都非常大，修了公路，通了电，联了网，建了小洋楼，空气清新干净。田地里还有自家种的蔬菜，搭的果棚，颇有农家乐的感觉。

曼曼晚上和家人吃过饭后，悠然自得地坐在二楼阳台的躺椅上看星星。A市的雾霾有点儿严重，基本上夜里很难见到星星，像村里这样的星空，大概半年里也难得见一次。只不过很快，曼曼的悠然自得就被打破了——邻居家的小彩不见了。

这村里的人都姓艾，基本上都是同族人，邻里关系格外和睦，家家户户都是相识的。曼曼的爷爷奶奶年事已高，不方便帮忙，于是曼曼自告奋勇。

小彩是邻居家的闺女，七八岁，上次曼曼回农村的时候，在院子里逗她玩了半天，是个特别顽皮的野丫头，和她小时候特别像。

整村子的人敲锣打鼓的，挨家挨户地找，还看了监控。

监控里唯一拍到的是小彩傍晚六点离开了屋子，其余半点儿有用的也没有拍到。而现在是晚上十点半，也就是说不见了四个半小时。

平时小彩常去的地方都找过了，一起玩的小伙伴也问过了，但没有人知道小彩到底去哪儿了。

邻居家的年轻妈妈忧心忡忡，十分害怕女儿跑到村子后面的山上。山里倒是没有什么猛虎野兽，只是近几年来村子后山总有奇怪的事情发生。

去年村里有个年轻人非要晚上进山，之后就再也没有出现过，找了警察来搜山，连遗体都没有找着，算起来，在村子的后山上几年来起码丢了五个人。

村里的人都默默地喊它阎罗山，有去无回，如今提起那座山，都一副心有余悸的模样。曼曼回农村的时间不多，不知道后头的山还有这样的说法，现在听说了，只觉得诧异。她问："五个人的都没有找到？"

小彩妈红着眼眶点头。

小彩爸说："去派出所报警吧，家里弟兄准备工具，我们进山找人。媳妇你照看着儿子，我要是有什么意外，你好好照顾爸妈。"小彩妈泣不成声。

曼曼目送着小彩家的几个壮汉携带夜里进山的工具，以视死如归的面容毅然进山。她回去后用搜索引擎搜了一下艾家村以及后头的山，并没有搜出什么来。

这个村子虽然通了网，但地形偏僻，好几个APP地图上的标记都十分粗略，不像大城市那样精细，唯有一个标得不准确的"艾家村"三个字，孤零零地挂在绿色的山地图案上。

第十三章 小猫的出现

第二天，曼曼妈在回家前对曼曼千叮万嘱，不能凑热闹和别人进山。

曼曼知道母亲的担忧，拍着胸口说："妈，我都多大了，小时候的事情肯定不会发生，我不会乱跑。"

以前年纪小，胆子大，敢光着脚丫子漫山遍野地跑，现在长大了，顾虑的事情多了，让她跑去后山，给多少好吃的都不会去的。

当年在农村里出意外，位置也正好是后山。不过当初村里还没有丢人的事件发生，后山也仅仅是一座普通的山，顶多因为她的小意外，蒙上了一层神秘的色彩。

曼曼妈再度叮嘱。曼曼做了一百个保证后，曼曼妈才放心离开。

等曼曼从村口回来，发现小彩爸回来了，他背上还有昏迷的小彩。巴掌大的小脸脏兮兮的，眼角还挂着未干的泪珠。

曼曼的心忽然"咯噔"了一下，她在小彩爸身后见到了一个熟人。

"小姑娘，真是太感谢你了！要不是你我家闺女晚上在山里肯定得冻出病来。进屋吧，喝口热茶，多亏了你我们才能顺利找回闺女，要不在我们村子玩几天吧，蔬菜水果都是自家种的，没打农药，特别鲜甜。"

"不用客气，只是举手之劳而已。我……"

话音一顿，方小猫眼睛骤亮，朝着隔壁小洋房使劲儿地挥手，"曼曼！你怎么在这里？好巧！"

是呀！好巧……回个老家也能碰上外星玩家。

曼曼安慰自己，碰上的只是方小猫而已。方小猫选择了偶像为职业，和张远不同，一个要当偶像的人，能发生什么危险的事情？然而下一秒，曼曼就被啪啪地打脸了。此时，方小猫头顶的游戏任务框出现了一行字。

系统：恭喜玩家方小猫触发隐藏副本任务——通往偶像的捷径。

曼曼蒙了，小彩家和方小猫成为偶像有什么关系？

但很快，曼曼就见识到了星币玩家的特权，数不清的星币一砸。

系统：金主想知道什么提示？

方小猫：路在哪里？

系统：艾家村后山，寻找失踪的五个人。

方小猫：他们和捷径有什么关系？

系统：请密切关注金主您的任务对象。

就不能让她好好度过一个周末吗？

经过询问，曼曼从方小猫口中得知，她周末自驾游时无意间来到了艾家村，又误打误撞地捡回了小彩。这是方小猫的说辞，实际情况是什么，曼曼已经从她的游戏任务框里得知。方小猫接了一项培养爱心的任务。

于是在系统的指引之下,方小猫搭救了小彩。小彩家人不停地向方小猫道谢,并且留方小猫住下来。

小猫毫不犹豫就答应了。她住在小彩家里最好的客房,正好和曼曼的房间相对。只要一打开窗,就能见到对面的人。小猫在玻璃窗后向曼曼招手,笑容无比灿烂。

"曼曼,你要不要吃零食?我带了巧克力、泡芙、黄油曲奇、薯片、薄荷糖、甜甜圈、玫瑰奶冻、芝士蛋糕、焦糖布丁,还有自制红糖姜茶和卡布奇诺,或者你想吃什么,我给你买!"小猫跟变魔术一样拿出一堆零食,整整齐齐地摆在窗台上。

系统:攻克一个人,首先要占领她的胃。

玩家方小猫:搜索艾曼曼的喜好。

系统:金主,艾曼曼不挑食。

方小猫大概是曼曼见过的最沉迷于食物的外星玩家,对各地美食如数家珍。

想起秦薄说的他母星的吃食味道都不怎么样,曼曼就有点儿同情外星人了。方小猫神奇地获得了艾曼曼同学的同情分,受到鼓舞的小猫把零食通通献给了曼曼。

曼曼说:"不……不用,我刚吃过饭了,现在不饿。"顿了一下,曼曼又慈爱地说,"绿豆糕、红豆酥、鲜花饼,这些零食味道也不错的,尤其是鲜花饼,放在微波炉里转一圈,出炉时表皮酥脆,花馅软糯香甜,吃一口犹如人间天堂。"

在吃的方面,曼曼与小猫找到了共同话题。两个人相谈甚欢。

直到小彩醒来了,小彩妈带着小彩上楼给小猫再次道谢时两个人才打住了话题。小彩已经梳洗过了,头发梳成高马尾,露出洁白的额头。

尽管这是一个很精神的发型,可此时此刻的小彩依旧是无精打采的,小脸蛋苍白苍白的,一点儿也没有之前野丫头的模样。

小彩妈说:"闺女,这是救了你的姐姐,来说谢谢姐姐。"

她嗫嚅着说:"谢谢姐姐。"

小彩的眼神躲躲闪闪的,半个身子藏在小彩妈身后,她攥紧了小彩妈的衣角,整个人不可抑制地发抖。小彩妈叹了一声。

曼曼问:"小彩怎么了?"

小彩妈对曼曼比画着指了指脑袋。

曼曼怔了一下。

小彩妈又说:"等会儿我带小彩去看艾婆婆。"

曼曼是知道的,艾家村村尾的艾婆婆是个大夫,医术不错。

曼曼下午带方小猫逛村子,村子不大,不到一个小时就能走完。曼曼不知道是自己的错觉,还是因为小八事件的后遗症,老觉得有人跟着自己。可回首一望,身后半个人影都没有。三点多的时候,曼曼和小猫在村尾碰到小彩妈和小彩。

第十三章 小猫的出现

小彩低着头,乖巧地牵着妈妈的手,看样子比上午瑟瑟发抖的模样好多了。

曼曼和小彩妈客套地寒暄了一下,准备离开之际,小彩忽然抬起头来,直勾勾地看着曼曼。

"妈妈,我想和曼曼姐姐一起玩。"

女儿回来后一直不说话,小彩妈本来就担心女儿哪里不舒服,现在见女儿有心思玩耍,自然是乐意,嘱咐了女儿不能给两位姐姐添麻烦后,就放心地把小彩交给了曼曼和方小猫。

曼曼蹲下来,笑吟吟地问:"小彩想去哪儿玩呀?"

方小猫也问:"小彩想不想吃零食?姐姐这里有巧克力、饼干、泡芙、糖果。"

小彩仿若未闻,仍旧直勾勾地看着曼曼。

那眼神令曼曼有点儿瘆得慌。

"曼曼姐姐,妈妈他们都不信我,可我知道你会信的。"她攥住曼曼的尾指,一分一分地收紧,声音微抖,"我在山里见到了好多人,有大姐姐、大哥哥,还有老爷爷、老奶奶。"

小猫昨天捡到小彩的时候,她就在一个山沟里,周围并没有人,她蒙了一下。

"曼曼姐姐,你是相信我的对不对?"小彩微微拔高声音。

曼曼拍拍她的肩膀,说:"我信你。"

等小彩冷静下来了,她才问,"你怎么跑到后山去了?又怎么会昏倒了?"

小彩睁大眼睛,用稚嫩的声音断断续续地说着。

经小彩一说,曼曼内心不由得打起鼓来。一个丫头追着小兔子跑到后山,不小心迷路了,然后经过一个逼仄的山道,忽然间豁然开朗,犹如进入了陶渊明笔下的桃花源。

方小猫自言自语地说:"难道是平行空间?"

曼曼问:"里面有什么人?和你说话了吗?"

小彩使劲儿地点头:"还有个大姐姐让我赶紧离开,说我再不走就没法离开了,还给了我糖果。我醒过来的时候,就在家里了。"她从口袋里掏出一张漂亮的糖果纸。

曼曼刚觉得有点儿眼熟,方小猫已经迅速地说出糖果的牌子。

曼曼甘拜下风,居然比不上外星玩家。

方小猫从背包里拿出一把糖果,给了小彩两颗,然后眼巴巴地问曼曼:"要吃吗?"曼曼吃了一颗,问方小猫:"你昨天在哪儿找着她的?"

曼曼在犹豫一件事,到底要不要去后山看看?

曼曼明白最理智的做法是什么都不管,什么都不做,可是心底又有一个声音,她想证实小彩的说法。

五分钟后，曼曼先送了小彩回去，见时间尚早，就打算去方小猫捡到小彩的地方看看，曼曼毫不犹豫地拉上了小猫。有钱玩家在，坐拥无数道具，且身为被攻略对象，曼曼觉得自己的安全系数能提升一大截。

不过溜进山里的事情，得偷偷摸摸地做，如今整个艾家村对后山讳莫如深。

曼曼小时候常去后山玩耍，这些年来村子里虽然有了巨大的变化，但后山依旧没变。曼曼带着方小猫悄悄地溜进后山，前几天下了场春雨，山路微微泥泞。

曼曼怕小猫摔倒，伸手牵着她，说："我小时候经常在山里野来野去，这些路都走习惯了，你握紧我的手，小心摔倒。"方小猫迟迟没有回应。

曼曼扭头看了她一眼，心想，现在是谁在做任务？

方小猫搂紧她的胳膊，弯眉笑着："曼曼，你对我真好，我也要对你好。你喜欢什么我给你买！张远是不是欠你一个药剂？我让他给你！"

曼曼说："我好久没有见到张远了。"

方小猫说："最近他家里出了点儿事。"

曼曼一听，嗅到了一丝不寻常的味道。莫非张远和方小猫现实里是认识的？此时方小猫调出游戏任务栏，正好张远上线。

玩家方小猫：欠我家曼曼的药剂呢？

玩家远古星人好有趣：噢噢噢噢，忘了，之前一直在合成。

玩家方小猫：过来，把药剂给我家曼曼。

玩家远古星人好有趣：金主，求瞬间移动道具！

玩家方小猫：你走几步路能死呀！

玩家远古星人好有趣：我走过去天要黑了……金主……

曼曼有点儿蒙。

方小猫在这里触发了副本隐藏任务，张远一过来岂不是把事情闹得更大了？她连忙说："我不需要药剂，不用给我了，我……"

话还未说完，张远的声音已经由远及近，说："好巧，哈哈哈……"

张远一张笑脸逼近，从口袋里取出一支密封的玻璃试管："上次说给你药剂，忘记了，哈哈哈哈……"曼曼警惕地看了一眼他的头顶，稍微松了口气，没有任务。

张远又说："我家亲戚千辛万苦合成出来的，据说功效神奇。"

至于什么功效，张远也不知道。药剂合成赌的是运气，他瞄了一眼药剂名称，说："我亲戚取了个名字，叫美梦成真。"

曼曼有点儿好奇，问："功效呢？怎么用？"张远看向方小猫。

方小猫摇头。

玩家方小猫：合成药剂得用了才知道。

第十三章 小猫的出现

玩家远古星人好有趣：你用过吗？

玩家方小猫：没出过"美梦成真"。

曼曼顿时觉得这是烫手山芋，连功效都不知道的药剂要怎么用？

她后悔了，相当后悔！

曼曼义正词严地说："我不需要了，这么珍贵的东西你留着吧。"她摆摆手，顺带往后退了几步，一没留神，踩了空，重重地往后摔去。

张远伸手拉曼曼，然而没拉住，握着药剂的五指也不由自主地松开了。

说时迟那时快，一道黑影从树林间蹿出，修长的手臂揽上曼曼的腰，另外一只手握住了盖子打开的试管。万有引力定律之下，橙黄的药水漫天洒出，尽数落在曼曼的身上。曼曼定睛一望，是秦薄。

曼曼想哭了，谁能告诉她药剂洒在自己身上会有什么效果？又有谁能告诉她为什么秦薄会出现在这里？四个人要刚好凑一桌麻将吗？

她深呼吸，再深呼吸，最后强迫自己冷静下来。

曼曼看向张远："早上白队长说有事情找你，你还不赶紧回警队？万一错过什么大案子就不好了。"

话音一落，曼曼就有点儿后悔了，她本意是编个谎言让张远早点儿离开艾家村，然而白队长和她又不熟，怎么可能告诉她？

不过转念一想，曼曼又觉得没关系。谎言虽笨拙，但张远天真呀！

果不其然，张远眼睛骤亮，说："啊啊啊！真的？我马上回去。"

调出游戏对话框。

玩家远古星人好有趣：金主金主金主……

玩家方小猫：自己走回去！

张远只好一步三回头地离开。心腹大患解决第一个，曼曼望向第二个。

"你怎么在这里？"

秦薄的一张脸冷如寒冬腊月，眉宇间黑云沉沉，仿佛她犯了什么不得了的错误似的。他这副模样，让曼曼不由自主地反思，她这几天有没有做错什么？然而思来想去并没有，相反她还去医院抽了一百毫升的血送给他。

这么一想，曼曼内心坦然得多了。她也冷着张脸，面无表情地看着他。

而就在这个时候，秦薄忽然伸出手，就在曼曼以为他想干架的时候，只见他手腕一拐，解开黑色风衣的第一颗扣子，曼曼蒙了一下。

第二颗，第三颗，第四颗……五颗纽扣全解，秦薄脱了风衣。

曼曼问："干吗？"

秦薄把风衣披到曼曼身上。曼曼更蒙了，说："我不冷。"她伸手就要拉下风衣，然而却被秦薄按住了手背，他一言不发地看着她。

曼曼有点儿生气地说："你什么意思？"

秦薄终于开口："你什么意思？"

曼曼睁大眼睛，现在居然还恶人先告状？要不是方小猫在身边，她现在就喊秦烨出来了！外星人又在闹什么小脾气？她说："你到底什么意思？给我风衣又是什么意思？"

"和你一个意思。"

"什么意思？"

秦薄忽然抓住她的手臂，袖子往上一撸，露出一截光滑洁白的手臂，血管上还留有一个未消的针眼，正是那天抽血留下来的。

他冷冰冰地说："谁允许你随便浪费自己的血了？"他说话的声音毫无起伏，冻得跟冰碴儿似的，喷了曼曼一脸。

"我的血跟你有……"

"一毛钱关系"五个字还未说出来，曼曼愤怒的声音倏然止住。

秦薄冷若冰霜的脸以及话语分明带了几分生气，和风衣一联系，电光石火间，曼曼蓦然意识到……他是在关心自己，不问过他就随便抽血，所以他生气了。为了让她感同身受，硬是给她披风衣，这是一个道理。

居然绕了这么大的一个弯！

他盯着曼曼胳膊上的针眼，问得格外认真："疼吗？"

曼曼气定神闲地说："疼呀，你试试被扎一针疼不疼。"

话音未落，秦薄就点头，说："好，给我扎一针。"然后伸出胳膊，一副认真的模样，曼曼不由得睁大眼睛。

方小猫在一旁看得目瞪口呆。

玩家方小猫：我的任务对象和学校教授之间似乎有小火花，我应该闪一边呢还是闪一边呢？

系统：建议金主不要当电灯泡。

玩家方小猫：我不开心怎么办？明明那是我的任务对象，教授跑出来好碍眼！

系统：建议金主加快速度完成任务，根据地球感情指导手册推测，有另一半的任务对象比单身的攻略对象难度加大两倍不止。

曼曼也看得目瞪口呆，莱维特创造的游戏系统是眼瞎了吧。

她和秦薄哪里是那种关系了？

曼曼正想说什么，可忽然间觉得天旋地转，若不是身后有秦薄搀扶着，现在恐怕要跌坐在地上了。

第十三章 小猫的出现

眩晕感如此强烈，衣衫上"美梦成真"药剂的味道越发清晰浓厚，彻彻底底地充斥她的鼻腔，袭向她的大脑神经。

曼曼此刻内心是崩溃的。她保持着最后的一丝理智和清醒，咬牙问方小猫："美梦成真药效有多久？"

莱维特怎么不按常理出牌？倒在衣服上居然也能发挥药效！

系统：玩家远古星人好有趣等级为17，金主等级是43，综合起来是30……

玩家方小猫：说人话！

系统：金主！七天！

方小猫还没说出口，就见到曼曼一副生无可恋的模样。

方小猫疑惑地问："应该是七天的样子。曼曼你怎么一副不开心的模样呢？美梦成真七天不好吗？"

曼曼对上次用在何志星身上的药剂可谓心有余悸。这个叫作美梦成真的药剂，给曼曼一种非常不好的预感。

她越来越晕了，她在想自己的美梦是什么。她想要得到的东西很多很多，美梦也有无数，不过游戏系统又怎么会知道？

猛然间，曼曼只觉脑袋里有"咣当"一声响起，方才还是天旋地转的眼前渐渐变得稳定，她晃了晃脑袋，定定神。

秦薄目不转睛地看着她。

曼曼头一回觉得他的眼神如此深邃，还没反应过来，就已经说："你的眼睛好像装了我的全世界。"话一出，曼曼打了个冷战，她都说了什么啊！

玩家方小猫：药效发挥了？

系统：回金主的话，艾曼曼的美梦是可以随时随地展示自己的魅力，不管男的还是女的。七天之内艾曼曼会抓住一切机会展示自己的魅力。

曼曼头一回有想骂人的冲动！莱维特你给我出来，我们好好谈谈！

秦薄的脸，哦不，秦烨的脸已经彻底红了。

曼曼内心欲哭无泪，她不是故意的呀！

曼曼听到自己不由自主地发出一声轻笑："秦教授，你脸红了……"

住嘴住嘴住嘴住嘴！

秦薄眯起眼睛，上下打量着艾曼曼。

就在此时，一串脚步声由远及近地响起，张远的脸此刻显得相当兴奋，他说："你们过来看看我发现了什么？山沟里有道夹缝！"

他比画着："夹缝里可以容得一人进去，走四十分钟的样子能见到一座小村庄！"

第十四章

WO DE HUA FENG BU TAI DUI

桃花源记

张远觉得自己好像发现了不得了的大秘密，高兴得手舞足蹈。他跑过来，拉扯着方小猫。

"快来，我们一起去看看。"

而此时此刻，曼曼慢声细语地说："晋太元中，武陵人捕鱼为业。缘溪行，忘路之远近。忽逢桃花林，夹岸数百步，中无杂树，芳草鲜美，落英缤纷。渔人甚异之。复前行，欲穷其林。林尽水源，便得一山。山有小口，仿佛若有光。便舍船，从口入。初极狭，才通人。复行数十步，豁然开朗……"

她弯眉一笑。

"张远，这是陶渊明的《桃花源记》，只有有缘人才能找得到呢。"

"也只有像你这种与幸运有缘分的人才能见到。我特别欣赏你这种有缘人。"

张远一脸震惊。

"艾曼曼同学，你怎么对我这么和颜悦色了？"

曼曼反应过来，她恨不得把莱维特千刀万剐。

她刚刚说什么了？她刚刚对张远做什么了？

曼曼想说的是，张远你真是走到哪儿，哪儿就出事！然而说出口的话却是："这样不好吗？嗯？"

救命！曼曼想打烂自己的嘴的心都有了。

张远受到了惊吓，往后退了两步，再度受到了惊吓。秦薄面无表情地看着他，眼神冷得像是往他心里撒冰碴子，冻得他瑟瑟发抖。

他正想说什么，就见到艾曼曼上前两步，笑容相当甜美。

"你……"话还未说完，只见秦薄拽住艾曼曼的手，冷冷地说："在哪里？带路！"张远看了艾曼曼一眼。

秦薄说："从现在开始，你，禁止和艾曼曼说话，包括眼神接触，否则这学期的学分你就别想要了。"

张远吓得挺直背脊："我……我马上带路。"

曼曼瞪向秦薄："你干吗对他这么凶？你又不是他的教授，他的学分凭什么你说扣就扣，我……"

一对上秦薄的眼，曼曼又不受控制地说："好吧，你随便凶。"

张远目瞪口呆，但一对上秦薄的眼，又立马屁颠屁颠地带路。

方小猫似是想说什么，然而话还没出口就被张远拉着走了，留下秦薄和曼曼走在后面。

曼曼说："山路好难走。"

她一点儿都不觉得难走好吗！这话一定不是她说的！

她艾曼曼的段数哪有这么低级！

曼曼下意识地说："不，我……"

蓦然，秦薄蹲下来，说："我背你走。"声音沉稳低哑。

曼曼怔了一下，说："不，我……"然而美梦成真这个破药剂彻底控制了她的身体，她不由自主地就趴了上去。

秦薄站起来，低低地应了一声。

曼曼眼睛眨也不眨地盯着秦薄的耳朵。

她深吸一口气，闭上眼睛。然而，就在这个时候，秦薄说了句："跟张远的药剂有关吧？"

曼曼的思绪一被打乱，竟然奇迹般地控制住了自己的言行。

她闷闷地应了一声。

秦薄说："美梦成真的药剂？"

秦烨说："张远的亲戚叫什么？这种药剂是偷偷生产的吧？安全吗？能介绍给我认识吗？"

曼曼又应了一声。

秦薄说："接下来七天你不必上学，秦烨，你帮她请假，家也别回了，去秦烨家里。"

曼曼本来有点儿不满秦薄的专制，可转念一想，现在她四处惹事，万一回爷爷奶奶家后又闯祸了怎么办？

天哪！那她还有脸再回艾家村住吗？

没有！曼曼一晃神，又不受控制地柔情万分地说："嗯，我都听你的。"

秦烨哈哈大笑："艾曼曼，你这样还挺可爱的呀。"

曼曼愤怒地说："秦教授，请你安静地回去睡觉！"

说话间，两个人追上了张远和方小猫。

四人到达张远所说的山沟。

山沟微长，也颇不显眼。

曼曼以前好几次都曾经过这里,但从未发现这里有一条山沟。方小猫说:"我就是在这里捡到了昏迷的小彩。"

曼曼觉得挺奇怪的。这座山位于艾家村的后面,其实也只是一座寻常的山林,并不大。

张远说再走四十分钟就能见到一座小村庄,听起来略离奇。

难道传闻中的桃花源是真的存在?

张远率先跳下山沟,方小猫是第二个,曼曼想说让秦薄放下她,然而秦薄直接背着她下了山沟。

曼曼四处张望,也没找到山沟的夹缝在哪里。

直到张远停下脚步,说:"就是这里。"

他抬手指了一个方向,曼曼才看到了一条夹缝。

曼曼顿时觉得很神奇。夹缝很窄,只容一人通过。

秦薄放下了曼曼。

约莫走了十分钟,眼前才渐渐开阔,但周遭依旧一片漆黑,仿佛进入了一个地下山洞。张远打开了手机照明灯。

周围果然是一个山洞,因为没有阳光进来,格外阴冷。

秦薄脱了风衣给曼曼穿,曼曼这一次没有拒绝,不过脸都要烧起来了。

啊!太过分了!

莱维特你真是太过分了!

这么变态的药剂道具是怎么想出来的?

秦薄面不改色地松开她的手,这才让曼曼的心情稍微好受了一些。她努力转移自己的注意力,才让自己不像一条疯狗一样去咬他。

恰好此时,张远和方小猫的游戏任务框有了新对话。

玩家远古星人好有趣:等会儿出去了你不要惊讶,我发现了系统的bug(漏洞)!

玩家方小猫:什么意思?什么bug?

玩家远古星人好有趣:我进去的时候发现地图上没有小村庄的标志!

玩家方小猫:是还没开发的新地图?

玩家远古星人好有趣:对!系统都不知道有这样的存在!很有可能是还没开发的新地图,里面的地球人都是纯种的,没有任何NPC任务!

曼曼有点儿愣怔。

新地图?也就是说这个"桃花源"是连莱维特都没发现的地方?

张远算得极其精确,四十分钟不多不少,四个人终于穿过漆黑,眼前忽然开阔起来。曼曼又再度想起陶渊明的《桃花源记》。

——土地平旷，屋舍俨然，有良田美池桑竹之属。阡陌交通，鸡犬相闻。其中往来种作，男女衣着，悉如外人。

　　一个真真实实的桃花源出现在曼曼的眼前。

　　曼曼被震撼了。

　　小村庄沿河而立，头顶是见不到顶端的悬崖峭壁，和已然将近黄昏的天色。家家户户炊烟升起，都是小平房。

　　田地上有卧着的黄牛和追逐的鸡犬，还有打闹的小孩儿，穿着与外头的小孩儿并没有什么不同。他们嬉笑着，说着不知是哪儿的方言。

　　曼曼一句都没有听懂。

　　张远仍然在兴奋地和方小猫聊天。

　　玩家远古星人好有趣：看吧看吧，地图上完全没有这个地方！

　　玩家方小猫：真神奇。

　　玩家远古星人好有趣：金主，要不要奖励我点儿什么？

　　玩家方小猫：走开！

　　小孩儿注意到了四人，七嘴八舌比手画脚地说着什么。

　　其中一个小孩儿飞快地跑开，剩余的几个一脸好奇地打量着曼曼他们。

　　曼曼问："你们知道他们在说什么吗？"

　　曼曼知道，方小猫和张远自带系统翻译器，可以毫无障碍地翻译地球的各种语言，考英语四六级的时候，曼曼可羡慕他们自带系统翻译器了。

　　"等等，我翻……"

　　张远被方小猫捅了一肘子，方小猫笑眯眯地说："我知道他们在说什么，以前在我老家听过这种方言。他们说村子里来客人了。"

　　似是想到什么，方小猫又对曼曼说："他们还说从来没见过像曼曼你这么有趣可爱的女孩子。"

　　系统：金主聪明！夸人的方式越来越巧妙！

　　玩家方小猫：谢谢夸奖。

　　曼曼：……

　　然而，身体仍然不受控制，大脑皮层下的语言中枢开启了不受控制模式。

　　"嗯？只说我了吗？没说你吗？像你这么有语言天赋的女孩子，又这么可爱，应该可以秒杀一切小孩子。如果没说的话，也不要紧，有我欣赏你就足够了。"

　　玩家方小猫：救命！曼曼说得好真诚，我好开心！她真的很欣赏我吗？

　　系统：金主淡定！

　　曼曼很清楚该什么时候运用肢体语言锦上添花，脚步一迈，正要温柔地伸手帮

第十四章　桃花源记

方小猫将乱发拂到耳后时，手腕被秦薄扣住。

他面无表情地说："有人来了。"

玩家方小猫：★★★★★★

系统：金主不要说脏话。

刚刚离开的小孩儿带了好几个大人过来。

两男一女，穿着与外面的人大同小异，依旧操着一口曼曼听不懂的语言。

不过他们的面相都纯朴老实，脸上洋溢着热情的笑容。

其中一个年轻人看起来只有二十岁出头，生得有几分英俊。

方小猫翻译："他们说村长知道来客人了，邀请我们过去吃晚饭。年轻的汉子说他叫段浩。"

曼曼一行人没有异议。

村民们领着曼曼他们前往村长家，段浩一路上还给曼曼介绍他们的村庄。

方小猫依旧担当翻译人员。

"我们村子哦，好久没来客人了，最近一次来客人还是去年的事情。我们村里人都十分好客，相当欢迎外面的客人。"说到这儿，村民对曼曼他们露出一种可怜的神情，然而仅仅一瞬间便消失了。

"只要有客人来了，我们村长就会热情招待，拿我们村里最好的酒，最好的吃食。只要你们愿意，想住多久都可以。不过，我们村子里有个规矩，瞧见东边的屋子了吗？"曼曼抬眼望去。

村庄的东边有个小山坡，山坡上有一间瓦房，建得相当漂亮，和之前看到的小平房都不一样。

红墙绿瓦，屋檐还挂有琉璃灯，夕阳落在砖瓦上，泛出一层高贵的紫色，无端有种肃穆庄严之感。

"那里住着我们村子的祭师，闲杂人等是不能进去的。"

曼曼问："祭师？"

除了电视剧里之外，她很久没有听过"祭师"两个字了。

段浩敬仰地说："我们的祭师能呼风唤雨，可以与神对话。"

顿了一下，他又说："前面就是我们村长的家，我们村长姓夏，我们平时都喊他夏村长。夏村长的脾气特别好，为人也和气，不过……"

张远好奇地问："不过什么？"

段浩勉强地笑了一下，说："夏村长的老婆长得特别美，你们见着了一定不能多看，村长经常因为别人多看自己老婆几眼就生气。"

方小猫说:"哼哼哼,再美也没曼曼美。"

到达村长家的时候,天色已然全黑。

村长家里点燃了油灯。

曼曼有点儿诧异,回首看了身后的村庄一眼,才发现这个村有些落后,并没有通电,家家户户的窗口亮光都是油灯或者蜡烛。

村长姓夏,双名正业,脸大眼圆,看起来一副老好人的模样。

果真如段浩所说那般,村长十分热情地招呼他们,而且很难得的是能说一口相当标准的普通话。村长的老婆生得娇小玲珑的,捧着果子酒招呼曼曼和方小猫喝。

"我酿的山楂酒,很甜,度数不高,适合女人喝。"

夏村长帮她老婆翻译了,随后又说:"我老婆不会说普通话,你们见谅。"说着,又笑眯眯地让他妻子坐下来,言语间颇有宠溺之意。

方小猫在曼曼耳边小声地说:"还是你比较漂亮呢!"

曼曼下意识地想要夸回去,被秦薄硬生生地坐在中间挡住了。

夏村长笑着说:"我们村子前几年才在这里扎根,鲜少与外界往来。我们这里的人平和友善,与陶渊明笔下的桃花源颇有相似之处。我们村子很久没有来客人了,一般能找到我们村子的人都是有缘人。来,我敬你们有缘人一杯。"

夏村长先干为敬。

张远是第一个喝光的,方小猫是第二个。

曼曼想喝的时候,瞥到秦薄的灼灼目光,轻声说:"是不是想和我一起喝?"

话一出,曼曼的脸先红了。

不是害羞,而是窘迫。

莱维特,你够了!

有完没完啊!不带这样整人的呀!

秦烨的脸红了个透,他慌慌张张地说:"你自己喝。"然后,他举杯一饮而尽,动作略快,酒杯放下时,呼吸微微急促。

曼曼见状,又起了招惹他的心思。趁夏村长低头和他妻子说话的时候,她凑过去,把酒杯递到他唇边:"要不要再来一杯?"

秦薄睨她。

她笑得眉眼弯弯,仿佛不知自己此刻有多漂亮。秦烨的脸越发红了,一巴掌推开她的脸,把她酒杯里的山楂酒喝光了。

秦薄在桌子下握住她的手,说:"从现在开始,不许闹了。"

曼曼发现自己居然挺吃这一套的。没由来地,心跳有点儿加快。她此时此刻已经分不清到底是自己真的心跳加速,还是因为美梦成真的药剂。

第十四章 桃花源记

147

夏村长抬起头来，又和他们介绍村庄。

曼曼无心听村子的介绍，目光在屋子里四处打量。忽然，她问："夏村长你后面是不是有个快递？"桌上的几人齐刷刷地扭头，夏村长笑说："是呀，虽然村里的人不喜欢与外面的人往来，但有时候我会出去。"

酒过三巡时，所有人都吃得七八分饱。

夏村长说："鄙人屋舍窄小，不宜招待几位贵客。不过我已经为你们安排好休息的地方，你们想住多久便住多久。我们的村民都十分乐意。刚刚你们已经见过小段了吧，他会带你们过去。"

他又低声说："小柔你累了吧？回去休息吧，碗筷我来收拾。"

村长夫人低低地应了一声。

离开村长家后，方小猫才把村长最后说的那句话翻译给了曼曼听。

曼曼说："夏村长果然很疼他老婆，我……"话还未说完，秦薄就勾住曼曼的手。

"你今晚和我一起，我保护你。"

方小猫瞪大眼："不，曼曼，我来保护你！"

曼曼此刻两个人都想顾及，不知该如何是好，好像安慰哪一边都不对。

曼曼内心在抓狂，七天的时间怎么这么漫长！

五分钟后，一行人都有点儿傻眼……这回好了，不用争了。

夏村长给他们安排的是大通铺。

第十五章

WO DE HUA FENG BU TAI DUI

夏村长的妻子

大通铺是四张床并排。

曼曼的想法是自己睡第一张，方小猫睡第二张，至于第三张和第四张秦薄和张远随便挑。所以，在踏入房间发现有四张床的那一瞬间，曼曼就扑向了第一张床。

然而，万万没想到，比曼曼速度更快的是方小猫。

方小猫的想法是，那个秦教授总想着和她作对，今晚她就让他看看到底是谁比较厉害。为了有对比性，她睡第一张床，她家曼曼第二张，秦教授第三张，至于张远爱睡不睡。所以，在发现有四张床的时候，方小猫一步当先奔向第一张床。

但是方小猫的手还未碰到第一张床，就被秦薄拎起，甩向第四张床。曼曼见横生变故，不由得微微诧异，停下了脚步。第一张床就这么归曼曼所有……

张远看出端倪来，举手说："秦教授！我要睡第三张！"

可惜被秦薄毫不犹豫地拒绝了。他将床上的棉被一裹，丢在了张远身上。张远一个趔趄才站稳身体，不明就里地问："我睡哪里？"

秦薄说："男人不能睡。"

"为什么？"

秦薄一指外头，冷静地说："一个陌生的村子，你们放心睡一晚？"

听秦薄一说，曼曼和方小猫也觉得不对劲儿了。

张远响亮地说："放心呀！"

然后他受到了三双眼睛的嫌弃，他抱着被子默默地坐在门口，可怜巴巴地看着方小猫。方小猫没有理他，摸着下巴思考。

曼曼说："是有点儿不放心，这村子也有点儿奇怪。不到一个小时的路程，就是一个通了电，还有网络的新世界，可为什么他们都甘愿留在这样一个落后的村子里？艾家村的村民一进后山就失踪了，后山的地方就那么点儿大，会不会是来了这里？"

方小猫眼睛闪闪发亮地道："曼曼你真是聪明，一点即通。之前段浩不是说了吗？这个村庄只有去年才来了客人，你们的艾家村去年不是也有人失踪了吗？"

曼曼正想夸小猫，被秦薄打断了。

"所以今晚张远你不能睡，和我守在门口。"

他看向曼曼："家人那边你不必担心，我进来之前给你家人打过电话了，明早我们就离开这里，现在太晚了。"他走到床铺旁，卷起一床棉被，宛如一尊门神坐在门口。

那一瞬间，曼曼觉得特别有安全感。可是她知道自己必须忍着，不能向莱维特的药剂低头！她咬咬牙，决定想点儿别的事情，一拉棉被直接倒头就睡。

方小猫很想和曼曼说话，但在秦薄虎视眈眈的眼神之下，她选择了投降。

等着瞧吧，来日方长呢！

张远见状，也只好乖乖地和秦薄一起守门，但他知道秦薄有一身强悍的武力值，他可以悄悄打个盹儿。于是乎，不到三十分钟，房间里就渐渐安静下来。

只剩秦薄一人宛如铜墙铁壁般戳在门口。

夜色越发黑了，春寒料峭的夜格外冷。方小猫和张远开启了系统托管。而曼曼的内心正在天人交战，美梦成真的药剂到了晚上效果更加厉害，弄得她心痒难耐。

一扭头，方小猫脑袋上的"系统托管"四个字在夜里格外显眼。

惹事儿对象少了一个，曼曼不受控制地悄悄瞄向门口，一不留神就与秦薄的视线对上。她的心"扑通扑通"地跳了起来。

曼曼迅速收回目光，调整自己的情绪。还未调整成功，她忽然觉得床铺一沉，再次抬眼望去时，秦薄已经坐在她的面前，曼曼吓了一跳。

"你……"

他沉声说："睡觉，别胡思乱想。"

秦烨今晚睡得特别早，令秦薄有些诧异，不然他此刻定会嘲笑艾曼曼一番。

蓦地，屋外传来一道奇怪的声音，让屋内清醒的两个人互望了一眼。

秦薄喝了一声："谁？"外面并没有人回答。

秦薄说："我出去看看。"

须臾，秦薄回来了。

曼曼问："有谁在外面吗？"秦薄摇头。

曼曼说："也许是我们听错了。"

曼曼还想说什么，然而话还没说出口，她只觉得脖颈一疼，整个人便昏了过去。

昏过去之前，曼曼内心只有一句呐喊——秦薄你这个浑蛋，懂不懂怜香惜玉呀，居然打昏她！第二天曼曼醒来的时候，只觉得脖颈隐隐作痛，一想到昨天晚上发生的事情，真是又羞又恼。

掰着手指头算了一下，还有难熬的六天。

她扫了一眼周遭。方小猫和张远一起结束了系统托管，而秦薄不在。

第十五章 夏村长的妻子

方小猫见秦薄不在，凑上前来问曼曼："曼曼，你想吃什么早餐？想喝豆浆吗？我昨晚进来的时候好像看到了磨豆浆的石磨，你想喝的话我给你要一杯。"

曼曼摸了摸脖颈，笑眯眯地说："像你这么贤惠的女孩子，我见一次要夸一次。"

"谢谢夸赞！"

曼曼不由得笑了一下，是真心实意的笑。她以前怎么就没有发现方小猫这么可爱呢？她的眼睛圆溜溜的，尽管是经过游戏系统拟出来的萌萌萝莉脸，可真的好可爱啊。

张远问："秦教授在哪里？"

曼曼心想，虽然张远和方小猫都是外星玩家，但方小猫这个星币玩家以及职业要比张远讨喜得多。她刚这么想，秦薄就推门而入，手里是一杯热气腾腾的豆浆。

他递给曼曼，说："刚打的，热的。"

方小猫很愤怒，立马爬下床也出去打豆浆。然而还未踏出门口，就听到秦薄毫无起伏的声音响起："村里死人了。"

第一口豆浆尚未咽下，曼曼就被呛了一下。

"谁死了？"

秦薄说："夏村长的老婆。"

曼曼立即看向张远，他头顶并没有任何游戏任务，方小猫的也没有。

曼曼委实惊愕，她问："怎么死的？"

秦薄说："先喝豆浆吧。"

曼曼说："我还没洗漱呢。"

"那先洗漱。"

张远目瞪口呆地说："这重要吗？关键是怎么死的。为什么死了？夏村长的老婆挺漂亮的，夏村长不是一副把她捧在手心里的模样吗？怎么好端端就死了？"

曼曼难得附和张远。

"对，豆浆不重要，为什么好端端死人了？"

这个"桃花源"不是系统也没开发的新地图吗？张远和方小猫都是误闯进来的玩家，怎么这么巧又死人了？

秦薄说："早上我出去给你弄早餐，听住在附近的人家说的。昨天晚上夏村长去找祭师，回来的时候发现自己的屋子烧起来了，他妻子被活生生地烧死在里面。"

曼曼微怔："自杀？"

说完，又摇摇头，先自己否认了："不可能的，村庄那么小，要真起火了，附近住的人家怎么会感觉不到？"

秦薄说："奇怪的地方就在这里，昨晚村民发现起火的时候，夏村长的屋子已经烧得差不多了。而方静柔也被烧焦了。"一顿,秦薄又说,"方静柔是夏村长老婆的名字。"

方小猫好奇地问:"为什么夏村长要去找祭师?"

秦薄说:"他们村庄的习惯,来了客人就要向祭师汇报。"

曼曼说:"所以刚好就在夏村长找祭师的时候,村长的老婆出事了?"话一出口,曼曼背脊不由得一寒。听起来怎么如此可怕?张远此刻在不停地咨询系统。

玩家远古星人好有趣:我真的没有任何任务吗?

系统:没有。

玩家远古星人好有趣:可是死人了呀!这不应该是我出动的时候吗?

系统:冷漠脸表情包

玩家方小猫:这里有我的任务吗?

系统:金主,没有您的任务!

玩家方小猫:真的没有?

系统:抱大腿表情包

玩家远古星人好有趣:莱维特你歧视不充钱的玩家是不是?差别待遇!

玩家方小猫:怎么?不行?

玩家远古星人好有趣:我错了!金主你说什么都是对的!

张远愤怒地表示:"我们离开这里吧,这里让我浑身不舒服,我们早点儿离开。"

方小猫看向曼曼,一副"曼曼你走我就走"的样子。秦薄倒是无所谓,不过也是打定了曼曼去哪里他就去哪里的主意。

曼曼当然不想留在这里!打从穿过夹缝和山洞后,如同来到了一个异次元空间,而且是落后了几十年的空间,她想念电话打得通,还能用4G网络的现代化社会!

四人收拾了一番,准备离去之际,遇上了昨天带他们过来的年轻小伙子段浩。

"你们知道村长夫人被烧死的消息了吗?"

曼曼点点头。

段浩悲痛地说:"夏村长请你们过去一趟。"

四人互望了一眼,最后还是决定跟段浩过去。

夏村长的屋子只剩外面跟黑炭一样的半面墙壁。不过短短一夜,夏村长跟衰老了好几岁一样,神色格外憔悴。

曼曼昨天看得出来夏村长特别宠爱自己的娇妻,忍不住说了句:"夏村长,节哀顺变。"

夏村长仿若未闻,直到段浩喊了他几声,他才反应过来,说:"你们来了。"

方小猫说:"村长,人死不能复生,请节哀,我们是来告别的。"

夏村长神色淡淡地说："你们暂时不能走，"他悲痛地看着自己的屋子，说，"昨晚有人杀害了我的妻子，在凶手没有找出来之前，你们都不能离开。"

秦薄眯眼："你怀疑我们？"

夏村长说："凶手一日没有找出来，所有人都有嫌疑，几位贵客抱歉了，你们必须留下来。"昨天一副老好人形象的村长瞬间像是变了个人似的，眉宇间充斥着阴郁。

不过，这可以理解。毕竟自己的爱妻被烧死了，谁一时半会儿也难以接受。

秦薄从未被人威胁过，此刻有几分不悦。

他面无表情地说："我想要离开，你们阻止不了我。"

夏村长说："是吗？"

话音刚落，四人身后陆续出现十来个手持粗棍的壮汉，胳膊比大腿还粗壮，虎视眈眈地看着四人。曼曼知道以秦薄的武力值而言，这些都不是问题。

曼曼正想鼓励秦薄去打一架的时候，又忍不住说了句："不要去！我不想你受伤。"曼曼真的要疯了！这是她能说得出来的话吗？

秦薄扭头看着她，似是想到什么，他忽然说："嗯，不打了。"

曼曼蒙了。

"为什么？"

秦薄说："七天后告诉你。"

秦烨悄悄地告诉曼曼："因为出去后你肯定要回家，在这里你就得和他待在一起。哈哈哈，秦薄兄弟我猜得对不对？"

秦薄："……"

一行四人里唯一的武力值代表都缴械投降了，剩余没有任何攻击力的三人自然而然只能跟着回去睡大通铺。

段浩安慰他们："恶人会有恶报的，我知道你们是好人。虽然你们暂时不能离开，但你们还是可以在村庄里四处走走的，我们村庄里的风景还是很美的。"

曼曼只想说美什么啊！谁还有心情欣赏风景啊！

段浩又小声地说："真凶很快就能找出来了。"

曼曼问："为什么？"

段浩神秘地说："我们祭师能呼风唤雨，我们村长也是神人，他可以做时间旅行。"

此话一出，在场的两人，一个外星人，两个外星玩家都惊呆了。

第十六章

WO DE HUA FENG BU TAI DUI

时间旅行

曼曼对时间旅行的概念再熟悉不过了。

莱维特在地球建立游戏系统根本就是因为他们星球掌握了时间旅行技术，所以才能根据地球人生活的轨迹设计一环接一环的任务，既不影响地球人的生活，又不耽误他们玩游戏。

当听到"时间旅行"四个字的时候，她立马就想到了莱维特。张远和方小猫也是这样。秦薄则是微微诧异，没想到在这么落后的星球上居然也有人掌控这种技术。秦烨是直接双眼发亮，一瞬间夺回身体掌控权，问段浩："什么时间旅行？"

声调微微上扬。

曼曼有点儿担心会被方小猫和张远发现端倪，但看了一眼又觉得自己多想了，他们两个人现在都一脸好奇地看着段浩，丝毫没有注意到秦教授的不对劲。

段浩挠挠头，说："这个词是夏村长发明的，意思就是他可以回到过去，也能走向未来，但……"

一顿，他沉重地说："这些事做多了是会遭天谴的，所以不到逼不得已夏村长一般不会进行时间旅行。之前村头王寡妇被蛇咬了，村子里的大夫都不知道是什么蛇，是夏村长用时间旅行救回了王寡妇。"

曼曼问："你们村庄里的祭师可以呼风唤雨，村长可以回到过去走向未来，联合起来不就是天下无敌了吗？"

段浩说："夏村长说过，时间旅行不能乱用，用了也不能扭转命运，该发生的还是会发生，不该发生的也不会发生，即便改变了，最后还是回到命运的轨道。"

咦？曼曼怔了一下。

这思路，这想法，和莱维特颇有共通之处。

方小猫问："你们村长什么时候开始时间旅行？能带我们去看看吗？"

段浩看了看日头，说："一般来说是不可以，但你们可以远远地看一眼。夏村长会在正午十二点开始时间旅行，旅行期间任何人都不能去打扰。"

中午十二点，段浩带曼曼他们到一个小山丘上。

嫩绿的芽儿从土里悄悄冒出，光秃秃的枝丫上也长出绿芽，春天即将复苏。四人左望望右看看，张远率先提问："在哪里？"

段浩有点儿不好意思，伸手指了指远处，正是之前段浩介绍过的祭师住的房子。

"夏村长就在里面进行时间旅行，为了防止出现意外，我们祭师会全程陪伴。"

曼曼问："你们的祭师也是村子里的人？土生土长的？"

"好像不是……"

"好像？"方小猫问，"为什么说好像？"

段浩说："祭师来的时候，我年龄还小，很多事情都记不清楚。祭师能呼风唤雨，是神一般的存在，是我们心中的信仰，如果不是你们问起，我们村庄里的人基本不会提起。"

一提起祭师，段浩脸上满是崇拜与敬仰，仿佛下一秒就能跪下来三拜九叩，高呼"祭师大人万万岁"了。

秦薄忽然问："他时间旅行要多久？"

段浩说："不知道，有时候一刻钟，有时候一个小时，有时候半天……也试过一整天。"他抬腕看了看手表，有点儿得意地说，"这是手表，是村长赏给我的，村里有手表的人屈指可数。"

话一出口，段浩又有些懊恼。他放下袖子，藏好手表，又说："我刚刚说的话你们可千万别和村长说，村长不喜欢我和外人炫耀。"

张远说："炫耀怎么不行了？"

段浩忽然严肃起来："炫耀是一种罪，我们不能犯错，否则会遭天谴，这是我们村庄的规矩。"张远被段浩唬住了。

曼曼张嘴，正要说话，被秦薄勾住了手指。注意力一转移，曼曼的心思又回到秦薄身上。

方小猫对什么村长什么祭师都不感兴趣，注意力只有两分放在翻译上，剩余八分一直在曼曼身上。

她伸出手，勾上曼曼的胳膊，说："曼曼！"

曼曼回一句："小猫！"

小猫笑得眉眼弯成了月牙儿："这里没什么好看的，我们去周围看看风景吧。"

说着，向秦薄抛了一个示威的目光。

秦薄不怒而威，小猫仿若未见。一人勾手指，一人勾胳膊，曼曼再度进退两难。

此时，段浩说："我可以带你们在村庄里走走，昨天只走了村子的东边，今天可以走西边。不过现在我要给我的未婚妻送饭。"

曼曼努力转移注意力，问："送饭？未婚妻？"

段浩有点儿不好意思地点头。

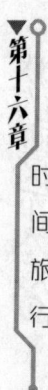

第十六章　时间旅行

"嗯，我有个从小定亲的未婚妻，前几年摔坏了脑子，一直卧病在床，一日三餐都需要别人照顾。我未婚妻姓方，双名静宁。"

曼曼说："好像听起来有点儿耳熟。"

段浩笑了笑："我未婚妻的姐姐是夏村长的老婆。"

段浩带着几人离开小山丘，并嘱咐他们不要提起方静柔被烧死的事情。

曼曼见到床上的方静宁时，顿时觉得段浩对自己未婚妻是真爱。方静宁不仅仅摔坏了脑子，大半个身子都被纱布包着，远远看去像是床上躺了一具木乃伊。

段浩轻声细语地说："宁宁，我带客人来看你了，他们都是外面来的。"

床上的方静宁艰难地转了一下眼珠子。

段浩又说："我给你带了你爱喝的玉米粥。"他扶着她坐起来，打开篮子取出一大碗熬得香甜的玉米粥，一口一口地喂着她。

方静宁喝得很慢，眼神有几分僵硬。

为了让她更好地见到他们，段浩挪了挪位置，转头又对曼曼他们笑道："她每次听到有外来人就特别高兴，饭也能多吃几口。"

曼曼问："昨天你说去年也有外来人来过？"

段浩说："对，跟你们一样，夏村长一家也热情招待，不过第二天一早就离开了。"

段浩对自己的未婚妻格外温柔。方静宁行动不便，他一口一口地喂，生怕玉米粥会烫，每次都是自己先在嘴边试了温度才送到方静宁的嘴里。

张远对看别人喂粥不感兴趣，也对艾曼曼没兴趣，不像秦教授和方小猫一样，总想黏着她。他看了不到十分钟，就决定出去坐坐。

段浩嘱咐他："附近住了两家人，一家是王寡妇，另外一家是袁家，袁家有个妹子，你最好不要招惹她们。她们俩在我们村庄里出了名地泼辣。"

张远应了一声，掀帘而出。

曼曼看了二十分钟，也开始觉得无聊，搬了小板凳在外面坐着。

一出去就见到张远被两个女人指着耳朵骂，仔细一听，才知道张远是真厉害，段浩让他别得罪村庄里两个出了名的泼辣女人，他不到十分钟，两个一起招惹了。

王寡妇看起来三十岁不到的样子，身材窈窕。

而另外一个袁家妹子则是一头漆黑长发，朴素的打扮，生得我见犹怜。两个人一张嘴，却像是有一百只鸭子在嘎嘎嘎嘎地乱叫。

曼曼有点儿头痛了，她问张远究竟发生什么事情了。

张远一脸无辜地说："我什么都没干，她们两个吵架我想劝架，结果我反而被骂。"此时，屋里的段浩走出来，费尽功夫才把两个女人给劝回去了。

他说:"刚刚忘记说了,王寡妇和袁妹子是死对头,经常吵架。一般我们都是等着她们自己吵完……不像兄弟你这么热心去劝架。张兄弟,我劝你一句,女人之间的吵架,最好不要介入,否则吃亏的是你自己。"

入夜了,夏村长还没有出来。段浩一家热情地招待了曼曼他们吃晚饭。

晚饭间,曼曼感受到了段浩一家对夏村长与他们村庄祭师的崇拜。那种溢于言表的情感让曼曼心里很不是滋味儿。说实话,实在让人难以理解。

吃过晚饭后,曼曼等人麻溜地回到大通铺。晚上照例是秦薄和张远守门,曼曼和小猫睡觉。

张远大抵是嗅出村庄上空飘着诡异的味道了,兴奋得连系统托管也不用了,神采奕奕地拉着秦薄聊天。秦薄以为秦烨的缠人功夫一流,看到了张远才知秦烨离一流还远得很,索性让秦烨出来与张远聊天。

秦烨对张远的能研究出神秘药剂的亲戚相当感兴趣。

曼曼听着张远和秦烨的对话,思绪完全被带远,压根儿想不起要去做什么,很快就进入了梦乡。然而夜半时分,曼曼睁开了眼。

不是药剂发挥了作用,而是她想上厕所。她从床上爬起来。

门口戳了两座门神,张远已经彻底睡着了,在补充游戏体能。

曼曼移了一下目光,大抵是相处得久了,只凭坐姿,她立马就能分辨出是秦烨还是秦薄。秦薄应该是当过军人的关系,时时刻刻都挺直背脊,宛如一棵屹立不倒的松柏。

她小声地喊了句:"秦薄。"

他眼神无端深了一下,略微颔首,说:"睡觉。"

"我……"

"想被打晕?"

"让我把话说完!"

她本来就是想上个厕所啊!秦薄想到哪里去了呀?说得她好像随时随地都能惹事儿似的。

她睁着一双忽闪忽闪的大眼睛。

"我要上厕所。"

秦薄定定地看她一眼,起身。

"走吧。"

这小村庄落后得很,大通铺里也没独立卫浴,上厕所还得跑到百米开外的用草席围起来的茅坑。

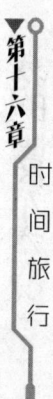

十分钟后，曼曼出来了，她重咳两声，说："走吧。"

秦薄没有吭声。

秦烨异常兴奋："我没看错吧？艾曼曼，你竟然脸红了？"

曼曼瞪他："你胡说什么？回去睡觉！"

秦烨的神色忽然变了，瞬间面色凝重，曼曼知道是秦薄回来了。

她表情微微缓和，正想说什么，秦薄拉着她的手躲在一棵树后。

曼曼惊愕地问："怎么了？"

秦薄说："有人。"

"为什么要躲？"

"嘘。"

曼曼正疑惑，眼角的余光瞥到了一个熟人。其实也说不上是熟人，只认识了两天不到——正是热情好客、对自己未婚妻是真爱的年轻小伙子段浩。

他背着一个铲子，一副鬼鬼祟祟的模样，与白天憨厚的他截然不同。兴许是月光森然的缘故，此刻的段浩无端给人一种不舒服的感觉。

曼曼惹事儿的心思瞬间被吓走，她望向秦薄。

秦薄对她轻轻点头。

曼曼明白他的意思，也点了点头。在段浩离开不久后，两个人悄悄地跟上了段浩。恰好此刻有乌云遮住了月光，村庄像是被怪兽吞进了肚子里，一片漆黑。

段浩完全不需要光，他在黑夜里慢慢挪动。

幸好秦薄早已习惯黑暗，听力又格外灵敏，即便没有光，也带着曼曼准确无误地跟上段浩。

也不知过了多久，乌云渐散，月亮的光辉重新笼罩大地。

秦薄示意曼曼别动。

曼曼定睛一看，不由得吃了一惊。段浩居然跑到树林里了。

这个树林，曼曼并不陌生，今早村里说方静柔被烧死后，夏村长亲自把她埋在了这里，埋葬之后才开始时间旅行的。当时段浩还问她要不要去看，曼曼拒绝了。

虽然不是没见过，但一想到昨天晚上还温柔美丽的村长夫人一夜之间就没了气息，曼曼就不由得感慨万分。

接下来，看到段浩行动的曼曼不由得一怔。

段浩居然开始铲土，他竟然把夏村长今天挖得坑，又重新刨开，隔着老远，曼曼仿佛都能闻到烧焦的味道。

段浩一动不动地看着方静柔的遗体，伸手轻轻地抚摸她的脸。

"为什么你就不信我呢？"

"有这么重要吗？"

"我……"

他似是很纠结，也很痛苦。

曼曼和秦薄互望了一眼。

接着，段浩重新把方静柔埋了回去，一切都恢复原样，又背着铲子按原路折返。

曼曼打了个寒战，说："这个村庄的人果然从头到脚都透着一股子奇怪的气息。"她脑子里满是疑惑，又说，"段浩的未婚妻不是方静宁吗？怎么他对方静柔这么深情？"一顿，曼曼又吃惊地说："莫非段浩的真爱是方静柔？所以才一直对她的妹妹不离不弃？"这么一说，曼曼想起昨天段浩带他们去夏村长家时提起村长夫人的眼神，好像是有点儿不对劲儿。

秦薄说："先回去。"

第二天。

方小猫醒得最早，屁颠屁颠地给曼曼打了豆浆。见曼曼喝得心不在焉，问："是不是我打的不好喝？哪里不好喝？我明天改进！"

曼曼对小猫还有张远说了昨天晚上的事情。

张远："段浩有问题！"

小猫："我居然错过了和你一起上厕所的机会！"

秦薄瞥了她一眼，淡淡地说："这村庄里每个人都有问题，不能单独行动。"

小猫说："那我要黏着曼曼！"

张远："我黏着小猫！"

曼曼："……"

谁让你们现在站队了呀？就在此时，屋外响起敲门声。

曼曼问："谁？"

"是我。"

听到段浩的声音，屋里的空气都沉静了一下。秦薄说："我去开门。"门一打开，探进一张热情万分的脸，仿佛昨夜看见的段浩只是秦薄与艾曼曼的幻觉。

"夏村长结束时空旅行了，凶手找到了。"

"谁？"

段浩说："村长让你们也过来集合。"

第十七章

WO DE HUA FENG BU TAI DUI

新的命案

村民常用集合地是村庄后方的一处小山坡。

曼曼等人到达的时候，小山坡上已经有两个人了。一个是王寡妇，另外一个是袁家朴素的妹子袁向梅。两个人各站一边，倘若不说话的话，倒有些争相斗艳的美感。只可惜两个人眼神势如水火，一接触，噼里啪啦火花带闪电，两朵娇花瞬间成食人花。

还是少看为妙！曼曼没了欣赏美人的心思，左看看右望望，村长没来。

食人花之一瞪向段浩。

"村长怎么还没来？"

食人花之二："太阳这么大，我皮肤要晒坏了。"

段浩好脾气地解释："村长马上就到了，还有其他人需要通知。"说话间，山坡下又来了一拨人，曼曼数了数，有三四十人，皆是壮丁和农妇。

村庄本就不大，也就是几十户人家，如今山坡下齐聚众人，难不成是要开什么动员大会？

方小猫嘀咕了一声："为什么我们要站在上面？跟猴子一样。"

夏村长姗姗来迟，与昨天的满目阴郁不同，今天的夏村长满脸沉痛。

山坡下的村民如摩西分海一般散开，给村长让出一条宽敞的道路，并出声劝慰村长节哀顺变，还狠狠地咒骂了真凶，表示真凶一定不得好死。

夏村长来到山坡上。

他朝曼曼等人微微点头，然后说："劳烦你们过来了，之所以让你们过来集合是因为……"他一顿，声音低沉了几分，"昨天的时空旅行时，拙荆给我留了一句话。"

所有村民全神贯注地仰望村长。

"等等，拙荆是谁？"张远举手发问。

然后被方小猫踹了一脚："没文化，回去自己查。"张远立即询问系统。

得知答案后，张远说："唉，好好说话嘛。"

村民们庄严肃穆的氛围被张远打破。

曼曼觉得夏村长想杀张远的心都有了，她轻咳一声，问："夏村长，您继续说，您妻子留了什么话？"

夏村长又露出沉重的神色，村民们被夏村长的神情感染，顿时整个山坡上下前所未有地安静，只能听到风吹过的声音。

"我再次见到我的妻子，我的挚爱，我很想挽回她的生命，可是我不能违反天意。我只能将真凶抓出来，以此慰藉黄泉之下的她。"

他环望周遭，视线在山坡上的每一个人身上停留。

"我昨天已经见到真凶。"

此话一出，山坡下所有的村民都屏气凝神。

夏村长又缓缓地说："拙荆心善，让我不要怪罪真凶，让我以最大的善意去包容真凶。我无法做到，更无法允许有这样歹毒心肠的人留在我们村庄，但看在拙荆的分上，我给你留一分脸面。"他伸出手指向山坡方向。

"真凶就在这个山坡之上，你只要主动站出来，向拙荆磕头认罪，我可以给你最体面的死法。"山坡上有八个人。

艾曼曼、秦薄、张远、方小猫，四个外来人。

夏村长、段浩、王寡妇、袁妹子，四个村里人。

所有人的目光齐刷刷地落在山坡上，目光灼灼。

张远头一回被人污蔑，很是气愤，愤怒地说："夏村长，你什么意思？我们几个外来人见你妻子半天都不到，杀人动机是什么？证据又是什么？你这是血口喷人，我可以告你诽谤！"

方小猫也愤怒了，几乎是张远话音一落，她就接上："你可以污蔑我，但不可以污蔑我家曼曼！我家曼曼一直和我在一起，怎么会去杀人？又怎么可能放火？我家曼曼那么可爱，那么有趣，那么幽默，那么美丽，那么动人！'杀人'两个字怎么可以和她挂钩？"

曼曼被夸得……又想惹事儿了。

秦薄转移了她的注意力，他用力握住曼曼的手，面无表情地看着夏村长："话说清楚。"四个字，不怒自威。

夏村长沉默了一下，说："我刚刚话没说清楚，拙荆一直很喜欢外来人，可以的话，希望你们能见证这一切，好让她在天之灵得以慰藉。"

而此时，段浩摇摇头，说："我不是真凶，我不可能杀自己的大姨子。前天晚上我一早就睡了，我爹妈可以给我证明。"山坡下有一对夫妻使劲儿地点头。

袁妹子冷冷地笑了一声。

"谁知道你睡了后去哪里了？你半夜三更跑出去你爹妈也未必知道。我可是知道的,你经常偷偷摸摸地去看你未婚妻。天晓得是不是你杀的。说不定你一直对方静柔嫉恨在心呢。"

段浩面色微变,冷冷地看着她。

"袁向梅,平日我是看在你们袁家的分上才对你诸多忍让,什么话该说什么话不该说你应该清楚。"

袁妹子耸耸肩。

"村庄里谁不知道哟,方静宁要不是几年前为了救自己的姐姐哪里会瘫痪在床?要不是方静柔,说不定你儿子都能下地走了。"

"那只是一场意外!你血口喷人。"

"我是不是血口喷人,你心里清楚。"袁妹子瞥了一眼王寡妇,又说,"看什么看?别以为我不知道你上次酒喝多了说方静柔什么!你恨不得方静柔死了吧,这样你就是全村最漂亮的。"

曼曼内心表示:没见过像袁向梅这样会拉仇恨的!一张嘴就让人恨不得扇她两巴掌。

王寡妇轻蔑一笑:"我知道你一直嫉妒我比你长得漂亮,没办法,天生丽质。"

"你……"似是戳中了袁向梅的痛处,她涨红了脸,咬牙道,"你要不要脸?村长,人肯定是她杀的!前天晚上我看到她鬼鬼祟祟地出门了!"

王寡妇从容不迫地说:"前天晚上你不也出门了?别以为我不知道你经常偷看夏村长?现在方静柔死了,你是不是想着可以乘虚而入了?"

"你……"袁妹子呸了王寡妇一口,一手拽住王寡妇,另一手扯她头发,毫无预兆地当着这么多人的面动起手来。

王寡妇战斗力也不弱,左右开弓,啪啪啪地扇了袁妹子几巴掌。两个人开始扭打起来,夏村长面色铁青,给人使了个眼色。

很快,就有人上来分开了她们两个。

夏村长说:"我让你们三个站在这里,是因为我知道你们心里有鬼。我给你们一晚上的时间,明天早上不主动出来坦白,就别怪我不手下留情。"

他随即看向曼曼等人:"刚刚没有把话说清楚,再次请诸位见谅。"

说完,他离开了山坡。

山坡下的村民跑出来好几个,分别奔向段浩和袁向梅。袁向梅的母亲哭着说:"火到底是不是你放的?"

袁向梅拼命地摇头,段浩那边的家人亦是如此。

王寡妇孤身一人看着他们,默默地离开。

曼曼和秦薄他们回到了大通铺。

秦薄问："想不想离开？只要你想离开，我可以现在带你走。"

曼曼说："不，先不走。"

理智上来说，是应该要离开的。可是曼曼觉得艾家村里失踪的五个人，很有可能就在这个桃花源一样的村庄中。

方小猫说："曼曼不走，我也不走。"

张远说："那我也不走，这里好像很好玩。"

秦薄坐下来，慢慢地说了一句："夏村长他并不知道真凶是谁。"

曼曼一怔，随即就回过味来，也跟着点头，说道："你这么一说，夏村长确实像是不知道真凶是谁的样子。他应该是有推测了，但不确定是谁。"

方小猫愣愣地说："他不是可以做时空旅行吗？只要回到放火前的那天，在附近蹲守一晚，自然而然就知道发生什么事情了。"

此话一出，方小猫和曼曼都想到了一件事。两个人异口同声地说："有没有可能夏村长的时空旅行只是个幌子？"

张远说："你们的意思是夏村长根本不会时间旅行？"

秦薄说："等夜深了，我们出去看看。"曼曼也是这样的打算。

夜深之后，四人商量了一番，投票以压倒性的胜利将张远留下来看门。张远表示不服，说："你们有本事留艾曼曼看门！"

话音未落，果不其然就遭到了方小猫的蔑视。张远蹲在墙角，心里很受伤。他决定下次玩游戏的时候，要拟化一个萌萌的女性玩家！就这么愉快地决定了！

曼曼对于同秦薄和方小猫一块出去的决定，十分满意。

现在自己还处于危险尴尬的药效发挥期，总会碰上进退两难的境地，所以这个结果她很满意。

三人摸黑溜出大通铺。

曼曼低声问："我们去哪里看看？"方小猫同样将疑惑的目光投向秦薄。

尽管她很不喜欢他，可不得不承认，在三个人当中，他是最具有领导能力的人。

秦薄说："问题的根源。"

小猫和曼曼互望一眼，不约而同地看向那一座红墙绿瓦的屋子。它矗立在村庄里最高的地方，不论在哪里只要一抬眼就能清楚地看见它。

——神秘又庄严的祭师之屋。

三人当机立断，马上行动。夜里下了点儿小雨，地上微湿，隐隐夹杂一股寒气从脚底钻来，曼曼觉得有点儿冷。

系统提示：金主可以脱衣服给曼曼穿，以增加好感度。

方小猫开始悄悄地调出装备栏，准备挑一件又厚实又美观的外套给曼曼。选择

第十七章 新的命案

偶像作为职业的她，装备栏里满当当的都是时下流行的衣裳。

小猫打算等会儿从背包里将衣服取出来，这样曼曼就不会问她哪里来的衣服了。

但目前有个值得纠结的问题——

哪件衣服曼曼会比较喜欢呢？女孩子都有选择困难症！

三个人的站位是排成一列的，秦薄打头阵，曼曼在中间，方小猫殿后。

所以站在中间的曼曼完全看不到自己身后的方小猫调出了波澜壮阔的装备页面，上面摆满了让大多女孩子能尖叫出声的衣服首饰包包。

方小猫千辛万苦终于挑出一件满意的，完美的剪裁，少女心的香芋紫，轻便又保暖的材质，和她家曼曼的包子脸十分相配，还能彰显出曼曼白皙的肤色，以及明亮可人的漆黑双眼。

秦薄忽然停下来，扭头看了曼曼一眼。

"冷？"

"还好……"曼曼话音未落，秦薄脱了身上的风衣披到曼曼身上。

"穿着。"

之后，又转身继续往前走，仿佛刚刚没发生过任何事情一样，更加没有留意到方小猫一副要捶胸顿足的模样。

玩家方小猫：啊啊啊啊啊！要气死了！

系统：金主，做任务要趁早！

玩家方小猫：★★★★★★

系统：金主请不要说脏话，我无法辨识。

玩家方小猫：金主我决定改名字了！不要叫我金主了！以后我就叫"曼曼的最爱秦教授的最恨"！

系统：好的！曼曼的最爱秦教授的最恨！

在方小猫独自折腾着改名的时候，漆黑的夜里蹿出了一道人影。

秦薄拽着曼曼躲到一座屋舍后面，曼曼顺手拽着小猫一起躲。她扭头一看，正好见到系统说的最后一句话，嘴巴不由得抖了一下，心底有点儿无语。

短短十分钟，方小猫和系统做了什么？

方小猫也很疑惑，问："怎么了？"

曼曼回过神，手指放在嘴边轻轻地"嘘"了一声。

她指了指外面，方小猫探头望去，只见羊肠小径上多了一道风姿绰约的身影，是王寡妇。

她压低声音问："王寡妇半夜出来做什么？"

曼曼摇头表示也不知道。

秦薄忽然说："她手里拿了什么东西？"

曼曼望了一眼，说："鲜花和水果。"

秦薄："我知道，为什么要往河里扔？"

曼曼解释道："看起来像是祭奠什么人……"说完之后，曼曼一怔。

大半夜的，王寡妇把水果和鲜花扔进河里祭奠什么人呢？

方小猫说："我们跟过去看看吧。"

与段浩摸黑走路不一样，王寡妇挑着一盏灯笼，沿着羊肠小径走到河边。她边走边扔，走得很慢，可表情却很认真。

从头到尾，她一直目不转睛，没有开口说过一句话，仿佛在进行一种什么仪式似的。一个小时后，她才慢吞吞地离开河边。

小猫问："王寡妇是在祭奠什么人？"

曼曼猜测说："前天方静柔死了，难道是怀念方静柔？"

秦薄说："有人在我们后面。"

此话一出，着实把曼曼吓得寒毛都竖了起来。周遭静悄悄的，曼曼按捺住恐惧的心情，咽了口唾沫。

就在此时，有一道声音轻轻地响起。

"你们在这里做什么？"曼曼认出来了，是段浩的声音。

方小猫旋即翻译。

曼曼说："我们看到王寡妇出来了，所以跟着出来看看。"她轻咳一声，又说，"王寡妇在河边祭奠旧人，你知道她在祭奠谁吗？"

说着，曼曼又不动声色地打量段浩的神情，问："是不是王寡妇和方静柔关系不错？"段浩的眼神闪烁了一下，躲开了曼曼的目光，低着头说："王寡妇的丈夫是在河里淹死的。"

曼曼微怔："淹死的？"

段浩说："是的，前几年淹死在河里了。王寡妇家人早逝，她唯一的依靠就是她丈夫。她想念她丈夫的时候就会去河边，我们村里人都习惯了。"

有段浩在，秦薄和曼曼还有小猫也不便再去祭师那边打探，只好原路折返。段浩送他们回去，到大通铺的时候，曼曼问："你这么晚出来做什么？"

段浩又避开曼曼的眼睛，低着头说："我想我未婚妻了，所以去看看她，刚好碰见你们了。"

等段浩离去，方小猫说："你们觉不觉得段浩有点儿不对劲儿？"

曼曼说："哪里是一点儿不对劲儿？他是非常不对劲儿！"

琢磨了一下，曼曼又说，"他说半夜想未婚妻了，他未婚妻又不住在河那边，小河过去不远就是埋方静柔的地方,他该不会又想去挖方静柔的遗体了吧?"

思及此,曼曼顿时觉得毛骨悚然。夏村长说给真凶一个晚上的时间,第二天早上就要揭露真凶的面目。于是次日一早,段浩将曼曼一行人带到昨天的山坡上。

四人到达的时候,王寡妇也在,山坡下也聚集了村民,审视的目光大多落在王寡妇身上。尽管夏村长还没有判定谁是凶手,可在场大多数人都揣测是王寡妇。王寡妇仿若未见,她宛如高贵的女王一般,仰头看着晨曦。

没一会儿,夏村长也来了。

他问段浩:"袁向梅怎么没来?"说着,往山坡下扫了一眼,"袁家的人呢?"

有住在袁家附近的村民回答:"我们过来的时候,袁家的门是关着的,不知道是不是还没有起来。"有村民自告奋勇地说:"村长,我去叫他们过来!"

曼曼站得离王寡妇近,此时正好听到王寡妇呢喃了一句。

"不是不报,时候未到而已。"方小猫小声地给曼曼翻译。

曼曼不由得多看了王寡妇一眼,恰好与她的视线对上,心中"咯噔"了一下。王寡妇露出一种很奇怪的眼神,像是在嘲讽,可是又那么哀伤。

曼曼想起昨天晚上的王寡妇。

她忽然觉得王寡妇一个人在这个村庄应该过得不容易吧,年轻貌美,又孤身一人,在这里无依无靠,不像段浩和袁向梅,即便被人怀疑了,可身边还有家人在。

所以她才要泼辣,这样才不会有人欺负她。

也不知过了多久,夏村长都等得有点儿不耐烦了,去叫袁家人的村民还没有回来。夏村长让其他村民去看看。就在这个时候,方才去叫人的村民面色惨白地回来了。

他们脚步虚浮,仿佛见到了什么可怕的东西似的。

夏村长问:"人呢?"

村民打了个寒战:"一家四口全都死了。"

经村庄里的大夫判断,袁家的一家四口是中毒而亡。至于具体中的什么毒,大夫暂时判断不出来。

前几日方静柔刚被活生生烧死,如今袁家一家四口又送了命,一波未平一波又起,村庄里人心惶惶。大家七嘴八舌的,猜测究竟是谁杀了袁家的四口人。

大多数人的目光都有意无意地落在王寡妇身上。有和袁家要好的村民哀求:"夏村长,你可要还袁家一个公道啊!"

夏村长好一会儿才缓过神来,却连话也不说,直接转身离开。

曼曼怔了一下,问:"他去哪儿了?"没有人回应曼曼。

方小猫拉了个村民,询问了情况,才告诉曼曼:"他说村长又要进行时间旅行了。"曼曼问:"不找杀死方静柔的凶手了?"

方小猫说:"村民说村长一定会找出所有凶手,一定不会让凶手逍遥法外,在村子里杀人是要被万人唾弃的。"

曼曼若有所思地打量了一眼袁家的房子。

前天方静柔死了,昨天夏村长说今天一定要找到凶手,结果今天袁家的四口人都死光了。那么,袁向梅是畏罪自杀呢,还是知道了什么被人灭口?

夏村长说杀人犯就在袁妹子、王寡妇还有段浩之中,如今袁向梅已死,如果她不是凶手的话,那么……曼曼看向王寡妇和段浩。

王寡妇依旧面无表情,可唇角似乎有一抹若隐若现的嘲讽。

段浩完全心不在焉,一直在看着四周,仿佛在打量什么似的,和曼曼的目光一碰触,他先是闪躲了一下,随后又朝曼曼一笑。

"村长这一次也许要明天才能出来。"方小猫同步翻译。

曼曼问:"你知道是谁毒死袁家四口人的吗?袁家平时得罪过什么人吗?"

段浩挠挠头说:"袁向梅虽然泼辣刁钻,但袁家一家在村庄里人缘挺好的。唯一和袁向梅过不去的也只有王寡妇一人。"

说着,他抬腕看了一下手表。

"啊,我差点儿忘了,今早还没给我未婚妻送吃的。"

"我们跟你一块去,可以吗?"曼曼上前一步。

段浩愣了一下,随后才说:"哈……可以的可以的。"

前往方静宁居住的屋子的路上,方小猫用普通话小声地问曼曼:"你是怀疑段浩?"

曼曼说:"是,他老躲着我们的眼神,看起来像是有事情瞒着我们。而且……"大半夜把方静柔的遗体挖出来,这哪里是正常人能做得出来的事情?

进了方静宁的屋子后,段浩先招呼曼曼等人坐下。

他今天给方静宁准备的是白粥。方静宁仍然跟木乃伊一样躺在床上,眼珠子转动时也颇为僵硬。

段浩一口一口地喂着方静宁,不知道是不是曼曼的错觉,曼曼觉得段浩在喂方静宁的时候也是心不在焉。上次,曼曼觉得段浩对自己未婚妻是真爱,所以段浩喂粥的时候,她观察得格外仔细。

他相当细心体贴,每一口粥都是自己试了温度后才送进方静宁的口里。而今天他没有试温度,从碗里舀了一勺,就直接送进方静宁的嘴里。

曼曼问:"夏村长真的能找到杀害袁家人的真凶吗?"

"村长无所不能。"

曼曼正想说什么,忽然间在墙上见到一只巴掌大的蜘蛛。她脱口而出:"墙上有一只好大的蜘蛛。"

方静宁忽然被呛到了，猛地咳了好几声，段浩连忙拍着她的背。好一会儿，她才顺过气来。段浩扭头问方小猫："怎么了？"

方小猫翻译曼曼的话，说："墙上有一只大蜘蛛。"

曼曼问："这蜘蛛有毒的吧？我奶奶说蜘蛛长相奇怪、颜色鲜艳的，多半有毒。"

段浩往墙上瞥了一眼，说："哦，没毒。"说着，他直接伸手抓来蜘蛛，打开窗子放走了，然后又转身对他们说，"一到这个季节，就总有蜘蛛爬进屋里。它们很友好，不咬人的。"

离开方静宁的屋子后，张远问曼曼："你有发现什么线索吗？"曼曼摇头。

张远："那你跟着段浩有什么用？"

方小猫："曼曼做什么都是对的！你别质疑！"

秦薄此时忽然说："方静宁似乎听得懂普通话。"

此话一出，曼曼、小猫和张远都愣了一下。三人的目光齐刷刷地看向秦薄，皆是一张疑惑好奇脸。秦薄无视小猫与张远的目光，只看着曼曼，说："刚刚说到蜘蛛的时候，你是用普通话说的，所以段浩听不懂，但方静宁的眼睛却往墙上看了。"

眼神转移得很快，但还是被秦薄的眼睛捕捉到了。

曼曼惊诧地道："所以才被粥呛到了？"

方小猫说："不可能吧，方静宁在床上躺了好几年，段浩也说她是土生土长的村里人。整个村庄就只有夏村长一个人听得懂普通话吧？就算真的有人能听懂，那也应该是方静柔才对。方静柔是夏村长的妻子，耳濡目染之下，多多少少会听懂一点儿也是正常的。"

张远说："不对，那天村长说了普通话，方静柔听不懂。我们说话的时候，她就是一副完全听不懂的样子。"

"不对！"曼曼摇头。

张远问："什么不对？我……"

张远不自觉地拔高语调，但看到方小猫凶巴巴地看着自己，语调又不自觉地降低，谄媚着一张脸，"艾曼曼同学，您请讲，我哪里不对？您说，我改。"曼曼仍然缓缓地摇着头。

她似是想到什么，表情严肃地说："我想起了一件事，你们记得我们刚到这个村庄的那天晚上吗？夏村长和方静柔款待我们吃晚饭，我问夏村长方静柔身后怎么会有快递包装袋。"

方小猫和张远齐齐点头。

秦薄看了曼曼一眼，说："你是说方静柔装听不懂普通话？"曼曼给了秦薄一个赞赏的目光，点了一下头。

"等等……"张远还是一头雾水，问，"怎么看出来的？"

曼曼说："我当时根本就没看方静柔身后，直接问夏村长怎么会有快递，但是你们发现了没有？方静柔是第一个转身去看后面有什么的。"

张远回忆了一下，确实如此。

方小猫说："所以如果方静柔听不懂的话，她根本不会转身去看快递？"

曼曼点了点头，说："对！"

然而，几个人又有了新疑惑。

——为什么方静柔要装作听不懂呢？

就在此时，山坡上有人敲锣打鼓。不少村民都从屋子里探出头来，很快，曼曼知道夏村长时间旅行回来了。她看了一下时间，今天倒是很快，不到一个小时就出来了。夏村长再次让人在山坡前集合。

村民们问："村长，看到凶手了吗？"

夏村长却是望向曼曼他们，问："你们三个昨晚鬼鬼祟祟去哪儿了？"

曼曼一听，心中惊了惊。

秦薄说："出来走走。"

夏村长眼神微深："你们该知道我们村庄的规矩，祭师的屋子谁也不能进的。我劝你们谨言慎行。"曼曼更是惊诧。

夏村长时间旅行了一趟，居然连他们昨晚想做什么都弄得一清二楚。难不成时间旅行是真的？

曼曼轻咳一声，镇定地说："我们当然知道你们村庄的规矩，我们就是在屋子里待得闷，想出来走一走。"

夏村长淡淡地说："那就好。"

说完，夏村长的目光望向村民。村民们一脸期待地看着夏村长。

此刻，只听他清清嗓子，沉声说："我刚刚经历了一场时间旅行，重回昨天悲剧的现场，然后发现了下毒的人。"

他伸出手，指向了王寡妇。

"你往袁家的水里投了毒，是蛇毒吧？你的屋子里养了两条毒蛇，为的就是有一天毒死袁家四口。"王寡妇耸耸肩，扯出一抹笑容。

她轻描淡写地说："是呀。"

竟然承认了！

第十七章 新的命案

第十八章

WO DE HUA FENG BU TAI DUI

祭　师

王寡妇的承认，让村民们的怒气瞬间飙到了顶端。
"最毒妇人心！"
"我就知道是她！她一直看袁妹子不顺眼！村里就只有她这么歹毒！"
"难怪我每次经过她的屋子都觉得毛骨悚然！里面居然养了毒蛇！"
"毒蛇配毒妇！"
"夏村长一定要给袁家四口一个公道！"
众人你一言我一语的，方小猫不知该听谁的，只好拣没那么粗俗的给曼曼翻译。某些粗俗的字眼，方小猫自动忽略了。

那么难听的话，不能侮辱她家曼曼的耳朵！

曼曼完全没想到王寡妇会承认得这么痛快。

在她说"是呀"二字的时候，曼曼发现她毫无惧意，是如此坦坦荡荡，仿佛早已知晓事情会败露。曼曼仔细地打量着王寡妇。

而就在此时，方才还七嘴八舌的村民们开始振臂高呼。

说的都是一样的话。

张远目瞪口呆地说："哇，好像演电视剧。"

曼曼见到方小猫脸色微变，问："小猫，他们在说什么？"

方小猫深深地呼吸一口，才说道："他们在喊，处死王寡妇。"

数十人在山坡之下异口同声地高呼。

"处死她！"

"处死她！"

"处死她！"

一模一样的神情，一模一样的动作。不一样的脸孔却有着同样固执而又可怕的神情。

夏村长举起双臂，村民们的呼喊声戛然而止。

他们仰着头，虔诚而又崇拜地看着夏村长。

夏村长垂下双臂，看着王寡妇，说："你知道我们村庄的规矩，袁家四条人命，你必须一一还清。"

王寡妇一声不吭。

曼曼倒是有些愣怔，王寡妇只有一条人命，要怎么还袁家的四条人命？

曼曼正思考时，夏村长一抬手，立刻有两个壮汉一人一边抓住王寡妇的胳膊，拖着她跟上村民们的脚步。曼曼没想到时至今日，居然还有这样的陋习存在。

张远问夏村长："你们要杀死王寡妇？"

夏村长说："这是我们村庄的规矩，你们外人不必管。"

说罢，夏村长跟上大部队的脚步。曼曼、秦薄还有方小猫、张远四人面面相觑。

曼曼说："我们跟上去看看。"剩余三人同意。

高台上有一根粗壮的木桩，王寡妇被捆在木桩上。高台下的村民皆是一副义愤填膺的模样。夏村长站在高台上，正和段浩说着什么。

而高台上的王寡妇依然面不改色，仿佛对死亡毫不畏惧。

夏村长问她："为什么要毒害袁家四口人？"

"哦，他们该死。"她语调平淡，没有丝毫起伏，像是在叙说一件微不足道的事情，"是他们害死我的丈夫，我丈夫不懂水性，是他们一家为了夺得我家的土地故意害死我的丈夫！他们是最该死的人！一家四口联合起来欺负我丈夫！我不过是以牙还牙，以眼还眼，我哪里错了？不，我没有错！错的是他们，死的人也该是他们。我为我的丈夫报仇哪里有错？这才是真正的天经地义！"

高台下的村民你看我我看你，皆有些愣怔。

夏村长说："你丈夫的死和袁家没有关系。"有了村长的这句判定，底下的村民又喊道："王寡妇你血口喷人！你这个心肠歹毒的女人！死到临头还要诬蔑袁家！你的心是黑的吧！"

王寡妇轻蔑一笑，她直勾勾地看着夏村长。

"夏正业，你心知肚明，你是因为袁向梅才包庇袁家四口的！"

夏村长面色铁青地道："古语有云，人之将死，其言也善，你却一次又一次地挑战我的底线，诋毁我的名声。"

"我不惧怕你们任何人，我问心无愧！夏正业你敢说一句问心无愧吗？"她拼劲全力地吼道，"你一直在欺骗我们！你根本不会时间旅行，这都是你骗我们的手段！你……"

"砰"的一声，村民们将石头扔向了王寡妇，话音戛然而止。

夏村长淡淡地说："质疑我就是质疑上天！"

此时此刻的王寡妇已然气若游丝，喊出来的话都是那么有气无力："夏正业，你知道谁是杀死你妻子的真凶吗？"所有人的动作停了下来。

第十八章　祭师

夏村长盯着她。

她仰天大笑:"我知道你根本不知道!我死了,你更加不知道!你真以为方静柔不知道你和袁向梅的事情吗?她什么都知道!你以为所有人都被你蒙蔽了吗?哈哈哈哈哈,没有!夏正业,你早已众叛亲离了!"

提起死去的爱妻,夏村长的面色蒙上一层阴霾。

他命令:"段浩,让她住嘴!"

半晌,才有个村民上来说:"禀告村长,段浩肚子疼上茅厕去了!"

夏村长说:"你去让她住嘴!"

"是!村长!"得到村长的命令,村民一副与有荣焉的模样。

秦薄遮住了曼曼的眼,曼曼心情很复杂。

王寡妇杀了人,她应该被绳之以法才对的。

现在王寡妇活生生地被村民折磨,曼曼有些不知所措,她无法适应这里自成一体的"社会"。

秦薄说:"你想救她的话,我现在可以动手。"

张远连忙摇头:"不能救,他们人太多了,王寡妇罪有应得。"

曼曼拉下秦薄的手,说:"我现在很矛盾。"

秦薄说:"我不关心其他人想什么,我只在意你想什么。你怎么高兴,我就怎么来。"

曼曼说:"我没有资格决定任何人的生死,但是……"

她咬咬牙,蓦然大声地喊道:"夏村长!你处死了王寡妇,嫌疑人就只剩段浩一个,你要怎么名正言顺地给你妻子讨回公道?就算王寡妇要死,也得在找出杀死你妻子的真凶之后!"

曼曼的呼喊声吸引了夏正业的注意力。

方小猫怕其他村民听不懂,赶紧开口翻译。

村民们听了也觉得有些道理。为袁家报仇了,那方静柔呢?总不能把人弄死了就算报仇了吧?好歹也得知道谁才是真正的凶手,这样的报仇才是真正的报仇。

曼曼又喊道:"现在袁向梅死了,王寡妇也半死不活,剩下段浩一个,夏村长你就不要卖关子了,赶紧说谁是凶手吧。"

方小猫很尽职地同步翻译。

此时,有村民也疑惑地问:"对呀,凶手到底是谁?是谁烧死了您的妻子?"

"是她。"夏村长指向了王寡妇。

村民们顿时愤怒到了极点。

"五个人!"

"居然杀了五个人！"

王寡妇气若游丝地冷笑了一声，她忽然重重地将头往后一撞，闷哼一声。

王寡妇死了。

村民们拍手称快，甚至有人露出遗憾的神色。

渐渐地，村民们散去。

王寡妇被暴晒在太阳之下，有风拂来，吹过她的发梢，苍白的脸上似乎还浮着嘲笑的表情。

夏村长从高台上下来，向曼曼他们走来。

王寡妇的死去，真凶的指出，令夏村长又恢复了几分初见时老好人的形象，但方才村长残忍愚昧的刑罚让曼曼无法直视他，甚至有了七八分厌恶。

夏村长微笑道："真凶已经找了出来，你们可以回去了。"

他抬头看了一下天，又说："不过现在天色已晚，你们出去也不方便，恐怕会有危险。不如再留一夜吧？这几天我们村庄里发生了太多的事情，是我招待不周，以后你们有空再来的话，我一定好好招待你们。"

说着，他看看四周，又道："段浩不舒服，我带你们回屋子吧。"

秦薄说："不必，我们自己回。"

曼曼也说："不用劳烦村长了，这几天我们已经熟悉路了，能找着回去的路。"

小猫和张远点头附和。

夏村长并没有再坚持，眼神微微一深。

"你们且记住，我们村庄和外面不一样，规矩必须要守，祭师神圣不可侵犯。"

待夏村长离去后，曼曼的眉头拧如山川。

小猫说："曼曼，你是不是不喜欢夏村长？我帮你灭了他！"曼曼摇头。

"我觉得有点儿不对劲儿。"

张远问："哪里不对劲儿？"

曼曼说："我觉得夏村长指认王寡妇，是逼不得已。在刚刚那样的情形之下，他指向王寡妇的时候，竟然犹豫了。他也许不知道真凶是谁，但在村民面前不能承认。"

方小猫摸着下巴，说："之前我们不是说他的时间旅行只是个幌子吗？但他却知道我们昨天晚上做了什么，连想去祭师的屋子的心思都知道得一清二楚。究竟是为什么？"

玩家方小猫：这到底是为什么？

系统：不在服务区范围之内。

玩家远古星人好有趣：金主！这是没开发的地图，莱维特都没在这里创建游戏，系统肯定不知道。

玩家方小猫：真奇怪。

曼曼瞄了一眼两个人的游戏对话框，不动声色地收回目光。

她微微沉吟，又有了新疑问："夏村长的时间旅行似乎时灵时不灵，王寡妇的事情灵了，可方静柔的事情……"

顿了一下，曼曼又说："他如果真的知道王寡妇就是真凶，为什么不早早提出来？如果我没有撺掇村民，他恐怕都不会出来指认王寡妇就是真凶吧。"

这个"桃花源"村庄犹如一个谜团，越发扑朔迷离。

秦薄忽道："方静宁听得懂普通话，想必对外面的事情知道一点儿。"

曼曼顿时觉得有理，点点头。

"我们去看看方静宁。"然而，一行人到达方静宁的屋子时，门是锁上的。

前几次过来的时候，屋子都没有上锁，段浩还说了方家的爹妈早逝，就剩下两个女儿。照顾方静宁的一直是他这个未婚夫，还有方静柔，平时方静宁一个人的时候，屋子的门也不会锁上，有个风吹草动，邻居也能来搭把手。

曼曼绕到窗边，窗子也遮掩得密密实实的。

正好邻居回来，瞧见曼曼等人，认出了村子里的外来客人，说："村长夫人死后，段浩就把自己的未婚妻看得特别紧，生怕她姐姐把她带走了，进进出出都上锁。你们想探望方静宁的话，得去找段浩开门。"

说完，邻居就钻进自己的屋子，嘟囔了句："真是晦气，几天连着死了五个人，村里就不该来外人。"

尽管声音很小，可方小猫还是听到了，她翻译给曼曼听。

曼曼不以为意，只说："段浩不是肚子疼上茅厕了吗？怎么上了这么久？"

秦薄问："你想进去？"

有过前车之鉴，曼曼听秦薄这么一问，就知道他想撬锁了，当初老旧小区的锁头，他轻轻一拧就开了。这种落后的村庄的锁头，于他而言是小菜一碟。

曼曼赶紧摇头，说："等段浩回来再说。"

秦薄这才收回手。

十分钟后，张远等得不耐烦了，说："我去找段浩。"

话音未落，段浩就出现了。他一副气喘吁吁的模样，脚底满是泥泞，明明是不热的天，可他一头汗水。见着曼曼等人的时候，他诧异地道："你们怎么在这里？"

曼曼说："我们明天就回去了，想离开之前来探望一下你的未婚妻。"

段浩不自在地道："不用了，宁宁她今天不舒服，吹不得风。你……你们的这份好意我和宁宁心领了，等宁宁再好一些了，我会向她转告的。"他抬腕看手表，说，"我家里还有点儿事，不能陪你们多聊了，再见。"

段浩走，张远就说："焦躁、紧张，连平时戴手表的手腕都抬错了，典型的说谎现象。"话一说完，张远就在游戏框里哈哈地笑。

方小猫瞥了他一眼。

"段浩藏不住心思，想什么都写在脸上，你不用装侦探。"

张远幽幽地说："艾曼曼这么说的话，你肯定给她捧场。"

方小猫理所当然地说："废话，不给曼曼捧场，难不成给你捧场？吃什么醋！忍着！"

张远："金主我错了！"

曼曼已经习惯他们两个无论何时何地都能吵起来了，转头看向秦薄，低声问："你怎么看？"

秦薄却"嘘"了一声。

曼曼微怔，只见秦薄闭目，不到一分钟，他睁开眼告诉曼曼："屋里没有人。"

三个问号飘上了曼曼、方小猫、张远脑袋的上空。

没有人？方静宁不在屋子里？她去了哪里？

不对，段浩把她带去了哪里？又为什么要欺骗他们？

曼曼说："方静宁行动不便，如果段浩背着她走的话，在这小村庄里应该很引人注目。附近的村民不可能没有察觉。除非……"

"在所有村民都在看处死王寡妇的时候。"秦薄接着说道。

曼曼重重地点头。

小猫问："段浩为什么要在处死王寡妇的时候运走方静宁？村子就这么点儿地方，又能运去哪里？"

"等等！"曼曼忽道。

张远好奇地问："你是推理出什么了吗？"

曼曼有一个相当可怕的想法。

她说："你们说，有没有可能被烧死的人不是方静柔，而是方静宁？你们想想，方静柔和方静宁是姐妹，两个人身高体形差不多，方静柔被烧得面目全非，如果那天被烧死的是方静宁的话，方静柔装方静宁也是易如反掌的事情。方静宁被纱布包得如同木乃伊，容貌也看不出来。要是这个猜测成立的话，就可以解释一件事，为什么段浩要在半夜挖方静柔的遗体。就是因为他识破了方静柔的伪装！所以才会冒天下之大不韪去挖他崇拜的村长的老婆的遗体。"

此话一出，唬得张远一愣一愣的。

小猫茅塞顿开地道："这么说来，不是没可能。"

第十八章 祭师

张远问："如果是真的的话，那为什么段浩不揭发方静柔？烧死的人是他未婚妻！"

曼曼说："方静柔那里，肯定有点儿隐情。如果我这个推测是真的，那么就可以证明一件事，夏村长根本不会时间旅行，他连自己妻子被调包了都不知道。"

张远问："那现在方静柔去哪里了？"

曼曼说："如果方静柔不想被发现的话，其实一直假装方静宁是最好的办法。但现在她选择了离开这个安全的屋子，肯定是有另外一个值得她舍弃安全的地方。"

曼曼忽然想起了小彩。

小彩说这里有个大姐姐，给了她一颗糖果，还是进口的糖果。在这个村庄里，能有进口糖果的女人，很有可能就是方静柔。

方静柔放了小彩。

"会不会方静柔已经离开这个村庄了？"答案是什么，四人都只能猜测，并无真凭实据。

眼下已经将近黄昏，没有通电的村庄黑压压一片，昏黄的油灯无法驱走春夜里的严寒。四人决定先回大通铺，解决了晚饭再说。

然而回到大通铺后，张远的游戏状态成了系统托管，几乎是瞬间下线的。方小猫愣了一下，私聊张远。

玩家方小猫：怎么突然下线了？信号不好？

张远没有回她。

五分钟后，张远仍然是系统托管的状态。

玩家方小猫：身体不好就别当网瘾少年了好吗！

曼曼微怔。

咦？两个人难道在现实中认识？

很快，方小猫也下线了，头顶也变成了托管状态。

曼曼收回目光时，和秦薄的视线撞上。他问："你为什么总看向他们的头顶？"

曼曼说："哦，他们好像没洗干净头，我老看到头皮屑，一直犹豫要不要告诉他们。"心思一转，又发现此时此刻剩下两个人独处了。

曼曼掰着手指头算了一下，过了今晚，再熬三晚，美梦成真药剂的药效就要结束了！到时候她就解放了！

"秦薄，你和我说说你们星球的事情吧。"曼曼语调微微上扬。

曼曼这会儿已经习惯"美梦成真"的药效了，横竖在秦薄面前已经颜面尽失了，她现在整个人都豁出去了！

秦薄的目光落在她身上，缓缓一顿，又挪到了方小猫身上。

他似是在沉思。

曼曼说:"你为什么盯着方小猫?"

啊!自己怎么会问这种问题!

秦薄说:"方小猫不对劲儿。"

她当然不对劲儿!

人都下线了!

现在是中规中距的系统掌管她的身体了!

不过秦薄的话有奇效,他一提方小猫,方小猫就扫了过来:"我哪里不对劲儿?你才不对劲儿。"

系统显然摸清了方小猫的性格,回答得很有方小猫的风格。

就在此时,有人敲了敲门。

曼曼问:"谁呀?"

回答曼曼的是一道略微沙哑的声音。

秦薄倒是听出来了,是这几天他和方小猫早上都过去打豆浆的主人家的妻子张婶。曼曼听了,毕竟吃人嘴软,便让秦薄去开门。

张婶披星戴月而来,手臂里还挎了一个篮子。她一笑,眉眼挤满慈祥的皱纹。

"我听夏村长说你们明天就离开了,特地给你们做了晚饭,还打了四杯豆浆。以后有空的话,记得常来我们村庄里玩。"曼曼连忙道谢。

张婶说:"你们先吃,吃过了我来收拾。"

曼曼和张婶客套了一番,张婶才离开。

篮子上的粗布一掀开,是地地道道的农家菜,还有热气腾腾的豆浆。

秦烨饿了一整天,趁方小猫和张远不知在说什么悄悄话的时候,嘀咕道:"赶紧吃,我现在饿得可以不顾环境随便吃!"

两个人意识共存,本就需要更大的能量补给。

曼曼倒不是很饿,且因为今日王寡妇的惨状历历在目,她胃口不太好。她招呼张远和方小猫过来吃饭,两个人虽被系统托管,但一举一动都很人性化,该吃吃,该睡睡。

系统甚至模仿方小猫讨好曼曼,把自己的豆浆给曼曼喝。

曼曼说:"不用了,我晚上不想喝豆浆。"

系统方小猫说:"好的!我替你喝!"一咕噜,两杯豆浆进了方小猫的肚里。

饭后,张婶来收拾了碗筷,离开时还对四人道了句晚安。四人聚在一块,开始商量今晚要做什么。

他们自然不会坐以待毙,本来不确定的,可现在根据村庄的情况,艾家村里失

第十八章 祭师

踪的五个年轻人极有可能就在这个村里。"

曼曼觉得来都来了，得给艾家村的五户人家一个交代。

而整个村子里他们唯一没有找过的地方，就剩下那座村民口中神圣不可侵犯的祭师之屋。四人商量了一番，最后决定兵分两路。一路前往祭师之屋，一路盯着段浩，以及寻找方静柔。若是以往，必定是曼曼、秦薄、小猫一路，张远单打独斗。

然而被系统托管的小猫并没有本尊的战斗力，不用两句话就被秦薄打败，乖乖地和张远凑成一队。

曼曼担心系统托管的战斗力不够，自告奋勇挑了比较危险的去处——前往祭师之屋。夜深人静时，四人悄悄出动。

曼曼说："如果夏村长又发现我们的意图，那该怎么办？"

秦薄说："单挑。"

秦烨拍手称赞："我就喜欢你这么霸气！"

曼曼觉得秦烨现在就是秦薄的疯狂粉丝！

若非药效尚在，她一定想抱怨几句，可她知道现在的自己一开口，必定惹事，索性闭嘴。

从大通铺前往祭师的屋子有一条捷径，但为了避人耳目，他们挑了远路。

从外围的小河绕道，穿过小树林，直奔山坡上的目的地。

然而，万万没想到的是，穿过小树林时，两个人又碰上了段浩。段浩并没有发现他们，他全神贯注地铲土挖尸。曼曼与秦薄躲在树丛后，十分隐秘。

曼曼低声说："如果我的猜测是正确的，段浩现在是想缅怀自己的未婚妻？"

段浩戳在路中间，两个人担心被发现，也不好绕道，只能等段浩挖完。兴许是有了上一次的经验，这一次段浩利索得多，很快就把遗体从棺木里抬了出来。

这一次，他没有隐忍痛哭，而是果断地将棺木埋了回去，又将坑填满，一切恢复原状，除了身边多出一具遗体。

曼曼正纳闷段浩想做什么时，他已经背起了挖出的遗体。

大半夜里，借着清冷的月光，这场景显得格外可怕。曼曼不由得打了一个冷战。

秦薄捏住她的手。

曼曼朝他摇摇头，以示自己不是害怕，只是觉得场景有点儿诡异。

蓦地，漆黑的树林里出现了火光。段浩脚步一顿，脸上露出恐慌的神色。不过须臾，夏村长已经出现在段浩的面前。

"段浩，你背着我妻子去哪里？"夏村长愤怒地问。

曼曼内心却"咯噔"了一下！

糟了！没方小猫和张远这两个人形翻译机在，她不能完全听懂他们在说什么！

不过很快！曼曼急中生智，她背对光亮，打开手机开始录音。听不懂没关系，录下来回去问方小猫就好。

段浩慌张地道："我……我……我……"

夏村长上前一步。

段浩后退一步。

夏村长面露凶光，说："还给我。"

段浩犹豫了一下，似是想起什么，他坚定地摇头："夏村长，这是我的未婚妻，我不能还你。"曼曼顿时和秦薄对望一眼，两个人都听懂了"未婚妻"三个字。

果然和她猜测的一模一样！死的不是方静柔，而是方静宁！

他又说道："我未婚妻已经为她姐姐的梦想牺牲了，我只想让她回到原位，以我的未婚妻身份下葬。夏村长，静柔姐一直活得很痛苦，她求你放过她，她不想留在村子里了，她渴望外面的世界，所以才会……"

"住嘴！"夏村长猛喝一声。

段浩颤抖了一下，又鼓起勇气说："宁宁以死成全了静柔姐，我只是想替宁宁完成她的心愿。静柔姐已经离开了，她……她说夏村长您可以再找第二个袁向梅，甚至是第三个第四个。"

他眼泪流了下来，接着跪下说道："夏村长，求求你了，这是宁宁，不是静柔姐。你把宁宁还我吧。我什么都不要，只想要宁宁。"

夏村长踢开他，他恶狠狠地道："段浩，你是帮凶，你坏了村子的规矩，我要代替上天惩罚你！"

夏村长拔出一根棒子，只听"吱吱吱"的声音响起，段浩晕倒在地。

夏村长瞥了一眼遗体，说："背叛我的人都该死！"

不多时，夏村长带来两个壮汉，一个带走了段浩，另外一个把方静宁的遗体重新埋了回去。待他们离去后，曼曼才从树丛后出来。

曼曼说："我们先去找小猫和张远。"秦薄同意了曼曼的建议。两个人迅速回到大通铺，可是等到了约定时间，方小猫和张远却迟迟没有回来。

曼曼说："怪了，怎么他们还不回来？"

她一扭头，却见到一张神色古怪的脸……秦薄？不，是秦烨！

秦烨一头雾水地说："奇怪，秦薄怎么突然消失了？"

第十八章 祭师

第十九章 拯救

WO DE HUA FENG BU TAI DUI

曼曼闻言，不由得一愣。

秦烨喊："秦薄？秦薄！外星人同志？"体内久久没有反应。

秦烨有些纳闷。

刚刚还好好的，突然间人就不见了。他摸摸胸腔，感受了一下，说："他像是在我体内沉睡，不过有点儿奇怪，之前他要休息的时候会提前和我打招呼，可今天他突然间就消失了，没有任何征兆。"

曼曼说："也许是累了，这几天他为了保护我们，一直没有休息过吧？"

仔细一想，确实如此。

秦薄大抵是不放心方小猫和张远，又觉得这个村庄分外诡异，白天守卫的是他，夜里守夜的也是他。

"不。"秦烨似是想到什么，对曼曼说，"我怀疑今晚的饭菜有问题。"

曼曼说："可我还是好端端的，怎么……"话还未说完，曼曼的表情凝重起来，她与秦烨对视一眼，不约而同地道出两个字："豆浆。"

小猫和张远是喝了豆浆的，秦薄也喝了，只有她一个人没喝。

秦烨说："今晚吃饭的人是秦薄，不是我，豆浆里应该下了药，可以麻痹神经。"

曼曼觉得秦烨说得有道理。

方小猫和张远虽然是游戏玩家，但在玩游戏的时候接受地球人类的设定，是一样可以被下毒的。思及此，曼曼咽了口唾沫。

如果说张婶在豆浆里下了药，那肯定是有所图。

图什么？

猛然间，曼曼又想起在村庄的第一夜，她和秦薄感觉到外面有人，但出去后却又没发现什么人。会不会从他们进入村庄的第一天开始，就被盯上了？

真是细思极恐。与此同时，外面传来窸窸窣窣的声音。

秦烨问："什么声音？"

曼曼竖耳倾听，是极轻的脚步声。

窗子外亦有道黑影若隐若现，曼曼冷喝一声："谁在外面鬼鬼祟祟的？"

外面迟迟没有答复。

秦烨说:"会不会是张远他们?"

曼曼心想:肯定不是。

只要张远和方小猫出现,尤其是在晚上,隔着几百米都能见到他们头顶发亮的游戏任务框。秦烨也在自己的话音落后就否认了,怎么想都不可能是张远他们。

他焦躁地挠头,说:"糟了!"

曼曼在找可以防卫的武器,然而大通铺里没什么能用得上。唯一能砸人的只有她用压岁钱买的新手机。

一转头,看到秦烨一脸忧愁地看着自己。

"曼曼。"

"啊?"

"等会儿要是有人想对我们不利,我拖住他,你跑。"秦教授自知没了秦薄在,手无缚鸡之力的他武力值低得可怜。

曼曼没想到秦教授居然愿意舍己为人。

而此刻,秦烨又说:"你要有个三长两短,秦薄没了高级营养剂的补给,也许就不会告诉我他母星的事情!我还想拿诺贝尔奖呢!"

曼曼抖抖嘴,说:"我就知道你是这样的人!少乱想些有的没的。我们在这里跑不出去,整个村庄都是人。"

本来曼曼心里有几分害怕的,可秦烨这么插科打诨一下,曼曼顿时来了勇气。

她一拍秦烨的肩膀,说:"别怕!我保护你!"

秦烨不由得一愣。一抬眼,就见到曼曼站在他面前。

外面有人"砰砰砰"地拍起门来,曼曼回过头,忽然盯着秦烨。

"我抱你一下,秦薄会不会醒来?"秦烨睁大眼睛,往后退了两步。

"我拒绝。"曼曼往前走一步,说:"紧要关头,秦教授你牺牲下,我就抱一下!"秦烨的耳根子慢慢溢出红晕。

"秦教授,你……"曼曼叹了一声,说道,"本来我不想这么做的,但想了想,还是只能这样做。"

她张嘴就咬自己的手。

秦烨问:"你在做什么?"

曼曼说:"咬出血唤醒秦薄。这种情况下,秦薄不在,我们只能任人宰割。"

说完,她继续咬。

一分钟后,曼曼觉得电视剧都是骗人的,她没能咬破自己的皮,只在手掌上留下深深的齿印。

第十九章 拯救

她一狠心，说："秦教授，要不你来咬我吧？我自己舍不得咬出血。"

就在此时，大通铺的门被踢开了。

一道壮实的身影出现在两个人面前，后面还跟着两个壮汉。曼曼认出来了，是前不久处理段浩的人，应该是夏村长的心腹。

他目光灼灼地看着曼曼和秦烨，对身后的两个人不知说了什么。

曼曼听不懂。

然后，两个人一脸戒备地盯着秦烨，松动筋骨，一步一步地上前。

不到五分钟，秦烨被擒，曼曼也被打晕了。

曼曼是被冻醒的，她只觉有股寒气从背脊传来，一点一点爬满她的全身。

眼睛缓缓睁开，入目之处，伸手不见五指，只能隐约察觉到地面的潮湿和阴冷。曼曼觉得脖子有点儿疼，她边摸着脖子边坐起，环顾四周。待眼睛适应了黑暗后，曼曼感觉到身边有微弱的呼吸。

"秦教授？秦烨？"

没人回她。

她试探着伸手触碰，在有温度的脸上摸了摸，确认是秦烨后才微微松了口气。

她探向口袋，果然，手机不见了。

曼曼试着叫醒秦烨，然而唤了好几声，秦烨都没有反应。目前，她唯一能确认的是，她和秦烨被关在一个伸手不见五指的地方。

而小猫和张远并不在。就在此时，曼曼听到一道轻微的痛苦的呻吟声。

曼曼正襟危坐。

"谁在这里？"

又是一句呻吟。

曼曼可以确定不是秦烨发出来的，她小心翼翼地循着声音走去。冷不防地，鞋底传出一声轻响，似是踩到了什么异物。

曼曼蹲下来探了探，入手冰凉彻骨，有点儿像是筷子，但又比筷子粗一点儿。可惜此处无光，只能靠感觉判定是什么。曼曼判定不出来，索性重新放下。

刚走一步，又有新的异响。

两步，三步，四步……"咔嚓咔嚓"的声响，疑似什么断裂的声音。

曼曼的第五步僵住了。

她咽了口唾沫。

好半天才鼓足勇气重新探向地面，这一次的触感依旧冰凉，但不是筷子的触感，像是……

"啪"的一声,曼曼松开手,脸色煞白,她知道是什么东西了。

曼曼庆幸自己胆子够大,尽管此刻害怕,可还是镇定地循声往前走。

一路上,异响不断。她停下脚步,来到了呻吟声发出的地方。离秦烨所在,约莫有二十八步。

"嘿?"

冰凉的手抓住了曼曼的脚踝,张嘴就是曼曼听不懂的语言。不过曼曼辨认出了这个声音,是段浩的。看来夏村长把段浩一块扔到这个伸手不见五指的地方来了。

大抵是有个活人的缘故,曼曼心里的害怕渐渐驱散。

她耐心地说:"你别动。"只求段浩能听懂她的普通话。

曼曼蹲了一下来。

她刚蹲下来,段浩又一把抓住她的手摸向自己的手腕。曼曼碰到了他视若珍宝的手表,微微一怔:"手表?"段浩应了一声。

曼曼解开他的手表,很快,发现了段浩的意图。

手表是夜光的。

曼曼借着段浩的手表终于看清了自己所在的地方,是一个五十平方米左右的地下室。

她数了数,正好是五个人的骸骨。骸骨上还有衣物,其中有一件曼曼有点儿印象。她奶奶喜欢织毛衣,艾家村里的年轻人几乎都收过艾婆婆的毛衣。

曼曼倒吸一口冷气。如果没有猜错的话,这里的五具骸骨就是艾家村失踪的五个年轻人。

艾家村五个年轻人的尸骨散落在这里,意味着什么,已经很明显了。她和秦烨,甚至是不见了的方小猫和张远,迟早也会沦落到如此境地。

曼曼打了个冷战。

段浩痛苦地呻吟了一声,拉回了曼曼的思绪。

她反应过来,低头查看段浩伤着哪儿了,很快发现夏村长相当残忍,先前在树林里用电击棒,后面居然还补了刀。他小腹上的衣衫已经被鲜血浸透。

他断断续续地说了几个字。

尽管曼曼很有语言天赋,精通三门外语,可饶是如此,还是听不懂他们的方言。

两个人鸡同鸭讲。

曼曼比画肢体语言,希望段浩能看懂,她指着自己,又指着不远处被打晕的秦烨,又比出两根手指头,问方小猫和张远在哪里。

在秦薄被打晕的情况下,曼曼认为向方小猫和张远的求救是最正确的。

这里没有任何手机和网络信号,但小猫和张远的游戏系统能用。只要他们结束

第十九章 拯救

系统托管,在宇宙频道里喊一声,马上就会有其他玩家飞过来开发这个莱维特也没发现的副本地图。

而且曼曼知道一件事。

到了方小猫这个级别,升级的难度加大,每升一级都会有现实中的随身提示。她记得小猫的经验离升级不远了,而曼曼作为其中的一个攻略任务,助她升级不是难事。

段浩艰难地伸出手,指向东边。

曼曼电光石火间就明白了段浩的意思:"在你们祭师的屋子里?"

一顿,曼曼又用方言重复了一遍"祭师"两个字。

来这个村庄几天,最常听到的就是村民喊祭师和村长。段浩似是松了口气,点了点头。

倏地,有脚步声响起。曼曼知道外面有人来了,她赶紧回到原位装昏迷。

不多时,有光亮传来。

曼曼竖起耳朵倾听,是两道脚步声,其中还有一道尖锐的嗓音,用方言飙了一串又一串的话。曼曼虽然听不懂,但是她认出来了。

那道尖锐的嗓音来自方静柔。

她心中"咯噔"了一下,方静柔居然被抓回来了?

只听一声闷哼,曼曼感觉到有人被推倒在地,夏村长不知说了什么,语气听起来很是愤怒。方静柔的声音也很愤怒,两个人像是在吵架。

最后以一巴掌和"砰"的甩门声作为结束,屋里再度陷入伸手不见五指的黑暗。

曼曼听到方静柔在哭泣。

她哭得稀里哗啦,不停地啜泣。而此时,段浩那边又开始呻吟。方静柔这会儿才发现段浩的存在。两个人用曼曼听不懂的方言说了好几句。

曼曼这会儿才将段浩的夜光手表拿出来。

同时,也看清了方静柔脸上的巴掌印。刚刚的那一巴掌居然是夏村长甩的。

曼曼对上了方静柔的视线。

方静柔动了动嘴,用一口生硬蹩脚的普通话说:"段浩说你的那两位朋友被关在了祭师那边,如果今晚你救不了他们,他们必死无疑。"

曼曼感动得热泪盈眶,终于找到一个毫无交流障碍的人了!

她问:"这里的五具骸骨都是艾家村的人,对吗?"曼曼内心疑问太多了,可饶是在这种紧要关头,曼曼瞧见方静柔一副娇俏可人的模样,又不忍心太过唐突,只好一个一个耐心地问。

声音也忍不住放轻柔,曼曼对莱维特的药剂彻底绝望了。

方静柔点点头。

"只要有外人进来,夏正业和皇帝都会痛下杀手。"

曼曼愣了一下,重复道:"皇帝?一国之君的皇帝?"

方静柔说:"是祭师的名字,从搬来这个地方之后,但凡有外人进来,都不能活着出去。他们会将人关在这里,女的会献给祭师,男的被关在这里,活生生饿死。以前夏正业对我没有防备,我可以悄悄来这里探望他们。也是从他们口中,我才学会了外面的语言,知道夏正业向我们隐瞒了外面的世界。这里的村民从未接触过外界,对夏正业和皇帝的话深信不疑,并将他们奉若神明。"

曼曼问:"搬?以前你们在哪里?"

方静柔说:"以前我们的村庄并不在这个地方,我们来自更北边的山里,人口稀少,一直过着落后愚昧且与世隔绝的生活,可当时我觉得很幸福。也许是因为无知。"她自嘲地笑了一声,又说,"大概十年前的一天,皇帝突然出现在我们的村庄里。当时,夏正业还不是村长。但后来,他成了村长,而皇帝又能呼风唤雨,顺理成章地成为村庄里的祭师。前几年夏正业说皇帝看到了未来,认为我们居住的地方会遭受上天降下的灾害,于是我们被迫迁徙,来到了这里。这个地方,只有夏正业才可以出去。我曾经以为我的丈夫聪明绝顶,可到后来才知道他不过是向我们隐瞒了外界的一切,并自大地将外界的一切占为己有,糊弄所有愚昧的村民。"

曼曼听得目瞪口呆,问:"所以你为了离开他才放了把火?"方静柔眼眶微红。

"我一直想逃离,可是我知道他在村庄里的每个地方都安装了监视器。皇帝的屋里能清楚地看到村庄里每个人的一举一动,我用了整整三年的时间,才找出监视器的死角,规划了逃跑路线。可是他察觉到了我的意图,将我看得特别紧,我只好暗中静待新的逃离机会。我妹妹,"提起方静宁,方静柔又开始低声啜泣,她说,"我这辈子最对不起的人是我妹妹。她为了成全我逃离,执意寻死。我拉不住她……"

她哭得越来越厉害。

"她成全了我,我却仍然没有逃离夏正业的魔掌,我想离开这个鬼地方,我不想留在这里。他口口声声说爱我,却一次又一次地和袁向梅厮混,我的伤心,我的痛苦,他从来都看不到。他只想在村民面前当一个好丈夫,一切都是假象!"

原来王寡妇没有说谎。

曼曼安慰她:"你别哭,我们一起想办法离开这里。"

方静柔哭得越来越厉害。

她摇头说:"没用的,你们都被下药了。这里全都是夏正业的人,逃不了的。只要有外人进来,他就会让我给客人送上山楂酒,酒里下了药的,会让人昏迷。"

曼曼不由得一愣。第一晚在夏村长家里喝的山楂酒被下药了?

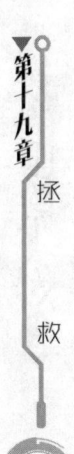

第十九章 拯救

193

当时喝的人，有小猫、张远，还有秦薄。

不对……是秦薄还是秦烨？

曼曼想起来了。

难怪那天他们会相安无事，而且没发现被下药了。小猫和张远早早就开启系统托管了，重新回来的时候，药效都过了。而那天喝酒的人应该是秦烨，所以他那天晚上就没出现过。

她连酒都没喝，所以是清醒的。

那一夜大通铺外面的异响，应该就是来查看他们晕了没有的。然后今晚又故技重施，估摸着药量也加大了。

曼曼问："你有办法让我离开这里吗？只要我能找到我的另外两个朋友，我们逃出去的机会起码有九成。"剩下的那一成就是他们两个现在已经被杀了。

方静柔说："奇怪了，以前所有外来人都是被关进这个屋子里的，夏正业和皇帝都享受看他们痛苦等死的模样。他们从来不把人关在祭师的屋里……"

顿了一下，方静柔又看了看曼曼。兴许是因为曼曼的话，她原本绝望的眼里又添了一丝希望。

"这里的外来人，姑娘都要献给祭师，你想要离开这里的话，只有一个机会，就是等皇帝的人来带你出去。他们对姑娘没有防心，一般只会来一个人，那个人名字叫夏磊，是夏正业的表侄。他有个弱点。"

"什么弱点？"

"他一到昏暗的地方视力就不太好。"

第二十章

WO DE HUA FENG BU TAI DUI

外星玩家

不到半个小时，果真如方静柔所说那般，有个男人举着手电筒进来了。

真不愧是夏村长的亲戚，比村庄里的村民所用的东西高级多了，都能用上手电筒了。夏磊扫了一圈，直接揪着曼曼离开。曼曼临走前对方静柔眨了眨眼。

方静柔微微地点了一下头。

就在刚刚，曼曼交代了方静柔，如果秦烨醒来了，务必告诉他，她被抓去祭师的屋子了。

曼曼还把自己常年贴身佩戴的护身符项链留下来了，万一醒来的是秦烨，兴许护身符上自己的气息可以唤醒秦薄。

虽说村民众多，以一人之力杀出一条血路略微困难，但要离开这个充满坟墓气息的阴冷之地应该不难。

不过曼曼想得比较多，也做好了最坏的准备。方静柔是夏村长的老婆，因为不配合才被塞到这个地方。

以夏村长那么要面子的性格，过段时日，肯定会随便找个理由糊弄村民再把方静柔带回去。

以防万一，曼曼请求方静柔，如果他们一行四人出了什么意外，请向下一个误闯进来的外人帮忙带一句话。

她想告诉她母亲，尽管她总是忙工作，可她从来没有埋怨过，如果有下辈子，她还想当她的女儿。

如果发生意外，方小猫和张远肯定会立即卷土重来，寻找原因。这是她唯一可以交代遗言的机会。

外头夜色已深，村庄里的家家户户都是黑漆漆一片，不见丝毫灯火。夜风拂来，带着一丝透骨的寒意。

夏磊留着络腮胡子，一副吊儿郎当的模样。

他兴许是见曼曼没有攻击性，又或许认定曼曼逃不了，压根儿没对她有所防范，甚至没有押着她，而是漫不经心地让她往前走。

他嘴里的话，曼曼只听懂了"祭师"两个字。但凡曼曼脚步稍停，夏磊便用手电筒捅曼曼的背，粗暴地逼她往前走。

曼曼还发现了一件事，这个夏村长的表侄，极有可能是夜盲症患者，只要路稍微黑一点儿，他的速度就会变慢。

今夜乌云蔽月，若没有手电筒，将会陷入一片昏暗之中。

将近祭师的屋子，曼曼的心头稍微松了口气。

方小猫与张远头顶上的对话框在黑夜里隔着窗子也在发亮。无须寻找，曼曼便已知道张远和方小猫被关在哪里了。

思及此，曼曼做出了一个决定。她故意停下来，当夏磊的手电筒再次捅过来的时候，曼曼一个转身，手刀重重一落。

疼！手电筒没被劈掉，夏磊先是震惊，随即愤怒地瞪着她。

曼曼顿时觉得自己没有电视剧女主角的命！电视剧里都是这么演的！

她要是电视剧女主角，编剧肯定不疼她！就不能让她好好地开一次金手指吗？然而别无他法，曼曼只能撒腿就跑，发挥被无数恶犬追逐的逃命精神，冲上山坡。

张远和方小猫被关在一间小小的耳房里。有个木门，但是没锁。奇迹般地，居然也没人看守。

曼曼决定不怪编剧了，上帝给她关了一扇门，果然还是给她开了另一扇窗。

曼曼一头扎进耳房，迅速落锁。耳房里没有电灯，但就着游戏任务框的光芒，曼曼可以清晰地见到方小猫和张远此刻被扔在冰冷的地面上。两个人头顶的系统托管如此显眼明亮。不过再明亮，也不及他们脖子上的绳索引人注目。

曼曼不由得一怔。祭师显然是要杀死方小猫和张远的，作案工具都套上了，为什么突然不杀了？曼曼没有想太多，利索地解开了方小猫脖子上的绳索。

她说："小猫，你快醒醒。"

她好像记得当初方小猫想攻略她的时候，是要达到一定的喜欢值，系统感应到了才会相应地增加数值。

"小猫，我真觉得你是个很好的女孩，我想每天和你一起逛街、吃饭、看电影，我们当最好的朋友。如果我结婚的话，我最希望的就是你能到场，能亲眼见证我的幸福。"没反应……曼曼有点儿着急了。

"不对不对，好感度是要发自内心的，不是随口一说的。"

曼曼深吸一口气。

"小猫，我现在对你真的特别有好感，你快点儿醒来呀，我不想你死在这个奇怪的村庄里。只要我们出去了，我天天见你，你给我打电话我一定接！半夜也接！我想和你分享我生活中的一切事情！就算全世界背叛你了，我也会义无反顾地站在你身边！"

第二十章 外星玩家

曼曼觉得这是友情的最高境界了。不管遇到什么事情，我都愿意毫无条件地支持你，站在你身边。

尽管方小猫只是个外星玩家，从本质上而言，她们并不一样。可是相处下来，曼曼觉得跨越物种的感情未必不可以。

她为了完成任务，才会对她好。可是为什么要管她最初的目的呢？

人活一世，有太多逼不得已，享受这个过程，享受现在，不也很好吗？起码方小猫有游戏束缚，任务存在一天，就要待在艾曼曼身边一天。

"砰砰砰"屋外响起拍门声，夏磊追了上来，然而方小猫依旧丝毫反应也没有。

曼曼自认方才那一番话都是发自内心，可是没有想象之中的反应。

难道是不够真诚？

为了拯救四个人的生命，艾曼曼同学决定牺牲自我，大声喊道："没有你，我活不下去呀！"

"砰"的一声，门被撞开。借着手电筒的光，曼曼看清了外面不止夏磊一个人，还有另外一个壮汉——是今晚打晕她和秦烨的男人。

两个人面有怒色，而此时，祭师的屋里响起一道低沉的嗓音。

"人在哪里？"

夏磊与另外一个壮汉同时露出恐慌的神色，仿佛生怕被屋里的那一位知道自己办事不力，夏磊说："马上带到。"同时，又压低声音和身边的人说："你跑去哪里了？怎么还没弄死他们两个？"

那人说："夏村长那边让我去办事，我不得不从。"

夏磊说："你记住，以后祭师大人与村长都有事吩咐，先听祭师大人的。"

他们说的是方言，曼曼依旧听不懂。不过此时此刻她也没心思听，只想着如何才能从两个男人手里逃脱。

夏磊步步逼近，像是拎起小鸡崽一样轻而易举地拽走了曼曼。另外一个壮汉重新捡起地上的绳索，套在了方小猫的脖子上。

曼曼被拽到祭师的门前，夏磊毕恭毕敬地候在门外，低垂着眼帘。

"祭师大人，人带到了。"

曼曼想要挣扎，然而这一次夏磊有了前车之鉴，已有了防范，双手扭住曼曼，让她丝毫没有反抗的余地。

直到屋内再度传出那道低沉的声音时，夏磊把艾曼曼重重往前一推。

曼曼只觉得眼前一晃，整个人摔倒在地上，身后的门轻轻地被带上了。

曼曼的内心战栗，浑身的细胞在尖叫，让她赶紧离开这个随时随地都有可能被弄死的地方。她伸手去碰触门把手，然而还未碰触到，身后就有股力道传来。

"跑什么？你只要让我满意，在这里你就是神，所有人都会听命于你。"

说的是普通话，而且声音也意外地好听。但……再好听也是个不正常的人！

曼曼说："你……"她扭过头想看看这位敢叫皇帝的人是何方神圣。

然而她惊呆了！这位皇帝头顶有个游戏任务框，顶着玩家 ID 我是皇帝我怕谁。

游戏玩家？曼曼内心是不敢置信的，同时又觉得在意料之中。难怪夏村长张口就是时间旅行，估摸着是被游戏玩家带出来的，难怪要迅速杀掉方小猫和张远。

皇帝露出一个自认风流倜傥的微笑，说："我长得帅吗？"

这明明是游戏系统虚拟出来的样貌！再帅都是假的好吗！然而话一出口却又变了味，曼曼边唾弃莱维特的药剂边不由自主地说："帅出天际！帅出宇宙！我……"

曼曼如此配合让皇帝内心沾沾自喜。

他说："你真是个单纯不做作又直接的姑娘。"曼曼恶心得有点儿想吐。

皇帝把她往里面带，曼曼心里是抗拒的，然而身体却不受控制。

他问："他们叫你曼曼？"

曼曼说："嗯，我姓艾，艾曼曼。"

"好名字。"他拉着曼曼快走了几步。

曼曼说："那个房间里是什么？能让我看看吗？"

曼曼从方静柔口中得知了祭师的屋里有监视器，可现在进来了，却没有任何发现。据方静柔所言，他们监视着村庄里三四十户人家，还有路边草丛、小径等隐秘之处，摆放位置应该很显眼才对。

曼曼撒娇："那屋里是有监视器对吗？给我看看嘛。"

见他眼里有了警惕之意，曼曼又说："反正我也逃不了了，我也挺想试试当神的感觉。你的把戏我已经摸得一清二楚，但是我不反感，相反还很有兴趣。要不迟点儿你给我安插个仙女的身份吧？那群村民这么好骗，一定会相信的。"

曼曼给这位外星玩家认真地提供了几个有名的仙女的名字。

艾曼曼同学有个优点，就是说话格外真诚，尤其是她有一双忽闪忽闪的大眼睛，配上萌萌的包子脸，说出口的话，很难让人相信是假的。

特别是在这位被欲望蒙蔽了双眼的男人面前。

他开始考虑曼曼的建议，只用了半分钟，他答应了，脚步一拐，拉着曼曼进入了另外一个房间。

房间没有点灯，但是一整面的监视器十分壮观，每台小电视都正孜孜不倦地运作，里面全是村庄里几十户人家的即时动态。

中央还有一个大屏幕，上面有四个方格，方格里都是小画面，左下角还标了日期。

曼曼终于明白夏村长的时空旅行是怎么回事了。

有了这些监视器，被蒙蔽的村民的一举一动都尽在夏村长和祭师的眼里。所以夏村长的时间旅行用时才会有长有短，想必是根据查看监视器内容时长决定的。

所以，他知道王寡妇当初被什么蛇咬了，不是因为他会时间旅行，而是在监视器里看到的。曼曼用崇拜的眼神看着皇帝，好奇地问："我可以点开来看看吗？"

这位伪皇帝大手一挥，享受地说："可以。"

曼曼点开中央屏幕的方格。第一个方格时间是四天前的晚上，方静宁被烧死的那天。监视器里只有屋子着火的那一段，完全看不到屋里的情况。不过稍微想想也能想通，夏正业可以监视别人，又怎么可能愿意让祭师监视他？

难怪那天夏正业的时间旅行用时那么久，估计把好几天的监视内容都看了一遍吧，所以最后才找出了嫌疑人。

曼曼又点开第二个和第三个，时间是昨天晚上。第二幅小画面里是王寡妇的家，第三幅小画面是袁家。王寡妇如何下毒，袁家一家四口死前的挣扎与痛苦都在小小的方格里展现得淋漓尽致。曼曼顿时觉得有些可怕。

夏村长为了找出杀死自己妻子的真凶，不可能只看前几天的监视器内容。第二天他故弄玄虚地指出几个嫌疑人，当天晚上肯定还会继续看监视器，查看他们会不会露出什么马脚。

也就是说……夏村长是眼睁睁地看着王寡妇毒死了袁向梅一家的。

曼曼问："袁家和夏村长有仇吗？"

皇帝说："袁向梅察觉出了这里的秘密，正业对袁家早已有杀心。"

他赞赏地看向曼曼："聪明的姑娘。"

曼曼故作调皮地笑："再聪明也不及你厉害。"

她眨巴着眼睛，面上的崇拜之意不言而喻。

此时，曼曼又点开第四个方格——是那一夜，她和秦薄还有方小猫准备前往祭师之屋的画面。难怪夏村长让他们别打这里的主意，原来是从监视器里发现的。

四个方格浏览完毕，皇帝说："以后你有大把的时间可以看。"

曼曼毫无预兆地哭了起来。

皇帝皱眉："你想拖延时间？"

曼曼笑着点了点头，说："是。"她如此老实的回答，也让皇帝有些诧异。

但很快，曼曼又露出一个微笑："不过拖到现在也差不多了。"

她朝后面的秦薄招招手，说："嗨，你来了。"

一个拳头直接往皇帝的脸上招呼，"咚"一声，皇帝眼冒金星。

秦薄犹如盖世英雄，踩着七彩祥云而来。然而英雄怒气冲冲，看也没看曼曼一眼，开始揍地上的皇帝。

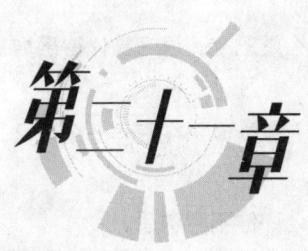

第二十一章

WO DE HUA FENG BU TAI DUI

新的天空

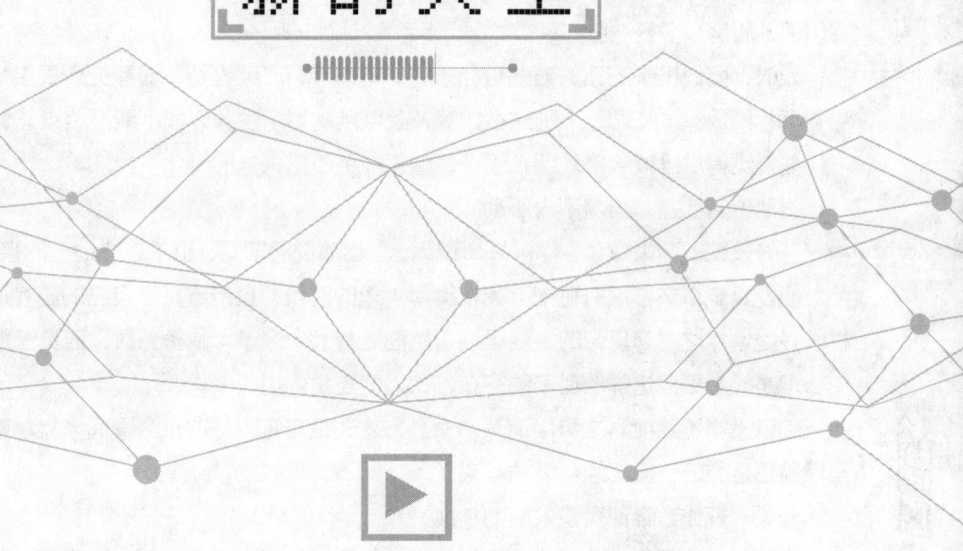

曼曼第一次见秦薄下这么重的手，皇帝被揍得满地打滚，脸已经肿得不像话，丝毫没有反抗的余地。

相反，秦薄的武力值逆天，就像是在逗弄一个玩具，而玩具正嗷嗷嗷地惨叫。

曼曼说："那个……"

秦薄冷冷地说："没我允许你不能说话。"

皇帝号了一嗓子，被揍得更加厉害，虽不见血，但曼曼感觉他受内伤了。曼曼想说"别打死他了，有祭师在手，可以当人质离开这个村庄呢"。

尽管现在这个村民口中神一样的祭师看不大出原来的模样了……可好歹是一块亮闪闪的盾牌！曼曼一张口，就收到了秦薄冷冰冰的眼神。

顿时，要说出来的话通通咽进肚子里。但幸亏有了莱维特，曼曼无所畏惧地开启惹事儿模式："哎哟，你别这么凶嘛，我刚刚劫后余生，你能不能温柔点儿？"

曼曼觉得自己该嘤嘤地哭几下了，但……哭不出来。

秦薄冷若冰霜，丝毫不为所动。

"等该死的药失效了，你再开口说话。"秦薄说话期间，也不忘揍地上的皇帝。

曼曼真觉得皇帝很可能会死在秦薄手里的时候，皇帝点开了自己的游戏道具栏。曼曼这才注意到皇帝的游戏级别居然已经有七十级了，装备无数，道具无数。

但是比起秦薄这样的逆天的存在，武力值还是弱得可怜。

他以迅雷不及掩耳之势用道具回血。方才还是奄奄一息的皇帝瞬间恢复精神，虽然脸还是肿的，但已经可以站起来了。

曼曼：奸诈！秦薄可没人给他加血！

秦薄察觉到了皇帝的变化，微微拧眉，然而还是不为所动。每一次皇帝站起来了，就又被他打趴下。

曼曼还是有几分担忧的。毕竟一个能加血，一个不能。现在看来，如果一直打下去，秦薄是不占优势的，皇帝这种一点一点地持续加血不是一般人可以比的。

曼曼提议："别打了，赶紧打晕他吧，然后我们去救小猫和张远。你过来的时候，有没有在耳房见到他们？"

秦薄又冷冷地看了她一眼。

曼曼知道现在秦薄是老大,不敢反驳,做了个嘴巴拉链的动作。然而就在此时,皇帝不知从哪里整出一个道具药剂,直接泼在了秦薄的脸上。

速度太快了,曼曼连道具名称都没看见,游戏任务框里的提示也迅速消失了。皇帝从地上爬起来,狠狠地擦了一下带血的唇角。

秦薄整个人像是被定在地上一样。

皇帝说:"让你狂!等会儿就跪着等死吧!"

皇帝一拳挥了过去,而就在这一瞬间,秦薄忽然动了一下,躲开了皇帝的动作。他大喘了口气,紧张地看向曼曼。曼曼要是看不出现在掌控身体的是秦烨,那这几个月的相处也白费了。

皇帝却惊呆了,他一副不敢置信的模样。

曼曼是打心底明白,皇帝的药剂生效了,但用在了秦薄身上,可他没有料到现在的秦薄是两个人用一个身体,一个消失了自然有另外一个替补上来。只不过秦烨这个替补,在皇帝这样的高级玩家面前,弱得不堪一击。

不过借着先前的勇猛,秦烨可以装呀!只要能唬住皇帝就好了!

曼曼心里打着如意算盘,她向秦烨眨了眨眼。

秦烨说:"曼曼你跑,我拖住他!你去找方小猫和张远搬救兵!"顺带学了一下某著名电影武打明星的经典动作,装腔作势了一番。

曼曼意识到了秦教授这个书呆子不是演戏的料。浑身都在发抖,完全没有先前秦薄的"金主就是想打死你"的气场,皇帝又有些不对劲儿,他又给自己加血了!

曼曼越看越觉得不公平,以为秦薄是单人单挑 boss(首领)吗?他们组团来的好吗!曼曼像是愤怒的小鸟一样,二话不说奔到秦烨身边。

狠狠地一咬手腕,然后塞进秦烨的嘴里——

外星玩家有游戏系统加血!

他们也有纯天然无添加的血!红色的血!带着高级营养剂气息的血!

秦烨被喂进了曼曼的血,鲜血滑过喉咙之际,眼神瞬变。

曼曼的手被挪开,曼曼试探着问:"秦薄?"

"在。"简简单单的一个字,没由来地让曼曼产生了极大的安全感。

然而,下一刻喂血英雄艾曼曼又被秦薄无情地瞪了一眼,眼神还是那般冷冷的,显然是生了气的模样。

皇帝早已察觉到秦薄身上气息的转变。

他此刻已经无暇思考秦薄奇怪的变化,他知道自己打不赢秦薄,二话不说拔腿就跑,甚至还使用了加速道具,以至于秦薄没能追得上他。

第二十一章 新的天空

曼曼说:"别追了,我们先去找小猫和张远。"

这个时候,两个人已经追到了屋外。

数十步之遥,就是刚刚关方小猫和张远的小房间。

曼曼三步并作两步地冲了过去,正要踢开门的时候,木门"吱呀"一声打开了。一道身影直接扑进了曼曼的怀里。

"曼曼!曼曼!"

方小猫蹭着曼曼说:"你有没有事?他们有没有对你怎么样?那个色胆包天的祭师在哪里?有没有对你做什么?金主我要了他的命!居然敢觊觎曼曼!"

空中的乌云散开,久违的月色重铺大地。

借着月光,曼曼看到屋里有个男人正被五花大绑,嘴里还塞了自己的臭袜子,正是之前和夏磊谈话的那个壮汉。根据目前情况看来,显然是小猫解决了他。

曼曼再瞄了一眼,张远从屋里走出来,他头顶上的游戏任务框仍旧是"系统托管"四个字。而方小猫的游戏任务框中还显示着"恭喜玩家方小猫升级"的闪亮字样。而进桃花源之前的任务仍在。

看来她的办法果然是有效的,方小猫应该是收到了系统提示,所以才重新上线了。

曼曼说:"我……我没事。"她顿了一下,问:"你见到祭师了吗?"

小猫说:"我们的豆浆被下药了,然后我和张远晕倒了,一醒来就只见到他一个人……"

她恋恋不舍地松开曼曼的脖子,改成牵她的手,努努嘴说:"在我的严刑逼供之下,他什么都招了,这个村庄压根儿容不下外人,但凡有外人进来就要杀死,都是祭师和夏村长的主意。"

曼曼早就知道了,只是眼下有个问题。

小猫和张远目前看来,是不知道这个村庄里有第三个玩家的存在。她要怎么提醒他们而又不会暴露自己知道他们淡尔特星球的秘密呢?

就在曼曼困扰之际,原本昏暗的村庄火光尽现,一束又一束的火把密密麻麻地向山坡涌来。曼曼定睛一看,不知何时,村庄里的所有村民已经醒来,脸上都带着愤怒和羞辱的神情。

村民一步一步地逼近,曼曼一行四人被包围了。

火光冲天,宛如一只巨兽屹立在村庄之上,熊熊火光似是要吞没了黑夜一般。

夏正业皱着眉头,他并不赞成祭师的做法。这么亮的火,万一正好被航拍拍了,极有可能会引起外面的人的注意。

但此时此刻的祭师似乎没考虑到这个方面。

他第一次在祭师脸上见到了焦虑和紧张这两种神色，对这个村庄毫无留恋，仿佛即便一把火烧得一干二净也无所谓。

他不明白祭师到底有什么好害怕的，不过是几个外来人。

夏正业其实对祭师是有那么一丝不满的，俗话说一山不容二虎，他虽然是村长，但只有他自己知道，只要是大事，做决定的都是祭师。

而他也知道这位祭师不是神棍，确实有点儿本事，是一个拥有异能的神人。

夏正业问："屋子烧掉也无妨？"

皇帝语速极快，说："通通烧毁，如果这一次不幸败露，有人问起祭师，你就说我云游去了。"他心底确确实实是害怕的。

他占山为王，糊弄了那些愚昧的村民十几年，当够了皇帝的瘾，这一切都是在地图之外悄悄进行的。

最初的时候以为会很快被莱维特发现，因为这里并未纳入地图之内，可是却能使用游戏系统，他以为这里是待开发的地图区域，可过了十几年也没被发现，莱维特像是遗忘了这里似的。

他胆子也越来越大，他这样的做法一旦被发现，是要受到处罚的。

虽然地球并未纳入《银河系保护法》，但根据莱维特制定的游戏规则，他将要受到严重的处罚。不过……他认为这是游戏系统的bug，他只是利用了一下而已，想必最多是罚点儿钱。大不了不玩这个游戏了，他转移阵地就是了。

如果不被发现那是最好的了，毕竟地球太好玩了，他还没玩够呢！

而当务之急，是要在没被那两个不知道哪里冒出来的玩家发现之前撤离。村民们穷凶极恶，一副恨不得扒他们皮吃他们肉的模样。

"你们侵犯了祭师大人！"

"是你们带来了厄运！"

"是你们害了我们村庄！"起此彼伏的声音不绝于耳。

小猫给曼曼翻译。

翻译完后，小猫特别生气，和曼曼说："哪有人这样血口喷人的！明明是他们被蒙蔽欺骗了！受到伤害的人是我们好吗？"小猫撸袖子想舌战群民。

曼曼拉住她。

秦薄淡淡地说："在他们心中，祭师是神，神说的就是真理。"

曼曼同意，说："你多说无益，与其和他们吵，不如想想怎么离开这里。如果能和外界沟通就好了，我们是逃不出去，但可以从外界搬来救兵呀。"

曼曼不动声色地说，同时，她在打量周遭，寻找皇帝的身影。

祭师的屋子地势最高，能够将整个村庄一览无余，透过层层火光，曼曼头一回如此清晰地打量整个村庄。然而并没有见到皇帝头顶闪闪发亮的游戏任务框。

曼曼可不想让皇帝逃了。皇帝显然就是个极度沉迷游戏的有网瘾的外星人，简直是把地球人的生命当儿戏。

曼曼问方小猫："你有听过祭师的声音吗？"

方小猫说："没有，完全没听到，人也没见到。怎么？他是不是伤害你了？"

曼曼露出遗憾的表情。

"太可惜了，祭师抓走我的时候说了几句话，用的不是普通话，也不是这里的方言，我想你有语言天赋，如果听到的话，说不定能知道祭师是哪里的人，也许就能找到蛛丝马迹了。"

方小猫问："那你还记得吗？"曼曼用了淡尔特星球语说了句不好听的话。

此话一出，方小猫面色顿变。同时，正在观察地形的秦薄也将目光落在了曼曼身上，眼神里飞快地掠过一抹狐疑。方小猫瞬间反应过来。

玩家方小猫：快查查周围有没有玩家！迅速锁定！

系统：是的！曼曼的最爱秦教授的最恨！

系统：曼曼的最爱秦教授的最恨，找到了！玩家我是皇帝我怕谁离我们七百米。

玩家方小猫：哼！平时我拿钱养着你，你居然不告诉我有玩家潜伏在我周围！

然而此刻方小猫已经顾不得骂系统了。

宇宙广播：（玩家方小猫）一万星币换玩家我是皇帝我怕谁的人头！

曼曼没想到小猫居然玩得这么大。

居然直接冲着皇帝的人头去了！为此也没在意系统对方小猫的称呼。

而此刻方小猫在宇宙频道里疯狂刷屏。

宇宙频道：（玩家方小猫）此言论已被系统屏蔽。

宇宙频道：（玩家方小猫）此言论已被系统屏蔽。

曼曼看得目不暇接。

系统提示：提醒您，再爆粗口会被禁言。

玩家方小猫：再充一万星币，解锁禁言。

系统提示：好的，次数到了我再提醒您。

曼曼无语了一下，目光不经意地一瞥，却撞上一双深邃无边的漆黑的眼睛，里面充满了古怪的打量，不过这样的眼神转瞬即逝。

秦薄伸手，将曼曼拽到自己的身边。方小猫身边落了空，瞬间扫向秦薄。

秦薄说："发什么呆，村民要过来了。"他随即又说，"西南方的力量弱，七成妇孺，两成老人，只有一成稍微能入眼的年轻男人。"曼曼一听，瞬间呆住了。

"双拳难敌四手！"

秦薄说："这些人没有受过正规的训练，充其量只是蝼蚁，你信我，我能带你冲出重围。"他瞥了一眼方小猫和张远，说，"你们留下来，我只有把握带走一个人。出去后再回来救你们。"

张远抗议："不行，我拖不了那么久。"

秦薄扯扯唇："哦，那努力一下。"

张远："你眼里只有艾曼曼一条人命吗？"

秦薄看了张远一眼，眼神格外平静："你亲戚不是有很多神奇药剂吗？用上，拖着。"分外冷酷的声音让张远愤愤不平，他刚想说什么，又被方小猫拦住。

"呸，谁要留下来，就你厉害能冲出重围！我还能夜观天象呢，不出五分钟，我和我的朋友就能通过心电感应让他带上警察来救我。"

实际上，在张远和秦薄斗嘴的时候，方小猫已经在宇宙频道发了精准的定位信息，以及说了这个尚未开发的地图的事情。

游戏系统的 bug 瞬间吸引了大量玩家的注意。星币玩家方小猫在游戏里又怎么会少得了朋友？

小猫去拉曼曼的手，"曼曼，你信我！留在这里，不用冲出去。他是武力值高，身手好，但那么多人，他敢保证你一点儿都不会受伤吗？万一火烧着你了，到时候谁负责？"

几乎是话音一落，远处就有喧嚣传来，曼曼头一回见到如此壮观的游戏对话框。数不清的、密密麻麻的、五颜六色的……大家在对话框里七嘴八舌的，不过隔得太远，曼曼瞧不清楚。

方小猫得意地向秦薄扬了扬下巴，说："我就说了，我朋友会来找我的。我消失了几天，他们肯定会担心。"

方才还一副凶相的村民们这个时候也察觉到了异样，扭头望去，也见到了一大拨形形色色的人，数量之多让他们产生了畏惧心理，火把也没之前握得那么稳了。

很快，曼曼见到了白队长和洪警官的身影。

方小猫说："曼曼你别怕，我虽然身手没有秦教授那么好，但是我也可以保护……"

"你"字还未说出，头顶的游戏任务框迅速变成系统托管。

曼曼见到远处的一大片游戏任务框也齐刷刷地变成系统托管。场景相当壮观，像是烟火一般，"咻"地炸出一大片白色的托管标志。

她不由得怔了怔，莫非莱维特发现了 bug，强制玩家们下线了？

WO DE HUA FENG BU TAI DUI

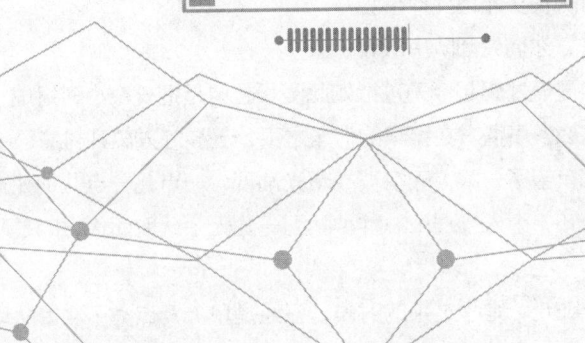

怦然心动

随着警察的介入，大片村民缴械投降。

小猫在宇宙频道的广播传播速度极快，各界人士的游戏玩家纷纷前来，其中包括各大媒体的记者。白队长见到张远、曼曼还有秦教授几人时，顿时觉得头痛万分。

怎么又是这几个人？

曼曼说："那里有个地下牢房，里面关了两个人，还有五具艾家村失踪的年轻人的骸骨。"

系统张远适时地补充："这几天里，村里还死了六个人。"系统模仿张远的性子，谄媚地说："报告队长！这次事情的经过我目睹并仔细地记下来了，随时可以为队里提供笔录！"白队长头痛地挥挥手。

"得了，快天亮了，你们先回队里歇着。"

白队长这么一说，曼曼才想起今天过得如此漫长，像是把一个小时掰成一天来过一样，竟然发生了这么多事情。在警察的护送之下，曼曼等人离开村庄。

出去之前，曼曼回首望了一眼。天空彼端曙光渐现，一点儿一点儿地笼罩整个村庄，黑暗、愚昧、无知、个人崇拜……种种陋习一览无余，取而代之的是光明与新的希望。

曼曼在警队打了个盹儿。她醒过来的时候，已经是早上九点多了。警队早已开始了一天的工作，方小猫和张远的游戏任务框里的系统托管也恢复正常了，都是本人在线。

白队长已经从村庄回来，开始例行做笔录。白队长亲自审问曼曼，曼曼回忆了过去四天发生的事情，觉得像是一场遥远的梦。

他们误入一个愚昧的桃花源，又那么巧遇上杀人命案，牵扯出村庄里的恩怨情仇，最后又发现了幕后小 boss 是一村之长，大 boss 是一个想当皇帝还有点儿幼稚的外星玩家。

村里似乎死了六个人？咦？哪里来的记忆？

白队长说："艾家村的五个年轻人受了惊吓，现在都放回去了。"

曼曼微微一怔，总觉得这句话哪里不对。在那场遥远的梦里，似乎有她脚踩骸骨咯吱响的画面，可是又好像没有。曼曼觉得自己的脑子出现了记忆断层，又觉得自己可能是因为这几天没睡好……

她点点头，说了句："哦，好的，我替艾家村的村民感谢白队长的救援。"

白队长之后又问了曼曼一些无关紧要的话。曼曼出去的时候，正好看到张远和方小猫在聊天。

玩家远古星人好有趣：好可惜，我居然不能亲身体验，以后我见到那个玩家，见一次揍一顿。

玩家方小猫：来，叫我金主。

玩家远古星人好有趣：金主！神通广大的金主！

玩家方小猫：金主定位了他的星网位置，就是个沉迷游戏不学无术满脑幼稚思想的无业游民。因为他想欺负曼曼，所以我派人盯住了他。

玩家远古星人好有趣：哈？

玩家方小猫：他只有一个爱好，就是玩游戏。但凡他以后上哪个游戏，我就让人全天二十四小时三百六十度无死角地弄死他！上线一次死一次！

玩家远古星人好有趣：真狠……

玩家方小猫：谢谢夸奖，我最看不惯别人在游戏里恃强凌弱，没本事就多读书，有那么十几年的工夫在游戏里当皇帝，干点儿什么不好。最过分的是还杀了五个地球人，严重违反了游戏规定。幸好地球不受《宇宙和平相处条例》管辖，莱维特可以用时间旅行技术救回来。要搁到我们星球，那就是扰乱时空的行为，连霍伊尔那样的家族都不能避免受到处罚。

玩家远古星人好有趣：不过话说回来，那个玩家也挺厉害的，居然能在莱维特的眼皮底下借着系统bug玩了这么久。

玩家方小猫：这一点我倒是挺纳闷的，莱维特那么精明的人，游戏系统也是全宇宙里出了名的严谨，怎么就犯了个这样的错误？不过莱维特抢救及时，系统bug修复了，村庄作为新的副本地图开启。啊，曼曼出来了！

方小猫停止与张远聊天，奔到曼曼身边。

曼曼才恍然回神，知道莱维特使用时空旅行技术进行了补救，原来一切都是发生过的！

"曼曼，你累不累呀？在那个破村子待了几天，你要不要去我家住几天？"小猫内心挺感动的，之前一直把曼曼当作攻略的NPC，可是昨晚曼曼说的话系统是一字不漏地记下来了。

曼曼第一时间来救她。想到这里，小猫难得红了脸，说："曼曼，你别和秦教授在一起了，男人没意思，和我做朋友，我让你一辈子吃香的喝辣的，你想做什么我都支持你！"

曼曼体内的药效尚未过，瞧着方小猫吹弹可破的小脸，又有了惹事儿的心思。

然而话还未出口，却被秦薄拉走了。曼曼愣了愣，抬眼一看，秦薄脸色不太好看，仍旧是冷冰冰的模样。换作以前的曼曼，肯定就不理秦薄了。可现在药效尚在，曼曼很没骨气地改变了招惹对象。

张远说："你居然不追上去和秦教授抢人？是你攻略艾曼曼的任务结束了吧？没必要再缠着她了？"

方小猫说："你不懂！我们星球哪里有像曼曼这么可爱的女孩子！"

"那你怎么不追上去？"

方小猫说："你是不是脑袋生锈了？你没发现一件事吗？"

她压低声音，用只有张远才能听到的声音说："你觉不觉得曼曼好像知道我们是外星玩家？她总喜欢盯着我们脑袋上面看。"

"秦薄，你想做什么？"被塞到副驾驶座的曼曼不满地说。

说完后，曼曼就想钻地洞了。她解释地说："我本意不是这样的，是……"

不过秦薄仿若未闻，一直面无表情地开车。不管曼曼怎么说，说的话多么出格，他眉头皱也没皱，反倒是秦烨听得耳朵红了。

终于车停了下来，曼曼望去，是秦烨的家。几乎是一下车，曼曼还未开口，就被秦薄毫不留情地打晕了。

秦薄说："她太聒噪。"说完，他把晕倒的曼曼抱进屋，将她放到了床上。

秦烨察觉到他动作轻柔，又说："你想做什么？"

秦薄没有回答，他径自走向电脑，拉开椅子，坐姿如松。他在键盘上敲了一会儿，屏幕上出现一行又一行的代码，不过十五分钟，秦薄已经调出了白队长带回来的村庄监控。监控画面里是曼曼和皇帝在监控室的对峙，秦烨见到画面里的曼曼笑语嫣然地与皇帝周旋，倒是没想到艾曼曼还有这样的一面。

奇迹般地，秦烨还觉得挺有趣的，而秦薄此刻却皱了眉头。

从头到尾，即便是在皇帝最生气的时候，他都没有说过任何一句淡尔特星球语。曼曼编造了一个谎言，秦薄闭眼不言。

秦烨又睁开眼，问："你在找什么？"

秦薄幽黑深邃的眼睛若有所思地看着监控里的皇帝，说："我在质疑地球。"

曼曼醒过来后，回忆了一下，记起是秦薄把自己打晕后，气得便要去找他算账。

然而发现房间门被反锁了，她压根儿出不去。

她狂拍房门，最后进来的却是秦烨研发的家务机器人。

机器人端着饭菜，用刻板的声音说："药效解除之前，你不能离开。"

曼曼想夺门而出，然而机器人灵敏得很，转身伸手，彻底挡住了曼曼的路。手臂上是锋利的倒刺，寒光森森，不用尝试曼曼都知道被它刺一下会有多疼……

她缩回手，说："我要见秦薄。"

机器人："药效解除之前，你不能离开。"

"我要见秦烨。"

"药效解除之前，你不能离开。"

曼曼："你还会回答什么？你怎么一点儿都不智能！"

机器人："Wi-Fi 密码。"

"行，你赢了，密码是多少？"

曼曼仔细一想，心里气归气，但在这里待着也挺好的。何况之前秦烨替她在学校里请过假，在她妈妈那边也提过了。再说惹秦薄和秦烨，总比出去乱惹别人要好，起码他们是知情的。思及此，曼曼坐下来边吃饭边连 Wi-Fi。

她昏迷了一个白天，现在是傍晚时分。夏正业的村庄以现代桃花源之名迅速爬上了微博热门。曼曼点进去看了一下，惊奇地发现方静柔以惊人的速度开通了微博，正在微博上讲述自己的过去。

她的粉丝数量以肉眼可见的速度上涨，第一条微博是中午 12 点发的，现在是晚上 7 点，粉丝已经有十二万。

而"桃花源"的两位创始人，村长与祭师，一位因杀人被捕，另外一位已经承认自己的所有罪行。微博里有皇帝被捕的视频，曼曼点开一看，皇帝的头顶是系统托管的字样。想必这个玩家背后已经不是原来的人了，有可能只是一段编程。

曼曼边啃着鸡腿边想，莱维特的反应速度还是挺快的，不过她和张远有一个同样的疑问，就是莱维特的这个游戏的系统这么厉害，怎么就没发现这个 bug 的存在呢？皇帝在游戏里潜伏那么多年，系统居然都没有探测到没开发的地图有玩家进去了！看来这个游戏系统也没有那么完美嘛！

曼曼在秦教授家度过了与世隔绝的两天，正好是一部电视剧的时间。

其间，她也想过用手机去招惹自己认识的人，然而后来才知道连了秦烨的 Wi-Fi，她的信息居然能被监控。但凡是想惹点儿什么事儿，信息全都发不出去。

曼曼彻底感受到了科学家与外星人合体的可怕，决定放弃。

终于，药剂失效！曼曼重获新生！她做的第一件事是去找秦薄算账，虽然知道秦薄这样做是对她好，但秦薄喜欢打晕人的习惯得改！一声不吭打晕人算什么！难不成以后谈恋爱了，有女朋友了，有点儿矛盾也直接把人打晕吗？

机器人告知曼曼秦教授在书房。

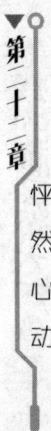

第二十二章 怦然心动

曼曼气势汹汹地奔到书房门口，本想一脚踹开房门，转念一想又觉得不好，克制地伸出手敲了两下。

"进来。"屋里传来秦薄的声音，还是那般冷冰冰的。

曼曼一听，本来消了两日的火气又上来了。她扪心自问，自己是个有教养又有礼貌还温和的女孩子，怎么碰上秦薄和秦烨了，就变得这么容易生气了。

她也干脆板着脸，开门进屋。

秦薄坐在实木书桌前，低头看着一本书，在她进来之后，抬眼望向她，眼神深邃不可见底。

曼曼冷冷地说："这两天多谢照顾，我要回家了，再见。"说完，转身就要走。然而，刚迈出步伐，秦薄的声音又响起了："关门。"机器人"砰"的一声，甩上了门。

曼曼扭了扭门把手，奈何没机器人力气大。她转过身，问："你想干什么？"

秦薄慢条斯理地离开书桌，步步逼近，长臂一伸，将曼曼围在了门前。

曼曼万万没想到有朝一日居然会被一个外星人欺负，她面不改色地道："有话直说，靠这么近我不舒服。"

秦薄淡淡地说："下次再随便做出危险的决定，就不是瞪你这么简单的了。"

曼曼一听，才后知后觉地反应过来。他生气的点居然是她单枪匹马去挑战大boss。曼曼说："有本事当时你醒过来呀！我那是迫不得已！你以为我想吗？"

秦薄说："你不信我能单枪匹马救你出去，所以你选择了方小猫。"

什么？不高兴的点是她找了方小猫？

"我没有不信你。"她这句话说得有点儿心虚，当时那样的情况之下，她确实更相信小猫能救他们出去。说着说着，曼曼更没底气了，一抬眼，见到秦薄笃定的眼神，又说："行了行了，我以后信你便是。"

心虚在先的曼曼顿时没了算账的气场，眼角的余光一瞄，扯开话题。

"你在看什么书？"曼曼顺势大步走到书桌前，低头一看，居然是一本词典。

秦烨说："他这两天在研究古汉语词典。"

曼曼说："哦？最近喜欢研究古汉语了？"她捧起词典，上面密密麻麻的都是文言文释义，她翻了两页。

秦薄收了回去，轻轻一合，发出不轻不重的声响，曼曼对上了他的眼。

他慢声说："我母星里对合法妻子的称呼只有伴侣一个。而你们这里对妻子的谦称有不少，拙荆、山荆、荆室，或简称为荆，我想了解一下，怕以后闹笑话。"

他说这话时，声音格外低沉沙哑。曼曼不由得想起那天他背着她的时候，也是用这般语气。

曼曼很不愿意承认这一点，身经百战的自己竟然让这一句平淡无奇的话触发了少女心，还想不到任何反驳的话。她挪开目光，说："哦，对了，我的项链在你那儿吧，我先前让方静柔给你的。那是我妈给我求的护身符项链，要是不见了，我妈肯定会问我去哪里了。"

"给救命恩人当谢礼。"

曼曼怔了一下，问："你喜欢我那条项链？"

秦薄说："还好。"

"那还我，那是我的护身符！"

"不必，你以后有我这个护身人就够了。"

曼曼说："你又不能二十四小时待在我身边，你……"话一出口，曼曼就后悔了。以秦薄的性子，肯定是巴不得一天二十四小时都在她身边待着！

曼曼说："算了，你要就留着吧，就当谢礼了。"

在村庄里，朝夕相处的四天，他确实帮了她很多。一个护身符嘛，大不了再去求一个。这时，房门忽然开了，机器人进来说："有访客。"

秦烨问："谁？"

机器人说："自称姓方的小姑娘。"

曼曼说："应该是小猫，她肯定是来找我的，我和小猫一起走。"

"慢着。"秦薄扫了她一眼，说，"你怎么知道不是来找我的？"

秦烨立马说："让她进来。"

很快，曼曼在客厅里见到了方小猫。小猫见着曼曼，双眼都亮了不少，不过曼曼细心地发现她的目光里多了几分意味不明的打量。曼曼怔了一下，以为小猫死性不改。她抬头瞄了一眼，最初的任务框还在，还是那个通往偶像之路的捷径。

收回目光时，正见到方小猫以一种更为奇怪的目光看着自己。

此时，秦薄拍了一下她的脑袋。

曼曼说："干嘛！谁让你打我脑袋的？"

秦薄说道："你母亲跟我反映了，你有事没事就喜欢观察别人头顶有没有头皮屑，你这个习惯不好，你母亲希望你能在我的帮助下改掉。"

曼曼没想到秦薄和自己妈妈好到这种地步了！

自从知道有外星人的存在后，她就喜欢看外星玩家头顶的任务框，有一次妈妈问她怎么老盯着别人的头顶看，曼曼只好撒谎说他头顶有头皮屑，她有强迫症……

没想到这样的私密话，秦薄都知道了！

秦薄又对方小猫说："有事？"

方小猫还陷入刚刚秦薄那番话里，半响才回过神，哈哈哈地笑："没事没事，我来找曼曼的。"同时，给张远发消息。

玩家方小猫：哦，曼曼好像不知道呢，原来看我们头顶是因为有洁癖。

玩家远古星人好有趣：艾曼曼侮辱了我！我每天洗一次头！哪里不干净了？

玩家方小猫：不许凶我家曼曼！

曼曼这才后知后觉，她居然被方小猫怀疑了？她瞄了一眼秦薄。

他不动声色地说："回去吧。"似是想到什么，他忽然伸手揉了揉曼曼的头，露出一个难得的微笑："明天学校见。"

突然间，曼曼觉得整个世界都变得好温柔。这段时日以来的命案和冒险，通通不值一提。她的生活是如此美好，又如此丰富多彩。

她身边有一个总想和自己做朋友的外星女孩，还有一个时时刻刻会引发未知的探险的菜鸟外星人，还有满脑子都是外星文明的书呆子科学家，以及寄生在地球人身上的……神秘又富有魅力的那位外星男人。

"曼曼，我送你回家呀！"萌萌的小猫勾上她的手，眼里溢出笑意。

她回首看了秦薄一眼，正好撞上他从未离开过的目光——深邃，稳重，还有一丝温柔。曼曼绽开一个笑容，"秦教授，明天学校见哟！"

未来真好。

有家人，有朋友。

有阳光，有期待，有挑战。

神秘村庄奇遇结束后，艾曼曼的生活重归平静。
却没想到突如其来的"戏里戏外"案件打破了这份祥和，
全服任务正式启动，游戏背后的真相即将浮出水面……
更多爆笑破案日常，敬请关注《我的画风不太对》第二册！

番外

WO DE HUA FENG BU TAI DUI

方 小 猫

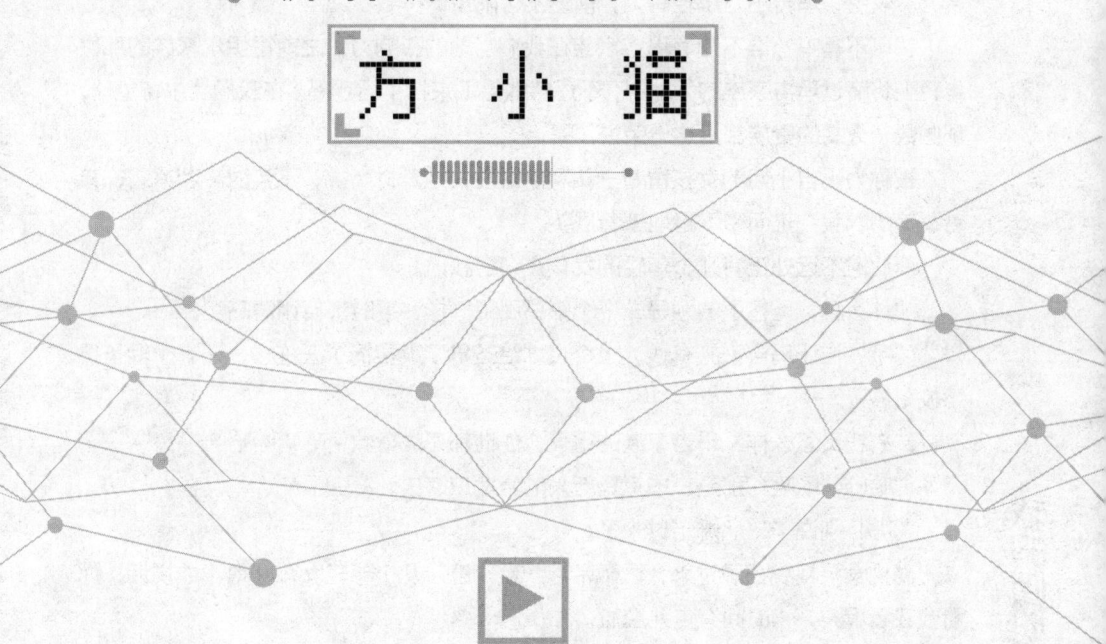

01

"亲爱的玛吉小姐,恭喜你毕业了。"

"我听您父亲说,您是打算进入家族公司继承父业?"

"哎呀,玛吉小姐年轻有为,前途不可限量。"

"可不是吗?谁不知道玛吉家族在我们当地的影响力,之前霍伊尔家族的那位年轻上将路过玛吉家族的领地时,不还特地停下来打了招呼吗。在我们淡尔特星球,那些数一数二的贵族都没这份荣誉。"

被称为玛吉小姐的女孩留着一头利落短发,她身材高挑,不笑时冷若冰霜,穿着华美的衣服,正面露不耐地蹙着眉头。

而此时不远处正有几个年轻的女孩在窃窃私语。

"什么嘛,圣鲁丁的领导一个个跟马屁精一样,平时都自诩清高呢。"

"哦,谁让玛吉家族有钱,上个月才给圣鲁丁大学捐了三栋楼,还有十辆圣鲁丁校车。"

"有钱又怎么样?玛吉家族的审美,任谁都无法拯救,哈哈哈哈哈……"

"哈哈哈哈哈!那是,毕竟是新兴的暴发户家族。"

"嘘!别说了,尼娜走过来了。"

高挑女孩视线扫了过来,微微带着一丝冷意。几个年轻女孩吓得不敢说话,你看我我看看天,一时间有点儿尴尬。

不过幸好尼娜·玛吉没有多说什么,只是稍微多看了她们几眼,就收回视线离去了。几个年轻女孩松了口气。

"哎呀,蕾蕾,真是吓死我啦,你说她一天天冷着张脸做什么?又没人欠她钱!"

"是呀是呀,家里有钱了不起呀!"

校门口停了一辆悬浮车,独特的玛吉家族标志在湛蓝天空下光彩夺目,一位管家模样的男士彬彬有礼地接过尼娜·玛吉的毕业证书,露出欣慰的笑容。

"二小姐，恭喜您毕业了。"

尼娜不以为意，直接上了悬浮车。

车门自动关闭，机械碰撞的声音相当悦耳。刚刚还是一脸冷若冰霜的玛吉小姐翻了个大白眼："罗叔，有没有搞错？今天我毕业！我毕业呀！我爸我妈都不来？我姐姐呢？"罗叔开启了悬浮车的自动驾驶模式，递来一份包装精美的礼物。

"毕业礼物。"

"罗叔，我有时候会怀疑你才是我的亲生父亲。我今天毕业，我父母居然不来？不敢置信！"

"二小姐请您体谅，今天是一年一度的议会，您父亲和母亲期待已久了。"

"什么期待已久，哪里是期待议会，分明是期待议会结束后可以回来秀吧，见到了什么什么贵族，什么什么元帅，我都能背我母亲的台词了。哦，小猫，撒尔切夫人穿了当季最新款的连衣裙，那布料，那剪裁，我必须也得买一件。嗯，项链上的宝石也很名贵呢，听说是从偏远星球运输回来的，那里生产独一无二的珍贵宝石，我得把这件事也排上议程，别人有的身为玛吉夫人怎么可以没有？小猫，你等着，妈妈也给你弄一套。"

小猫是尼娜·玛吉小姐的昵称，意为捧在玛吉家族掌心里的小猫咪。

尼娜又翻了个白眼，说："我姐姐也跟着去了对不对？"

罗叔点头，笑："二小姐料事如神，猜得一点儿都没错。"

"我早就该猜到。"尼娜抓着头，说，"气死我了，我怎么生在这样的家庭？连女儿的毕业典礼都不来参加！留我一个人面对那些谄媚的糟老头！"

似是想到什么，尼娜抬起手腕，空中投射出一个半透明页面。

她上上下下地扫了一眼，冷笑一声。

"我说呢，我美丽动人的尤娜姐姐跟着爸妈跑去帕宝森做什么呢？之前在克雷斯那里吃的苦还不够吗？罗叔，你看尤娜的动态，天天追着莱维特跑是怎么回事？莱维特的星际账号上根本没有回过她一句！"

罗叔说："夫人和大小姐回来会给二小姐带礼物的。"

"谁稀罕礼物呀！"

"说不定会给二小姐带回一个萌萌的仿地球萝莉机器人。"

打从莱维特在地球建立了游戏服务器后，这款游戏风靡淡尔特星球十几年，无数新游戏试图击败莱维特，可惜一直未被超越，从此奠定了神一般的王者地位。

游戏周边也数不胜数，如雨后春笋般出现在各大星际售卖网以及实体商店，据统计，这款远古生活系统游戏目前玩家已经超过八千万。

无数诗人称赞莱维特的构思与技术，完美地保持两种文明的平衡。

番外 方小猫

尼娜撇撇嘴，说："谁稀罕……"

罗叔给尼娜看了影像。

"哦，是挺可爱的。"面无表情的尼娜又说，"我学校里有几个姑娘蛮可爱的，可惜总说我坏话，要不是看她们长得挺可爱的，我早就收拾她们了，她们应该感谢父母赐给她们的脸。"

罗叔说："公司前台的姑娘也长得很可爱。"

尼娜说："不，罗叔，我不会去公司上班的，也不会继承父业。"

"尤娜小姐继承了您父亲的医院，您愿意的话，可以和尤娜小姐交换。"

"不！我不要！父亲凭什么不问我的意思就规划我的人生？我有我自己的想法！我考上圣鲁丁不是为了乖乖回去继承家业的。"

罗叔依旧面带笑容："尼娜小姐，您父亲不会同意的。"

"我不管！"

二十天后，挣扎失败的尼娜·玛吉被强硬地塞进前往家族企业的悬浮车。她心不甘情不愿地成为一名上班族，从底层开始做起，在能看见的未来里日复一日地唉声叹气。

"我亲爱的妹妹，你怎么瘦了？你是不是不开心呀？是钱不够花，还是衣服不好看？"

尼娜还记恨着毕业典礼的事情，瞪着视讯里皮肤依然白皙得闪闪发亮，漂亮得让人嫉妒的姐姐，冷冰冰恶狠狠地说："跟你无关！"

"小猫别这么绝情嘛，我买的礼物给你寄过来啦，你就听爸妈的，听爸妈的总没错。爸妈又不会害你，你看看，你的前程爸妈都替你安排好啦，跟你同期的毕业生现在还在苦苦寻求一份工作呢。乖，姐姐知道你不想继承父亲的公司，可是这也没办法呀，我们接受了家庭的馈赠，就必须得有所付出。对了，给你推荐玩莱维特的游戏。里面有上千种职业可以挑选，如果你不想挑职业，也可以当风景党。地球上有太多漂亮的风景了，还有你喜欢的美食，以及超级可爱的地球女孩子可以跟你做好朋友的！"

尼娜说："姐姐，你这么努力地推销莱维特的游戏，他给你钱吗？"

尤娜说："不告诉你！"

尼娜抬头怔怔地看着白色天花板。

此时已是黑夜。

她有点儿害怕黑夜，忙碌过后的黑夜格外可怕，玻璃外的灯红酒绿在黑夜中熠熠生辉，她却觉得如此孤独，心境与外边形成明显的对比。

整个世界，似乎只剩下她一个人，强烈的孤独感几乎让她窒息。

忽然，她动了一下，开始搜寻莱维特创建的游戏。

大脑芯片的植入对此类游戏的推广做出了杰出贡献，尼娜·玛吉只用了不到三秒，就进入了这个远古生活游戏系统。

系统：尊敬的玩家晚上好，请设置您的姓名、性别、外表，以及选择职业和难度。尼娜漫不经心地说："我叫方小猫好了，外表……"

挑选了许久，冷不防地，眼前一亮。

好漂亮！看起来好可爱呀！

系统：尊敬的方女士，我们游戏系统十分注重人性化，能提供私人定制的服务。根据您平日在星网的表现，我们将优先为您接入 VIP（贵宾）级别的服务。

尼娜匆匆扫了一眼，说："哦，不就是钱的事情嘛，行，别喊我方女士了，喊我金主。"

系统：请问金主要挑什么职业？

尼娜说："我缺爱，还喜欢和可爱的人做好朋友，你给我推荐一个吧。"

系统：金主，当明星偶像能获得很多人的爱与目光，会有无数漂亮可爱的小姑娘追随您的脚步。

尼娜说："行吧，就挑这个。"

系统提示：玩家方小猫已成功进入地球远古生活游戏系统。

02

尽管尼娜之前因为克雷斯对自己姐姐无动于衷,所以对他没什么好感,以至于对霍伊尔家族,包括莱维特创建的游戏都一起迁怒,可现在进入这个游戏后,尼娜深刻地意识到了自己的错误。

太好玩了!太好吃了!地球的女孩子太可爱了!

她在公司里的郁闷,在游戏里通通得到了疏解!

尤其是在食堂里吃着一系列好吃的食物,看着青春又活泼的大学生走来走去的时候,她心里只有一句话。

玩家方小猫:天堂!

系统:建议金主少吃点儿,您今晚的食谱容易造成肠胃不适,过度饮食无法维持您的身材。

玩家方小猫:我充点儿星币吧。

系统:金主,您这真的是明智的选择,过度饮食虽然不好,但是我会努力修改您的数据。

尼娜决定等会儿去外面叫一份麻辣小龙虾。哦不,这怎么够呢?

据她的地球人室友说,夜宵吃烧烤加啤酒是绝配。那就再点一份烧烤吧。点什么好呢?菜单上的都想吃!但是点那么多好像不太好呢。

尼娜在游戏上的新苦恼是每天究竟要吃什么,尽管人物是虚拟的,可是五感是逼真的。

难怪前些年淡尔特星球上新起了那么多地球餐馆,可惜食材不到位,做出来的味道总是差强人意。

极速掌握了地球的网络用语的尼娜表示可以用表情包和尤娜姐姐斗上一天一夜,她的 3D 表情包多得可以砸死人。

尼娜现在无比热爱这个游戏,上班也光明正大地沦陷,反正没人敢说她。

不过这个游戏唯一不好的地方是,她选择了明星偶像作为职业,居然让她在地球的 A 市上一个全日制非表演类的学校和专业!

虽然弄不懂游戏的安排,不过没关系,就当体验一下对于他们淡尔特星球而言就是远古一般存在的大学生活。

室友佳佳发来一条信息,问小猫要不要听学校里秦教授的讲座。

尼娜根据过去做任务的灵敏嗅觉,察觉到了即将会有新任务开启,立马答应室友佳佳。佳佳还说帮她占位置，尼娜用着落后的手机给佳佳道了一声谢。

玩家方小猫：他们地球人怎么科技发展得这么慢，还用这种东西通信？放在我们那里是老古董了吧。

系统：是的，金主。

尼娜又嘀咕了几句，不过心里还是可以接受的，偶尔用一用老古董，还是蛮有趣的。

玩家方小猫：帮我注意一下周围有什么日常任务，我差四分之一的蓝条就能升级了。我有预感，这一次去听佳佳说的讲座，肯定会有新任务。哎呀，阶梯教室那么大，肯定会有很多可爱的女孩子出现，到时候就可以跟她们做好朋友啦！

尼娜找到学校的蛋糕店，打包了两个巴掌大的泡芙还有两瓶原味酸奶，才慢吞吞地前往阶梯教室。她给佳佳递过去一瓶酸奶和一个泡芙，说："谢谢你帮我占位。"

佳佳说："小猫你真客气，就是举手之劳而已，还给我带什么泡芙哦。你不知道我平时可羡慕你啦，怎么吃都吃不胖。"

尼娜不是很喜欢自己这个室友，没什么其他原因，长相不符合她的喜好，性格倒是不错。讲座很快就开始了，全场为之沸腾。

尼娜仔细观察周围的人，有组队来的游戏玩家，也有正常的地球人，不过都不像能开启她的新任务。

而且最关键的是，在场的人那么多，没有一个人适合做好朋友！尼娜此时将注意力转移到人群瞩目的中心点——秦教授秦烨。

不可否认的是，这是一位英俊的男人。然而，书呆子气息太重，实在是太无趣。

佳佳说："啊，我好喜欢听秦教授讲课啊。"

玩家方小猫：该不会新任务是让我去攻略秦烨吧？秦烨那么无趣！

系统：金主！目前没有攻略秦烨的任务。

玩家方小猫：那还好，反正遇到攻略秦烨的任务我是不会接的。

系统：金主，您室友正在和您搭话，请注意和室友的亲密度，有利于等级的上升。

"什么怎么办？"尼娜问。

佳佳说："小猫你知道吗？我们隔壁宿舍有个姑娘也喜欢听秦教授讲课，叫高雅雅，是个特别有气质的女孩。"

尼娜眼睛都亮了。然而很快，佳佳又说："不过性格有些高冷，大家都说高雅雅是一座冰山。"尼娜顿时失去了兴趣，她不要冰山！

"不过小猫你知道雅雅的室友艾曼曼吗？是一个超级可爱的姑娘，人特别特别好，人缘也很不错，而且……"佳佳有点儿脸红，"她很会交际呀，我超级想和她当朋友的！"

英雄所见略同！尼娜头一次如此欣赏自己的室友。

尼娜已经无心听秦烨的讲座了，她问："今天艾曼曼来这里了吗？"

佳佳环顾一圈，说："没有。"

"有她微信吗？"

"有！我给你呀。"

尼娜迅速向艾曼曼发出好友申请，然而十分钟后，艾曼曼还没加她为好友。

佳佳说："也许她没看到微信呢，你再等等哦，只要是同学，她都加为好友的。你有备注自己是隔壁宿舍的小猫吗？"

"当然有备注了！"

佳佳说："那就放心吧！只要她看到微信，就一定会加回你的。"讲座结束后，艾曼曼依旧没有加尼娜为好友。

佳佳也觉得奇怪，说："不对呀，她刚刚还发了条朋友圈，正在食堂和她室友五月、巴筱筱一起吃晚餐呢。有可能是信号不好，你再加一次试试。"

然而并没有什么用，艾曼曼依旧没有加回来。尼娜摩拳擦掌，感受到了挑战性。

也是此时，"叮"的一声。

系统提示：玩家方小猫是否接受攻略艾曼曼的任务？

尼娜毫不犹豫地接受了！跟可爱的地球女孩子做好朋友，实在是太有趣了！

尼娜让佳佳询问艾曼曼在哪里，佳佳很快打听到了。尼娜打算来一次美好的偶遇，好让艾曼曼对自己印象深刻，她立马赶去食堂。

"疼！疼疼疼！没看到有个活人在这里吗？你……"一道男声响起，很快就顿了一下。尼娜还来不及抬头看清楚撞到的人是谁，就收到了一条消息。

玩家远古星人好有趣：你好呀，加个好友不？

玩家方小猫：没兴趣。

玩家远古星人好有趣：我第一次玩这个游戏，目前还是个新人，请多多指教。我和你同个年级的，在这里遇上真的是缘分！我的目标是当一名警察，我……

玩家方小猫：你烦不烦呀，我不认识你，算了算了，算我怕你了，加吧加吧。

玩家远古星人好有趣：哈哈哈哈！谢谢哦！我达成了第一个交好友成就了！我在学校里的名字叫作张远。

尼娜懒得理他，直接说："行了，张远，我叫方小猫，我有任务要做，江湖再见。"

尼娜终于把不知道从哪里冒出来的新手玩家甩开，兴奋又激动地奔向食堂，开启自己的新任务。没多久，尼娜见到了自己的攻略对象艾曼曼。

玩家方小猫：怎么办？怎么会有人这么可爱？笑起来好可爱好甜呀！她看过来

了！我要怎么开场呢？说什么好呢？

系统：金主淡定。

玩家方小猫：是我的错觉吗？我怎么觉得我的攻略对象曼曼同学在看我的头顶？

系统：根据角度与具体测量，是的。

玩家方小猫：是我头上有东西，还是我头发洗得不干净？

系统：金主，您的头发非常干净。

尼娜忽然站了起来。

艾曼曼和她室友结束了晚餐，正往食堂门口走去，路过尼娜的时候，她室友五月说："咦，这不是我们隔壁宿舍的小猫吗？"

正期待着一个萌化人心的招呼的尼娜忽然被艾曼曼轻飘飘地看了一眼。

那眼神很奇怪，不是高冷，也不是对陌生同学的疏离，而是带着一种审视的意味。

系统提示：攻略对象艾曼曼好感度 -1。

尼娜蒙了，救命，她什么都没做好吗！

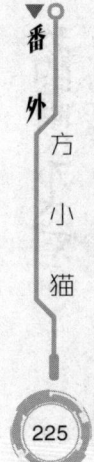

03

"疯了，要疯了。"

平日里在员工面前干练又高冷的尼娜·玛吉小姐，此时此刻正在自己的单身公寓里狂抓脑袋。

她被迫进入父亲的公司后，就从家里搬了出来，独自住在马菲尔城里寸土寸金的单身公寓里，陪伴她的有一个保姆机器人，还有一个看门机器人。

然而自从尼娜·玛吉小姐领略了地球美食后，保姆机器人的厨艺不再被赏识，每天只能做点儿打扫收拾的活儿。

这个保姆机器人名字叫雪球，外形是扎着双马尾的女人，虽不至于和可爱搭上边，但十分养眼。

尼娜不敢买太可爱的机器人，因为她会不忍心让它们干活。

雪球给尼娜端来一杯色彩艳丽的汁液，说："尼娜小姐请不要焦躁。"

尼娜说："我不要喝这个，看着好看，一点儿都不好喝，我想念地球的酸梅汤。"

雪球温柔地建议："那您可以登录游戏。"

"不要，我不要，不行的。"她又开始抓脑袋，"啊啊啊！真的要疯了呀，我不明白！到底哪里出错了？我真的什么都没干呀！我真的特别无辜！只要我一登录游戏，一见到我的攻略对象，她对我的好感度就开始疯狂下跌。莱维特这个游戏到底什么意思呀？我任务都没开始做呢，好感度就已经是超级负数了！"尼娜在地上打滚。

"啊啊！我现在真的好想喝酸梅汤啊，酸酸甜甜的酸梅汤，可是我不能上服务器。这个点一上去，刚好就能碰上艾曼曼了，我的好感度再跌的话我得崩溃了。垃圾系统什么都不懂，我花了钱也想不出好办法！"

雪球再次建议："尼娜小姐，您可以找尤娜小姐商量。"

"我疯了才去找我姐姐，她现在眼睛里只有莱维特这个家伙。哦，对，莱维特，就是莱维特！任务是他设定的，我要质问他为什么这么对我！"

尼娜利落地从地上爬起来，梳妆打扮，踩着高跟鞋出门。

悬浮车不疾不徐地飘在半空。

尼娜站在车窗边，低头凝望着马菲尔城。淡尔特星球上地域辽阔，生物的种类也繁多，两条腿的人有，三条腿长翅膀的也有，不过这类人大多分布在西部，他们有着天生的飞行本领，还有过于丰富的情感。大概是因为后者，最后统一淡尔特星球的还是他们两条腿的生物。

地球的出现，改写了淡尔特星球的历史。

尼娜曾在历史书中看到过一个史学家的观点，他认为几万亿年前，地球的文明程度比淡尔特星球高，然而却遭遇了生态平衡的破坏，又或者是因为行星撞击带来的了毁灭性的灾难，地球陷入了沉睡，渐渐地，又恢复了适宜的居住环境，人类再次出现。

不然，为什么淡尔特星球上的居民会与地球居民有这么多的相似之处？

她现在更不懂的是，地球居民怎么这么难相处？为什么一见她好感度就下降？她问过游戏客服，然而游戏客服的回答让她觉得自己的智商受到了侮辱。

"尊敬的玩家，每个人的任务都是独一无二的，如果出现了问题，为何不从自己身上找原因呢？"

尼娜很暴躁。

莱维特的游戏仗着自己无法被人超越，客服就能这么理直气壮吗？就不可能是游戏出了漏洞吗？

尼娜好想一脚踹翻游戏，可是一想到游戏里的各种各样的好吃的，又舍不得踹了。

悬浮车停下，尼娜一脚踹向铁艺大门。

可惜长了电子眼的大门不给她这个发泄的机会，以前所未有的速度打开，并迅速向其他家具发出警报——请注意！请注意！二小姐带着一身戾气来了！

尼娜咬着牙走进去。

"我亲爱的妹妹，是谁惹着你了？告诉姐姐。"涂着指甲的尤娜慢条斯理地说。

尼娜此时已经恢复平静，她问："姐姐，你今天要和莱维特约会？"

"你居然知道？"

尼娜忍住翻白眼的冲动，说道："你在你的星网账号上广而告之了，会有人不知道吗？我的尤娜姐姐，你和母亲一样，我要是想知道你们的近况，只要登录星网，连你们吃了什么午饭都知道。拜托你和母亲说一下，那条项链的品位真的很像暴发户。"

"每一样事物被创造出来后都有被人欣赏的机会。"尤娜笑靥如花地说，"不过我们姐妹俩的审美确实比母亲要好，幸好没遗传到父亲的审美，医院的装修我和父亲提好几次了，他……"

尼娜打断了她："什么时候和莱维特见面？我想见他一面！"

尤娜说："这可不行，第一次约会就带妹妹，莱维特百分之百要误会。不过嘛，我的妹妹小猫想见的人，当姐姐的又怎么会不满足？想见他可以，不过你得按照我的意思来，不能私自行动。"

尼娜捂着鼻子，紧皱眉头地打量四周的环境。

这是穷人区的公立医院，环境不算差，但比起他们家的医院而言，医疗水平和档次差得不是一点半点。她的尤娜姐姐为了甩掉她这个电灯泡，给了她一个地址。

"下午五点整，莱维特会访问这家医院，你可以在302病房堵他。这可是一万星币都买不来的私人信息，只有像我这么亲密的女性朋友才知道。"

尼娜觉得莱维特是个怪胎，她姐姐那么漂亮，居然抛下姐姐来访问穷人区的医院？莱维特的脑回路不太对呀！

离下午五点还有一个小时，尼娜等得无聊，索性下楼在医院后面的小花园里走走。今天阳光很好，许多仿真护士机器人陪着病人在绿地上散步。

尼娜开始想念地球的冰糖葫芦。

她准备等会儿见到莱维特后，让莱维特给她走个后门，告诉她怎么攻略艾曼曼，或者取消这个任务。

佳佳骗人，艾曼曼一点儿都不可爱，太高冷！太可怕！

她明明什么都没做，好感度却一直在下降。

这样的地球小姑娘，她可受不了。

"208的病人真可怜，看着是个美少年，可惜命不好，手术都做了多少遍了，还是反反复复。我老头住院的时候，他就在了，现在都一年多了，他还在。"

"你看，就是那一个，人是真倒霉，星际旅行时碰上变异虫族，从此落下病根。不过小伙子人很乐观，就是有时候脑子一根筋，用现在的地球流行语来说，就是太单纯了。"

"哎哟，老太太时髦呀，这都会用。"

"我孙儿爱玩莱维特那个游戏，不学一点儿和孙儿不好交流，嘿嘿嘿。说回那个小伙子吧，人是挺单纯的，但是有着大多年轻人的热血，他呀，梦想就是当一名星际警察，为宇宙和平做出贡献。这思想觉悟比我那天天沉迷游戏的孙儿高多了。只可惜他现在双腿都没了，装了机械肢也通不过星际警察的海选，这辈子是跟星际警察无缘喽。"

尼娜听了，也觉得惋惜，顺着晒天阳的两位老太太看的方向望去，果然发现了一个瘦削的美少年。

他正在适应自己的机械肢，走起路来似乎很别扭，脑门上挂着一颗又一颗豆大的汗珠。可美少年没有露出一丝一毫痛苦的神色，脸上的笑容灿烂至极。

尼娜还是蛮欣赏这样的少年的。

这会儿，美少年走累了，悄悄地靠在树上休息。

美少年闭着眼，一头乌黑的短发在斑驳的阳光下显得那么柔和，整个人像是一幅色彩艳丽的画。

尼娜有一双欣赏美的眼睛，对于美好的事物自然忍不住多看几眼。这多看几眼就看出了问题来。

美少年哪里是在休息，她靠近的时候，清清楚楚地见到他启动了游戏，连显示的玩家名字和人物外观都看得一清二楚。

尼娜记性很好，很快就认出了美少年是那天她在游戏中的学校里遇到的新手玩家。

宇宙那么大，缘分那么巧。

尼娜并没有放在心上，看了一眼时间，见差不多到点儿了就往医院大楼走去。幸好她的尤娜姐姐还是靠谱的，说莱维特五点到就真的是五点到。

说真的，她还挺担心自己姐姐的时间观念，毕竟以前和姐姐相约逛街吃饭，尤娜绝对是要迟到半个小时的。不过美女有特权，被男人惯坏了。

番外 方小猫

04

尼娜成功堵住了莱维特。

霍伊尔家族这对兄弟的脸经常出现在星网上，淡尔特星球上的居民对这对兄弟的名字可谓如雷贯耳。同为贵族的玛吉家族，虽然出身低了些，但胜在有钱。

在贵族的聚会上，尼娜只远远地见过莱维特一眼。

那也是七八年前的事情了。

如今再次见到莱维特，尼娜不由得想骂上一句，真不公平，怎么有些人明明都那么优秀了，还相当勤奋努力，让尼娜一见就忍不住自惭形秽。

她努力考上圣鲁丁大学，被迫继承父亲的家业，身后万人羡慕，可是这些成果也只能让她配得起和他吃一顿饭而已。

尼娜不由得想起了那位天妒英才的上将，果然让人嫉妒呢。

她现在只有一个亟待解决的问题。

"你的游戏是不是有bug？你的客服好厉害啊，直接让我在自己身上找问题，就不能反省一下是NPC的问题吗？"

开门见山的提问并没有令莱维特感到困扰，他好看而又稳重的眉眼微微掠过一丝惊愕，很快又恢复平静，露出得体温和的笑容："是尼娜·玛吉小姐吧？"

在说话的短短几秒之内，莱维特已经通过巨大的网络系统查到了这位玛吉家二小姐的信息。他的笑容越发温和。

"尼娜小姐，恐怕你没有认真阅读我们的游戏规则，地球上的NPC于我们的游戏而言是NPC，可是他们也是鲜活的个体，而非程序制造出来的数据。他们有思想，有变数。如果有问题，那一定是玩家没有攻克任务。"尼娜终于知道客服的狂妄语气来自谁了！

她很想甩一句"这么狂妄你们自己玩吧"，可是这么新鲜又这么特殊还这么独一无二的游戏体验，全宇宙仅此一家。莱维特凭借地球的特殊性才创造了这个远古生活游戏，这在淡尔特星球上是个奇迹。

尼娜说："看在我姐姐的分上，能给我走个后门吗？帮我取消这个任务？"

"我很乐意帮助你，尼娜小姐。"他文质彬彬地说。

尼娜对别人语气的拿捏特别准确，她一听就知道有后话。果不其然，这位贵族先生没多久就惋惜地说："任务即是人生，请恕我无法帮你。想必尼娜小姐也知道，游戏虽然是我创建的，但上面有来自议会的监控，以及团队人员的监察。不过，我倒是有个小建议。或许你可以努力试试,人生处处有奇迹。"

骗人!哪里有奇迹了?

尼娜从莱维特那儿回来后,本来想跟自己姐姐抱怨这位小气的莱维特,但是她很快就打消了这个念头。她姐姐一谈起恋爱就没了理智,妹妹什么的都得往后退。说莱维特坏话简直是找死。

尼娜放弃了。

但是她准备登录游戏了,哦,她不管了,好感度下降就下降呗,她要喝酸梅汤!要吃小龙虾!要吃肥牛火锅!还有大片大片的烤肉!尼娜登录游戏的时候已经是晚上了。

A市的晚上十点。

幸好她所在的服务区在地球,是相当繁华的一线大城市,饮食方面相对便利,尼娜用饮食APP满足了自己的所有需求。

毕竟她对用餐环境没有多大要求,有这些美食在,蹲在街边吃也是一样的。

吃饱喝足的尼娜干劲儿十足。她摩拳擦掌准备去找艾曼曼问清楚,究竟是什么意思?凭什么就不理她?凭什么就对她这么高冷?她哪里不招人待见了?还是哪里得罪她了?明明方小猫这个玩家号从来都没有和艾曼曼有过任何接触!

打了个饱嗝的尼娜忽然有点儿意兴阑珊。

她总算知道什么叫作"女人心,海底针"了。

艾曼曼就是!

蓦然,尼娜见到有游戏玩家靠近。大晚上的,居然在跑步。她定睛一看,发现原来这个游戏玩家接了个任务,每天跑步二十圈。

尼娜嘴巴抖了一下,莱维特的想法果然跟正常人不一样!

"方小猫,你在做什么任务?"张远看了看长椅下的一堆外卖袋,睁大眼睛说,"吃二十袋外卖?"

尼娜决定不告诉他真相,点了点头,说:"是!"她顺便骂了句:"莱维特!"

系统提示:我们老板其实挺记仇的。

张远目瞪口呆地说:"你的系统好高级啊,居然还会提醒这个。我的系统从来都不提醒我这些的,不是给我指派任务,就是在骂我。我以为系统全都是这样。"

尼娜问:"你创建游戏人物的时候,没看到私人定制系统?"

"没……没有!"

系统提示:我们老板针对VIP客户推出的私人体验。

在淡尔特星球,客户信息一旦连入星网,就能推算出其消费能力,所以莱维特精准地抓住了一大批高消费人群。这个道理,尼娜很懂。

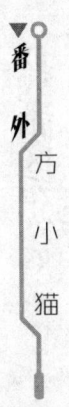

但张远不是很懂，他只懂一点："莱维特就是个奸商！"

尼娜难得找到一个可以一起吐槽的对象，格外开心，顿时觉得张远顺眼起来。她又想到游戏外的张远是个美少年，声音都不由得柔软了一点儿。

"告诉你一个升级经验，晚上要按时睡觉，身体健康值增高了，会更容易完成任务。"

张远似懂非懂地点头，他又说："可是我挺喜欢跑步的，双脚踩在土地上的感觉让我心里踏实。"他说，"小猫，我们有机会再聊，我要继续跑步了。"

他朝她挥挥手，又渐渐没入夜色之中。

本来意兴阑珊的尼娜突然间又充满了斗志。

她看了一眼时间，现在艾曼曼估计已经睡了。体贴的她准备明天一早等艾曼曼醒来了在门口堵她。尼娜踩着门禁点回宿舍，躺床上后准备系统托管时，忽然隔壁宿舍响起了急促的脚步声还有说话声。

尼娜听出了艾曼曼的声音，精神为之一振。

她立马爬下床，出门的时候，隔壁宿舍的艾曼曼和巴筱筱已经出来了。不过两个人背对着她，并没有发现她的存在。尼娜本来想上去问要不要帮忙的，可刚想开口，巴筱筱忽然哭了起来。

"曼曼，我好疼……会不会死呀？"她死死地抓着曼曼的手臂。

就连不远处站着的尼娜都看出了那力道有多大，被抓一下恐怕得红肿了。

可是艾曼曼没有半点儿不耐烦，也没有推开巴筱筱，她甚至温柔地安慰着巴筱筱："没事的，你不要紧张。我们去医院看看就好了，我已经叫了出租车，正在楼下等着。你不要担心，也不要想太多。深呼吸，放松，告诉我，可以走吗？不可以的话，我背你……"

她很努力地深呼吸，可脸色却越来越白，她一手撑着墙，说："好疼，我……我站不住了。"

"别怕，我背你。"

艾曼曼一声不吭地就把巴筱筱背了起来，尼娜清晰地看到刚刚被巴筱筱抓的地方出现了一块红痕。可是她什么都没有说，像是一座沉稳的山，又像是山里细水长流的河。

尼娜终于反应过来，三步并作两步地追上去，一手撑住了巴筱筱的臀，减轻曼曼的负担，说："我正好没事，陪你们一块去医院吧。"

巴筱筱哭出来了："谢谢你小猫。"

而她的攻略对象却狐疑地看了她一眼，最终无可奈何地说了一声"谢谢"。两个人一块把痛得死去活来的巴筱筱送上了出租车，又一起扶进了急诊室。

尼娜目睹艾曼曼忙前忙后的，直到巴筱筱被确诊是阑尾炎送进手术室后，她才停止了忙碌。尼娜给她递了瓶水。她又露出了先前狐疑的目光。尼娜心里很委屈。

难道她的脸上写着她是居心不良的坏人吗，连她的水都不敢喝？

不过幸好系统没有提示好感度下降，所以，应该是不讨厌这个举动？

居然连好感度不下降也能让自己开心起来！

艾曼曼叹了一声，说："谢谢你帮忙。"

"不客气不客气，大家都是同学嘛。你忙了一整晚，累了吧？要不要回去休息？我今天白天没课，在寝室里睡够了，现在很精神。我可以在这里看着小八。"

她的任务对象又露出了奇怪的表情。

尼娜觉得自己也许可以去研究下人类表情学，说不定能猜到她的攻略对象心里到底在想什么。

"不用，我也不累。"她深吸一口气，忽然侧过头来，对她轻轻地弯了一下唇角，"方小猫，谢谢你。"尼娜的小心脏"扑通扑通"地乱跳。

啊，好可爱！心要化了呀！就像春天的小熊！

脑子里蓦然出现了莱维特的那一句话——

"地球上的NPC于我们的游戏而言是NPC，可是他们也是鲜活的个体，而非程序制造出来的数据。他们有思想，有变数……"

他们是活生生的人！不是虚拟的数据！

想要质问艾曼曼的话通通吞进了肚子里。尼娜不打算再问了。她什么都不问。她会用自己的真心去感化艾曼曼，成功攻略她！

她的目标不是星辰大海！是艾曼曼！

05

尼娜沉迷于游戏后,每天的生活就变成了两点一线,公司上班,回家游戏,因为对家业不感兴趣,尼娜甚至有时候会偷偷地在上班的时候玩游戏,反正没有人敢说她。然而,确实没人敢说她,但有人敢告状,俗称打小报告。

不过尼娜不在意。

她每天准时上下班就是最大的诚意了,还不许她上班偷会儿懒哦。

"尼娜小姐,您这是要去哪儿?"

尼娜说:"哦,我出去办点儿事。"她眼睛眨也不眨地说谎。今天下午她的任务对象有一场比赛,她得去当啦啦队队员,增添存在感,顺便刷好感度。在办公室里玩游戏容易被打断,她才不想被人打扰了自己刷艾曼曼好感度的进程。

"好的,我明白了,尼娜小姐慢走。"

目送着这位千金小姐上了悬浮车,小助理可怜兮兮地擦着眼泪,这一次又该编什么样的借口来向顶级boss汇报?尼娜小姐,你能不能别隔三岔五就早退呀,好歹认真地装一装呀!尼娜兴致勃勃地冲回自己的单身公寓。

但万万没想到的是,门口居然有个不速之客,还是个贵客。

尼娜有点儿蒙,结结巴巴地问:"莱……莱维特?"

"是我,尼娜小姐。"男人彬彬有礼地朝她一笑,说,"不请我进去坐坐?"

他这笑容有点儿耀眼,甚至有几分蛊惑人心的意味,如果放在其他贵族小姐的身上,恐怕此时此刻已经在内心尖叫了,红着脸把莱维特迎进了家门,然后小心翼翼地准备着家里最好的茶点,以免怠慢了这位贵客。

不过这是尼娜·玛吉。

她拧起了眉,单手撑在门上,丝毫没有贵族小姐的仪态,冷冰冰地说:"莱维特先生,你不觉得以你目前的身份不适合来我这个单身女性的家吗?你来我这里,尤娜知道吗?"莱维特依旧保持着微笑。

"尼娜小姐,我来是代表游戏公司上门做玩家调查的。不欢迎我吗?我很高兴尤娜有你这样替她着想的妹妹,尤娜知道后一定会十分高兴。"

见尼娜一脸警惕地看着自己,莱维特终于说:"尼娜小姐,你很固执,我只是和你开个玩笑。"他轻咳一声,说道,"实际上是这样,我们游戏公司刚好要做周年调查,尤娜知道你也在玩,特地向我们公司的调查员推荐了你,然而尼娜小姐太过警惕,从不给陌生人开门,我们的调查员上门多次都无功而返。而你的名字是尤娜推荐的，无法消除。我底下的员工只好向我求救，我勉为其难过来替我的员工完成一个小小的业务。"

他又笑着说："当然，尼娜小姐有任何怀疑，都可以问尤娜。"尼娜终于开了门。

莱维特说："能进尼娜小姐的单身公寓，真是我的荣幸。"

尼娜默默地想着：荣幸什么！以为我听不出讽刺是吧。她冷冷地说："麻烦莱维特先生坐一会儿，我给您倒水。"

莱维特说："不敢劳烦尼娜小姐，让机器人倒就好。"

"呵呵，莱维特先生出身金贵，又是我们淡尔特星球的名人，我能给您倒水，那才是我的荣幸。"尼娜一个转弯进了厨房。

她心里还是有一丝怀疑，立马给尤娜发了信息，试探地问了句。没想到尤娜在那头哈哈大笑，"我的妹妹！你脑子里在想什么？是不是上班上傻了？莱维特又怎么会是坏人？你放心啦，确实是我向他推荐的你。做完调查后，还有丰厚的礼品，我听说是星币也买不了的，才特地推荐了你。"

尼娜总算放心了。毕竟这是生活，不是游戏，在地球上死了可以换小号再来，在这里死了，那就是永远长眠了。单身女性警惕一些总没错的。莱维特站在一面投影墙前，他的表情十分专注。

尼娜出来的时候，发现莱维特正看着一张照片出神。尼娜很难想象莱维特这样的人会在别人家出神，她瞄了一眼，是她拍的一张地球Ａ市校园阶梯教室的照片。

照片是抓拍的。角度抓得很好，把艾曼曼的侧脸拍得无比可爱，美中不足的是秦教授在过道上，正好一起拍了下来。

尼娜递过水，莱维特恢复了原先的模样，挂着温和的面具，他指着照片问："这就是你的任务对象？"

"嗯，她叫艾曼曼，托您的福，至今任务还未完成。说吧，我要怎么配合你们公司的调查？"

"需要连接你的大脑芯片，请闭上眼睛，放松。"

尼娜眯眯眼。

莱维特说："莫非尼娜小姐还觉得我能对你的大脑芯片做什么？"

尼娜说："怎么会呢？我只是个小人物，又哪里值得霍伊尔家族的人亲自动手呢？对吧，莱维特先生？我听我姐姐说，如果我配合调查的话，你们公司会赠送星币也买不到的丰厚礼品。我呢，不要丰厚礼品，我想看一个NPC的剧透。"

"你的攻略对象？"

"嗯，我确实想看曼曼的未来剧透，但是我知道根据你们公司的游戏规则，这是不被允许的，所以我就不为难您了，我看曼曼妈妈的剧透可以吗？"

番外 方小猫

莱维特笑着说："没问题，尼娜小姐真是个聪明的女孩。"

尼娜想着曼曼的妈妈是和曼曼最亲密的人，通过曼曼妈的人生剧透，她可以看到一部分曼曼的未来。调查结束后，莱维特没有食言，果然给尼娜看了曼曼妈的人生剧透。然而，尼娜看完后，却一脸"你在跟我开玩笑"的模样。

"我只看到未来几天的事情，后面是一片空白！什么影像都没有！"

莱维特说："未来几天的人生剧透，哪里有错？"

尼娜这才醒悟过来，莱维特居然跟她玩文字游戏！刚刚的曼曼妈的人生剧透里，全都是曼曼妈在工作，完全没有曼曼的半点儿消息！尼娜觉得自己被骗了！

可是莱维特也没有说是一辈子的人生剧透，她想反驳又无言以对，只能瞪着莱维特。她姐姐什么眼光，怎么就看上了一个这样的男人！

只能用四个字来形容——老奸巨猾！不过……

尼娜忽地以迅雷不及掩耳之势抢过莱维特的时间旅行囊，她一眼就看到了曼曼的名字，就在曼曼妈的隔壁。她当即接入自己的大脑芯片，一只脚已经往后迈了一步。奇怪的是，莱维特却十分镇定地看着她，甚至没有来和她抢的打算。

五分钟后。

莱维特露出一个从容的微笑："可以还我了吗，粗鲁的尼娜·玛吉小姐？"

尼娜震惊地问："为什么……是一片空白？为什么没有她的时间旅行事件记录？她明明是我要攻略的 NPC 呀……"

莱维特收回了时间旅行囊，他慢条斯理地说："你没必要知道得太多，只需要好好地享受你的游戏生活。尼娜小姐，祝你今天有个好心情，感谢配合我们的调查。"

莱维特离开后，尼娜还没有回过神来。

过了很久很久，她才从沙发上站起来走到投影墙前，开始仔细地观察那张令莱维特出神的照片。她之前为了方便攻略艾曼曼，拍了很多照片，企图能从里面找出艾曼曼喜好的蛛丝马迹。

所以投影墙上统共有一百多张照片。照片这么多，为什么莱维特唯独将目光停留在这一张照片上呢？照片上的曼曼侧脸拍得相当完美。

过了会儿，尼娜将视线挪到了入镜的秦教授身上，但很快又挪开了，把秦教授这个 NPC 因素彻底排除。她想了很久很久，都没有想通为什么。

但是她知道今天莱维特亲自过来的原因肯定不会那么简单。区区一个小调查，用得着莱维特这样的贵族出动？尼娜的唇角勾了起来。

艾曼曼身上的神秘更加吸引她了，她也更加期待接下来的游戏任务了。

番外

WO DE HUA FENG BU TAI DUI

秦烨

被外星人寄生之前，秦烨是个名副其实的宅男教授。

他唯一的兴趣爱好是研究外星文明，可以说，秦教授是个狂热的研究者。一切与外星文明有关的东西，都能让他关注。

偌大的别墅里有一个地下室，地下室是个影音室，有一整面墙的蓝光影碟，全都是科幻题材的影片，不论好片烂片，只要与外星人扯得上一丝关系的，秦教授必定要收集。

秦教授认为所有喜欢外星文明的人，体内极有可能隐藏着没有解开封印的外星人。

而在没遇到秦薄之前，秦教授的生活是——

白天七点，哦，不，没有白天的概念。对于一个工作时间自由的宅男教授而言，不需要开讲座的时候，他的时间是任性的。他畅游在外星文明的研究之中，沉迷得不知日夜，只有在肚子敲响的时候，他才会拨打一个电话。

然后，半个小时内，将会有人送来营养搭配均衡的餐食。

而此人是秦教授雇用的专门送餐人员，二十四小时随叫随到式的服务，当然，月薪也相当可观。不过，作为一个科学世家出身的秦教授而言，他不缺名声，也不缺钱，自然很乐意开出这样的薪水。

而秦烨本人对目前的生活也算满意，唯一的遗憾是研究一直没有什么进展。直到遇上了外星人同志——秦薄。

秦教授的研究终于有了进展！

然而，他的生活也发生了翻天覆地的变化。

早上五点。

床上的秦薄自然而然地睁开眼，开始洗漱，然后做跑前拉伸运动，随后出门跑步一小时。一般而言，我们的秦教授会在秦薄跑到一半左右醒来，接受晨光的沐浴。

然后出现以下对话。

秦烨："早！"

秦薄:"嗯。"

秦烨:"你们星球……"

秦薄:"……"

秦烨:"啊,你们星球是不是……"

秦薄:"……"

秦烨:"那么你们星球会不会……"

别墅区里有不少晨跑者,在他们看来,那个B区六栋的秦教授终于出来活动了,就是人很奇怪,一直在自言自语,说一些他们听不懂的话。

不过,大家都很理解,毕竟像秦教授这样的天才一般都是性情古怪。

但大家理解归理解,还是纷纷告诉自家孩子,一定一定要离B区六栋的那位英俊的教授远一点儿呀……

秦教授丝毫不知道自己在其他人眼里从宅男变成了啰唆的老爷爷,不过他知道了也不在意,他现在在意的人只有两个,一个是外星人寄生者秦薄,另外一个是拥有外星血统气息的艾曼曼。

他巴不得时时刻刻都能缠着秦薄说话。

尽管这位高冷的寄生者不爱说话,可是没关系!他不说的话,那他说!他们共用一个身体,总有秦薄受不了的一天!

秦教授已经准确地掌控了外星人秦薄同志的爆发点。

一般在晨跑过后,他的专业送餐人员送来早餐后,他就差不多到爆发的临界点了。

秦薄拿起勺子,舀了一勺粥。

秦烨:"在你们星球,食物是不是……"

秦薄喝进第一口粥,咽下。

秦烨:"说起来,你们星球是不是……"

秦薄放下勺子,直接捧起粥碗。

秦烨:"你们……"

话没说完,秦薄仰脖,半碗粥入肚。

秦烨:"烫……烫死我了……你们星球的人喝粥也是这样……"

"砰"的一声,粥碗和大理石桌面碰出一声清脆的声响。

黑着脸的外星人同志大步冲上二楼,打开书房门,笔直地坐在书桌前,开启电脑。

秦烨:"我……"

秦薄:"住嘴!"

秦烨："你……"

秦薄："在我的母星，你这样的人是要被拖出去……"

秦烨做记录状："你说！我听着！"

秦薄一字一句地说："被治得不能下床。"

秦烨："被打？"

秦薄："不是你想象中的打。"

秦教授受教，立马挪动椅子，在自己的电脑前记下一段文字。

外星人观察日志（59）

在秦薄的母星上，像我这样好学又好奇的样貌俊朗的男人会被拖出去以我无法想象的方式挨打。

秦薄冷冷地说："没错。"

外星人观察日志（60）

秦薄对我的话做了补充，他说没错。（注：说这句话时，他语气冰冷，疑似对他母星的暴力现象不满，由此可见科技高于我们地球的秦薄的母星仍然有许多不良的社会现象。）

秦薄的额头冒出一个青筋。

"秦烨，从现在开始，你住嘴半个小时，你问的所有问题，我立马给你解答。"

秦烨在电脑上敲出两个字以及一个欢乐的符号。

好的！

外星人同志尽心尽力地在自己专用的电脑上敲出今天秦教授醒来后问的所有问题，半个小时后，外星人同志离开书房，终于吃上了一顿安静的早饭。

心满意足的秦教授正在脑子里默默地消化精神食粮。

两个人分工得当。

秦教授表示很满意，攻克秦薄母星指日可待！

意林精品图书推荐

意林幻青春 系列

《我不成仙 一 断尘绝念》
简介：不想成仙却毅然修仙，她见愁只想有朝一日亲口对那人说："纵你成仙，亦不可逃！"
定价：28.80 元

《我不成仙 二 杀红小界》
简介：闯杀红小界，斗神秘三关。血衣作战袍，刻骨为利刃。她的通天坦途，便是他的穷途末路！
定价：28.80 元

《风之守望者①》
简介：如何成为一个良好的被负责人？会做饭还会洗衣服就把最强黑服负责人拿下！
定价：24.80 元

《风之守望者②》
简介：拯救学长大作战，开始！学长，我们要毁灭世界吗？
定价：24.80 元

意林幻青春 系列

《符神传说①斩焰少年行》
简介：接通元灵符界，交易、对战、派单……现实与虚拟之间，体味什么叫酣畅淋漓！
定价：28.80 元

《符神传说②东川起风云》
简介：逆转鬼骷岭、入蛮荒探迷城，跨越空间界限，酷玩符阵妙法，开启异度奇幻热血征程！
定价：28.80 元

《禁域①墓地神婴》
简介：盖世皇者重现世间，只为触底反击，再创传奇！踏破乾坤纵横时空，禁域绝密即将揭晓！
定价：28.80 元

《禁域②宗门斗者》
简介：扶桑谷内迷雾重重，神秘世界、时间长河、神秘女子……时空彼端，究竟有着怎样的秘密？
定价：28.80 元

新书推荐

《我的人生无须证明给你看》
简介：ONE·一个《读者》《意林》《花火》人气作者马版 2017 年全新作品。
定价：32.8 元

《那个神秘的宣愉小姐》
简介：青春、古风双料大神苏缃绵首部青春心理治愈小说，初次尝试驾驭双重人格的人物设定，一场治愈并守护爱情的计划……
定价：32.8 元

《这一杯，我敬的是年少无知》
简介：悬疑推理小说家何慕，出道六年，首部都市情感类短篇小说集。
定价：32.8 元

《光年未至，盛夏已满》
简介：意林彩绘英文系列精选《绘英语》杂志中最受读者欢迎的内容，让中学生轻而易举让英语变强！
定价：29.80

告白的书 系列

《我不愿让你一个人走过青春的荒芜》
简介：95 后模特级作者谢宁远写给你最深情的告白书。十五篇故事，是告白，亦是陪伴。
定价：29.80 元

《对方正在输入中》
简介：那些爱与被爱的故事。年少时的懵懂酸涩，成熟后的感人至深；是心头的一枚朱砂痣。
定价：29.80 元

《你是年少的欢喜，喜欢的少年是你》
简介：古风天后吾玉，初涉现代爱情，打造都市轻风之作。
定价：29.80 元

《从此晚安我自己》
简介：95 后男神作者何家豪首部青春成人礼童话，将这 16 个故事，说给长成大人的你！
定价：29.80 元

意林精品图书推荐

《别来无恙，我的小初恋》
简介：销量超百万作家沈嘉柯暖心力作，陪你一起挥别青春，再出发。
定价：29.80 元

《喜欢你这句话，我憋住了整个青春》
简介：数十篇青春伤感故事，带你领略成长、青春、爱恋的阴晴圆缺。
定价：29.80 元

《遇见你，就是最对的时候》
简介：青罗扇子、周德东等作家用文字演绎纸上电影。时光远去，我们永记青春。
定价：29.80 元

《我记得你说过的每句美好》
简介：独木舟、夏七夕、七微等名家用真挚的笔触探究青春的色彩。
定价：29.80 元

"多味之恋"系列

《这世间所有的纸短情长》
简介：织梦人张芸欣在深夜为你点一炉青莲之香，寻找渐渐远去的青春与年少。
定价：29.80 元

《世界那么大，命中注定遇见你》
简介：每个人都会接触形形色色的人，又会和一些人聚聚散散，马叛说：这些相遇都是命中注定。
定价：29.80 元

《我不怀念你，我只怀念有你的往昔》
简介：继《左耳》之后深入骨髓的疼痛青春，每个人都可以在她的故事中找到最原始的自己。
定价：29.80 元

《花与巡夜人》
简介：国内一本填色减压故事书，抚触你的心灵，治愈现代人的都市病症。
定价：36.90 元

"深夜暖心"系列

《少年从不等风来》
简介：关于年轻人的追梦故事，他们用自己的特立独行，创造属于自己的天地。
定价：29.80 元

《你的人生不需要别人点赞》
简介：大人物从这里起步，成就了丰盈的人生。数百篇故事告诉你成功者的秘密。
定价：29.80 元

《逆光飞翔，微芒盛放》
简介：名人的磨难被晾晒成坚强，带给你十八而志的青春励志的正能量。
定价：29.80 元

《像明星一样去战斗》
简介：数十位明星的奋斗史。逆袭背后，都是平凡生活中的伟大梦想。
定价：29.80 元

"十八而志"系列

《脑洞君，请收下我的膝盖》
简介：理科的严谨与文科的情怀，二者你都能拥有。
定价：28.90 元

《我心有猛虎，而你只要一枝蔷薇》
简介：量身为中学生打造的心灵读本！
定价：28.90 元

《一生心事只得一人来解》
简介：与名家碰触思想上的火花，快乐成为阅读的领跑学霸。
定价：28.90 元

《好男孩上天堂，坏男孩走四方》
简介：毕业于剑桥大学的才女陈叠邀您围观世界名校男神！
定价：29.80 元

"大阅读"系列

《把你所有的不安都交给我来暖》
简介：讲给你听，117 个如同心灵抱抱的故事。
定价：29.80 元

《所有的坚强，都是柔软生的茧》
简介：玻璃心的朋友们，看这里！讲给你听，125 个含泪奔跑的人生故事。
定价：29.80 元

《生命中除了爱，其他都是行李》
简介：讲给你听，召唤小确幸的 111 个故事。
定价：29.80 元

《都道初心不可负，而初心是何物》
简介：133 个初心故事，既有明星大家，又有平凡人物，从故事里闪耀初心的光芒。
定价：29.80 元

"初心讲义"系列